中國語言文字研究輯刊

十 二 編

許 錟 輝 主編

第 8 冊

清代吳烺《五聲反切正均》音系研究

張 淑 萍 著

花木蘭文化出版社

國家圖書館出版品預行編目資料

清代吳烺《五聲反切正均》音系研究／張淑萍 著 -- 初版 --
新北市：花木蘭文化出版社，2017〔民106〕
目 2+222 面；21×29.7 公分
（中國語言文字研究輯刊 十二編；第 8 冊）
ISBN 978-986-404-982-0（精裝）
1. 漢語 2. 聲韻學
802.08   106001504

中國語言文字研究輯刊

十二編　　第八冊　　　　ISBN：978-986-404-982-0

清代吳烺《五聲反切正均》音系研究

作　　者　張淑萍
主　　編　許錟輝
總 編 輯　杜潔祥
副總編輯　楊嘉樂
編　　輯　許郁翎
出　　版　花木蘭文化出版社
社　　長　高小娟
聯絡地址　235 新北市中和區中安街七二號十三樓
　　　　　電話：02-2923-1455／傳真：02-2923-1452
網　　址　http://www.huamulan.tw 信箱 hml810518@gmail.com
印　　刷　普羅文化出版廣告事業
初　　版　2017 年 3 月
全書字數　123075 字
定　　價　十二編 12 冊（精裝）　台幣 30,000 元

清代吳烺《五聲反切正均》音系研究

張淑萍 著

作者簡介

張淑萍，臺灣彰化人，1978 年生。高雄師範大學國文學系畢業，中正大學中文研究所碩士，臺灣師範大學國文研究所博士。現任台北市立大學中國語文學系助理教授。曾任中華民國聲韻學學會秘書長（2012 ～ 2016），研究領域爲漢語語言學。

提　要

　　本論文所探討的《五聲反切正韻》一書，是清朝乾隆時吳烺的音學著作。《五聲反切正韻》一共分成六章，作者將他所見所聞的「正韻」歸納成三十二張韻圖，希望藉由這三十二章韻圖來表達他心中所謂的「正韻」。《五聲反切正韻》不但有作者自己對音學的論述，更有實際的韻圖供後人作參考。作者吳烺在韻圖中想表現的，就是書名所言的「正韻」，也就是如實的描寫作者當時的語音現象，做到作者所說「一本天籟」。本論文共分八章，詳細討論《五聲反切正韻》一書的內容與韻圖所表現出的音系。

　　第一章爲緒論，敘述本論文的研究動機、使用的研究方法與研究材料，以及檢討前人的研究成果。

　　第二章介紹《五聲反切正韻》一書的版本、成書年代與內容，並考察作者吳烺的生平事蹟。

　　第三章分成六小節探討吳烺的音學理論，依序爲辨五聲第一、論字母第二、審縱音第三、定正韻第四、詳反切第五、立切腳第六。

　　第四章探討《五聲反切正韻》的聲母系統。《五聲反切正韻》共分二十個聲母，本章將探討每一個聲母的例字在《廣韻》中所屬的聲類，並以此爲依據擬定二十個聲母的音值。

　　第五章探討《五聲反切正韻》的韻母系統。《五聲反切正韻》中有三十二張韻圖，分別代表三十二個韻母，本章將探討每一個韻圖中的例字在《廣韻》中的反切及韻類，以及在《切韻指南》中所屬的韻攝開合，據此擬定三十二個韻母的韻值。

　　第六章探討《五聲反切正韻》的聲調系統。《五聲反切正韻》的三十二韻圖以陰聲配入聲，本章將詳細探討其入聲韻尾的韻值，並討論其中兩個寄放它韻的入聲韻值。

　　第七章探討《五聲反切正韻》所反映的歷時音變，包含聲母、韻母、聲調三個方面的音變現象。

　　第八章爲結論，總結以上各章對《五聲反切正韻》各方面的探討結果，從三十二韻圖看《五聲反切正韻》的音系性質；並詮釋吳烺所謂的「正韻」，判斷吳烺在《五聲反切正韻》中所呈現乃是一套南方的官話系統。

目 次

第一章　緒　論

第一節　研究動機

　　人類利用聲音來傳達訊息，這些有系統的聲音便是語言，有人類的地方不一定有文字，但是一定有語言，使用語言是人類一項不同於其他物種的特色。林尹先生說：「有聲音而後有語言，有語言而後有文字，此天下不易之理也。」[註1] 便是這個意思。

　　聲韻學在中國可說是一門歷史悠久的學科，隨著歷史的流轉，語音隨時隨地都在變動著，這些變動的軌跡在歷史的長河中形成一套規律，也因此有了「聲韻學」這一門學科。

　　前人為了製作韻文，選用韻腳，因此編成了「韻書」，韻書中記錄了那個時代地域的人的語音，也給我們後代人一個推知古代音韻的門路。

　　在許多前人的努力下，聲韻學在這數十年來已有長足的發展，傳統的聲韻學家對先秦古音及《廣韻》音系的研究十分透徹湛深。在介於先秦與中古音以及現代音之間，有一段元明清時期的語音，我們歸類為「近代音」。

　　近代音聯繫著中古音與現代音，透露出許多歷時音變的訊息。而這一段時期的研究材料又十分豐富，不僅有相當多的韻書韻圖可供參考，現代學者也提

─────────────

〔註 1〕參見林尹：《中國聲韻學通論》台北：黎明文化事業有限公司，1997 年 9 月，p.1。

供了許多現代漢語方言的實地調查資料，加上現代語言學的發達，近代音的研究可說是有很大的發展空間。

近代音的研究方向可分成兩種類型：縱向的歷時語音現象的探討與橫向的共時語音分析。研究歷時語音現象的變遷需要串連各種語言材料，需要相當寬闊的視野與研究功力。而研究共時的語音，可以從韻書韻圖中做起，探討韻書韻圖提供的音變訊息，可以佐證歷時的語音變遷現象，並和現代方言調查資料互作印證，爲歷時的語音變遷現象提供文獻上的證據。

本論文所探討的《五聲反切正韻》一書，是清朝乾隆時吳烺的音學著作。關於《五聲反切正韻》究竟反映何地音系，前人之說有三：其一認爲《五聲反切正韻》反映北方官話；其二認爲《五聲反切正韻》反映江淮官話；其三認爲《五聲反切正韻》同時具有南北官話的特點，但以全椒話或南京話爲核心。

《五聲反切正韻》中的梗、曾、深、臻等四攝字相混，一般都被視爲是反映江淮官話最重要的特徵，但是其他江淮官話應有的特徵，如聲母泥、來不分的特點，《五聲反切正韻》卻沒有表現出來，則此書究竟反映的是何地的語音，前人之說何者爲是？這項工作有賴於筆者重新審視《五聲反切正韻》的內容，才能得出合理的答案。

《五聲反切正韻》以「記實」爲訴求，作者吳烺想表現的就如同書名所言的「正韻」，也就是如實的描寫當時的語音現象，做到作者所說「一本天籟」。

《五聲反切正韻》一共分成六章，作者將他所見所聞的「正韻」歸納成三十二張韻圖，希望藉由這三十二章韻圖來表達他心中的所謂的「正韻」。《五聲反切正韻》不但有作者自己對音學的論述，更有實際的韻圖可供後人作參考，藉由研究這些資料，我們可以更加瞭解當時當地的語音。

本論文擬以《五聲反切正韻》爲研究對象，試圖將《五聲反切正韻》中呈現的語音現象特色完整呈現，爲吳烺所謂的「正韻」作一番詮釋，並觀察現代漢語方言和《五聲反切正韻》之間的關係。

第二節　研究材料與方法

本論文擬以《五聲反切正韻》爲中心研究語料，《五聲反切正韻》中一共分成六個目次，其中作者吳烺爲詮釋他心中的「正韻」，因此歸納出三十二張韻圖。

吳烺對於這三十二韻圖的歸字是我們分析的重點，而吳烺本身對音學的認識與詮釋，也是我們考察的重點。耿振生在《明清等韻學通論》中揭示我們幾項研究韻圖的途徑〔註2〕；而馮蒸在〈漢語音韻研究方法論〉〔註3〕中也提供了我們求音值的方法，對於《五聲反切正韻》所使用的研究方法如下：

壹、歷史串連法

　　歷史串連法是串連歷史上不同時期的研究材料來考察等韻音系，往上與中古時代的韻書、韻圖相互對照比較，往下與現代漢語的語音（包括普通話與方言）互相對照比較，如此可以鑑別韻書音類的取材來源，並可考證古今音的流變。

　　利用「歷史串連法」，我們可以考察《五聲反切正韻》的音韻系統，上溯中古《廣韻》時期的語音，下及現代漢語方言的調查資料，將這一長串歷史長河中關於音韻學的參考資料串連在一起，「叩其兩端」，便可以推測介於中間的《五聲反切正韻》其編制的主要音系依據。

貳、內部分析法

　　內部分析法是將一部等韻學著作自身的材料聯繫起來，用以考察它的音系。大多數的等韻著作不只有韻圖本身，還有序、跋、議論、歌訣等，這些內容都和韻圖有密切關係，韻圖中看不透的問題，可以從這些地方找到解決的途徑。

　　《五聲反切正韻》的作者吳烺在辨五聲、論字母、審縱音、定正韻、詳反切、音韻腳等六章中旁徵博引了許多音韻學家的音學見解，加上自己的詮釋，又以三十二張韻圖來互相佐證。利用「內部分析法」，我們可以考察這些文字說明，與三十二韻圖相互配合，便可以對作者的音學思想與韻圖的調配作深入的認識。

參、音理分析法

　　音理分析法就是「審音法」。也就是根據語音學一般的原理和語音變化的普

〔註2〕參考耿振生《明清等韻學通論》，北京：語文出版社，1992年9月，p.132～139。
〔註3〕參見馮蒸：〈漢語音韻研究方法論〉，收錄於《漢語音韻學論文集》，北京：首都師範大學，1997年，p.13～33。

遍規則來分析音系。有一些問題用別的方法難以決斷，便可以用音理分析法解決。

利用「音理分析法」，可以解決《五聲反切正韻》中是否已經出現捲舌音的問題。只要觀察三十二韻圖的歸字，若安排中古知、照系字的韻母不配細音，捲舌音就可能已經產生，反之，若知、照系字可配細音，則捲舌音尚未產生，因爲捲舌音是不能配細音的，這便是「審音法」的貢獻。

肆、方音對照法

《五聲反切正韻》的作者吳烺是安徽全椒人，安徽全椒在方言分區上是屬於江淮官話洪巢片，《五聲反切正韻》的音系和江淮官話洪巢片的關係可能十分密切，在觀察《五聲反切正韻》的音韻系統時，便應該格外注意江淮官話洪巢片的一些音韻特質，是否呈現在《五聲反切正韻》的三十二韻圖中所歸列的例字中。馮蒸在〈漢語音韻研究方法論〉一文中提到：

> 研究近代漢語音韻史料，特別是明清時期的音韻史料，在可以準確
> 或基本上準確地考知該音韻資料的撰作者時代及作者的籍貫或長期
> 居住地的條件下，以及可以基本上確定該史料音系性質是單一音系
> 的情況下，如欲構擬該音韻資料的語音系統，完全可以用該書作者
> 的籍貫地或長期居住地的今音與該音韻資料加以系統對照，以確定
> 該音韻史料音類的分合和進行音值的構擬。〔註4〕

現代方言調查資料雖沒有安徽全椒的語音調查，但和安徽全椒同屬江淮官話洪巢片的南京、合肥、揚州則有資料可循，此時便應多所對照。

以上四種方法，是筆者研究《五聲反切正韻》時所運用的基本方法，這四種方法並非孤立使用，而是多管齊下，互相配合。想推究《五聲反切正韻》的音韻系統，必須參考《廣韻》、《中原音韻》、《佩文韻府》及《切韻指南》中的韻攝開合，更要配合現代漢語方言的調查資料，在擬測音值時，也要注意是否符合音理，構擬音位系統時，更要注意音位的相似性、互補性和系統性〔註5〕，如此才能架構出一套客觀而切實的音韻系統，還原《五聲反切正韻》作者吳烺

〔註4〕同前註，p.30。

〔註5〕參考趙元任《語言問題》，台北：商務印書館，1987年5月，p.27～39。

想要借此書表揚「一本天籟」的「正韻」的精神。

第三節　前人研究成果概說

《五聲反切正韻》一書收錄在續修四庫全書中，因爲它反映出江淮官話的語音現象，因此引起許多學者的注意，以下將前人已有的研究成果依發表年代排列如下：

1. 應裕康：《清代韻圖之研究》，1972 年。

應裕康先生在《清代韻圖之研究》中對《五聲反切正韻》的作者、體例、內容及聲母、韻母的擬音都做過探討。應裕康對《五聲反切正韻》的討論約有以下幾點：

（1）《五聲反切正韻》反映北方官話

應裕康認爲《五聲反切正韻》所反映的語音和現在的北方官話相當一致，其理由如下：

> ……入聲所配者，皆爲陰聲韻，則入聲韻無-p、-t、-k 之韻尾亦明矣。所以然者，實吳氏以北音爲主，故讀屋爲烏，讀質爲支。吳氏於五聲目次之附注蓋已明言之矣。〔註6〕

應裕康認爲《五聲反切正韻》的輔音韻尾，不僅沒有-p、-t、-k，也沒有-m，只有-n-、-ŋ 二種韻尾，和今天國語之現象相同，可見吳氏正韻之標準，實以當時之北音爲主也。因此應裕康主張《五聲反切正韻》的方言基礎應該是北方官話。

（2）吳烺的縱音改訂自《韻法直圖》

應裕康認爲《五聲反切正韻》中的縱音，是依據梅膺祚的《韻法直圖》加以改訂。改訂之途，則有兩端，一是平分陰陽，共分五聲，而《韻法直圖》僅有四聲；二是去除《韻法直圖》中切音重複、闕脫和不準者。

（3）見系字已經顎化

應裕康在《清代韻圖研究》中依據吳烺論字母第二所說：「見母於東韻不能切宮，欲切宮字，於三十六母中，竟無母可用。又如溪、群二母，於東韻只切

〔註6〕參見應裕康：《清代韻圖之研究》，國立政治大學中國文學研究所博士論文，1972年，p.495。

得穹、窮二字，欲切空字，即無母可用。可見其挂漏處正多也。」這段話，認為當時聲母已有 k-、k'-、x-與 tɕ-、tɕ'-、ɕ-之分。這也是吳烺不立字母的原因。若用三十六字母之見系字為 k-、k'-、x-，則不能切 tɕ-、tɕ'-、ɕ-之字，若以之為 tɕ-、tɕ'-、ɕ-，則不能切 k-、k'-、x-之字。因此吳烺揚棄字母，僅立虛位，洪音讀 k-、k'-、x-，細音時則自然讀成 tɕ-、tɕ'-、ɕ-。

2. 李新魁：《漢語等韻學》，1983 年。

李新魁在《漢語等韻學》一書中，對等韻學的源流作了一番介紹，他並將等韻圖分類成表現中古韻書音系、研討上古語音、表現明清時代讀書音、表現明清口語標準音、表現方音等五種等韻類型。李新魁對《五聲反切正韻》的作者的音學理論及三十二韻圖的聲母、韻母擬音都作了詳細的探討。

對《五聲反切正韻》，李新魁將之定位在「表現方音的等韻圖」一類中「表現南方方音」的等韻圖。李新魁認為這類韻圖的作者，雖不一定存心要反映各地的方音，但由於作者本身的語音條件和審音能力，主觀上雖想反映通語的語音，但自己熟悉的方音仍會滲透進韻圖中。《五聲反切正韻》就是一個例子。而《五聲反切正韻》中，梗、曾攝的〔əŋ〕、〔iŋ〕韻字併入〔ən〕、〔in〕韻內，「斤輕陰汀冰精青心欣」等同列一韻，因此李新魁認為《五聲反切正韻》表現的是金陵官話的語音系統。

3.〈「杉亭集‧五聲反切正韻」音系與江淮官話洪巢片之關聯〉，陳貴麟，《中國文學研究》，民 84 年 6 月，頁 63〜88。

陳貴麟在〈「杉亭集‧五聲反切正韻」音系與江淮官話洪巢片之關聯〉一文中，探討了《五聲反切正韻》音系和江淮官話洪巢片的關聯，其結論有以下二點：

（1）《五聲反切正韻》的音系基礎是江淮官話

陳貴麟依據《五聲反切正韻》中濁音清化、調類分陰、陽、上、去、入五類、吳烺的母語及活動範圍均在江南、入聲音值是喉塞音這幾項特質，推斷《五聲反切正韻》的音系基礎是江淮官話。

（2）《五聲反切正韻》和江淮官話洪巢片特別有關聯

陳貴麟利用江淮官話洪巢片、泰如片、黃孝片三個方言片的音系特性和《五聲反切正韻》的音系特徵相互比對，認為《五聲反切正韻》特別和洪巢片有所

關連，跟泰如片、黃孝片關係比較遠；其主體方言爲全椒話，其核心方言爲南京話〔註7〕。因此陳貴麟認爲《五聲反切正韻》的方言基礎應該是和作者吳烺的籍貫一致，也就是江淮官話洪巢片。

4. 孫華先：〈吳烺五聲反切正韻的二十縱音〉，《揚州教育學院學報》，2000 年，頁 36～39。

〈吳烺五聲反切正韻的韻母系統〉，《淮陰師範學院學報》，2000 年，頁 115～118。

孫華先在〈吳烺五聲反切正韻的二十縱音〉、〈吳烺五聲反切正韻的韻母系統〉兩篇單篇論文中，討論了《五聲反切正韻》的音系問題，也爲《五聲反切正韻》的聲母、韻母作了擬音。孫華先對於《五聲反切正韻》的重要意見約有下列幾點：

（1）《五聲反切正韻》以南京方言爲根據

孫華先認爲吳烺以時音爲據做正韻，而這時音應該主要是以南京方言爲根據，雖然受到了異時異地音系的影響，但吳烺在很多方面相當忠實的紀錄了南京方言音系的一些特點，如-m 韻尾的消失，-ən、-əŋ 的合流，-an、-en 的分合，格、覺兩入聲字無舒聲韻相配的特點，使我們對十八世紀的南京方言有進一步瞭解。

（2）縱音第十八位是舌根鼻音〔ŋ〕

孫華先由吳烺所言第十八位音「鼻與齶相合」的發音方法去推論第十八位音可能指舌根鼻音〔ŋ〕。而第十八位音代表了一個所謂有音無字的聲母，在歸納聲母系統時，這是一個可以忽略不計的虛位。

5. 耿振生：《明清等韻學通論》，1992 年。

耿振生在《明清等韻學通論》中，討論了明清等韻學的概況，並對明清等韻音系作了分類，並且描繪出各類音系的面貌。他將明清等韻學作品分成官話方言區等韻音系、南方方言區等韻音系、考訂古音的等韻音系與混合型的等韻音系四大類型。而對《五聲反切正韻》這部作品，耿振生將之歸在官話方言區

〔註 7〕參見陳貴麟：〈「五聲反切正韻・五聲反切正韻」音系與江淮官話洪巢片之關聯〉，《中國文學研究》，1995 年 6 月，頁 64。

中一部反映江淮方言的韻書。他認爲《五聲反切正韻》是江淮方言的原因如下：

> 古代梗、曾、深三攝字併入臻韻，及表中的根、巾、昆、君四韻，
> 這是江淮方言的普遍現象。但在明代韻書中還沒發現，本書是較早
> 記錄這一特徵的著作。〔註8〕

6. 王松木：〈韻圖的理解與詮釋──吳烺《五聲反切正韻》新詮〉，2004 年。

王松木在第二十二屆全國聲韻學學術研討會中發表〈韻圖的理解與詮釋──吳烺《五聲反切正韻》新詮〉一文，利用詮釋學的方法重新解讀《五聲反切正韻》，以貼近吳烺的創作意圖，藉此重新理解韻圖本質，釐清韻圖反映的音系，並摸索新的研究途徑。王松木對於《五聲反切正韻》的重要意見約有下列幾點：

（1）吳烺深受方以智音學理論影響

王松木認爲吳烺受方以智影響極深，他擷取了方以智在《切韻聲原》中歸納的「簡法二十字」，發展成自己的「二十縱音」。而吳烺平聲分陰陽與創新切法，重立切腳的作法，王松木認爲也是受到方以智的影響。

（2）三十二韻圖乃仿效《韻法直圖》的形式框架

《韻法直圖》分成四十四韻，縱列三十二聲類，橫分平上去入四聲，入聲字與陽聲韻相配。王松木認爲吳烺在《五聲反切正韻》中三十二韻圖的形式乃是仿效梅膺祚的《韻法直圖》而加以改造。

（3）《五聲反切正韻》反映的是理想化的官話音系

王松木認爲《五聲反切正韻》的聲母、韻母、聲調反映出來的音系應算是理想化的官話音系──「正韻」，除了同時蘊含南北官話的特點外，吳烺又以自身精熟的全椒音或南京音爲核心，與廬州、鳳陽、蘇州、常州、揚州等同遭地區方音對比，企圖將鄰近方言的語音特點也一併收納於有限韻圖格位之中。

以上幾家對《五聲反切正韻》一書音系基礎的看法，應裕康認爲《五聲反切正韻》是反映北方官話；王松木認爲《五聲反切正韻》同時蘊含南北官話的特點，其他四家都認爲《五聲反切正韻》應該是反映江淮方言。要解決《五聲

〔註8〕參見耿振生：《明清等韻學通論》，北京：語文出版社，1992 年 9 月，p.192。

反切正韻》基礎音系的問題，則要深入瞭解吳烺在《五聲反切正韻》中所列的三十二韻圖，其韻圖歸字所表現出的音韻系統，與江淮方言之間的相符性有多高，並且參考吳烺在《五聲反切正韻》一書中所論述對於它所謂「正韻」的意義，以及吳烺旅居地的觀察，才能眞正探究出《五聲反切正韻》一書眞正的音系基礎。

第二章 《五聲反切正韻》概說

第一節 《五聲反切正韻》版本、成書年代與內容

本論文所使用的語料《五聲反切正韻》，見於《續修四庫全書・經部・小學類》，作者署名為「清全椒吳烺著」。書前有序曰：

> 齊梁以來，學者始言聲韻。隋陸法言為《切韻》五卷，後郭知元輩從而增加之，《唐韻》撰自孫愐，宋陳彭年等重修《廣韻》，蓋即孫愐之書而刊益者也。昔開皇初，有儀同劉臻、外史顏之推、著作郎魏淵、武陽太守盧思道、散騎常侍李若、國子博士蕭該、蜀王諮議參軍辛德源、吏部侍郎薛道衡同詣法言門宿，夜永酒闌，論及音韻，以今聲調既自有別諸家，取舍亦復不同，吳楚則時傷清淺，燕趙則多傷重濁，秦隴則去聲為入，梁益則平聲似去，呂靜《韻集》、夏侯該韻略、陽休之韻略、周思言音韻、季季節音韻、杜臺卿韻略，各有乖舛，欲更捃選精切，除削疏緩而成一編，然其書不傳，今所傳之書，莫善於至元庚寅重刊改併五音集韻，顧其中仍用神珙三十六母排定先後，而不分陰陽平，且猶不知東有公穷，陽有岡姜光也。
> 杉亭舍人，淵雅績學，撰者甚富，所輯五聲反切正均六篇，言簡而義精，證博而旨遠，實能發前人未發之秘，余急捐囊金鑱之，以公

　　同好，斯世不乏賞音，應無待於桓譚之屢歎矣。乾隆昭陽協洽且月，

　　江都程名世筠榭撰。

由上可知，《五聲反切正韻》的出版，是靠友人的捐款相助，而非官方印製。根據序文，此書成書年代爲「乾隆昭陽協洽且月」，也就是乾隆二十八年六月，西元 1763 年。

　　吳烺的《五聲反切正韻》一共分成六個目次，依序爲辨五聲、論字母、審縱音、定正韻、詳反切、立韻腳等六章。在《五聲反切正韻·定正韻》中，吳烺安排了三十二張韻圖，來表述他所說的「正韻」。

　　綜觀《五聲反切正韻》一書中這些討論的章節，吳烺徵引了許多前人音學的意見，引述之後吳烺再總結自己的意見。被吳烺引述的音韻學家與論著甚多，方以智、梅膺祚、劭雍、顧炎武、晁公五、鄭樵、陳振孫、陶宗儀、毛奇齡等人的音學論述，吳烺多所徵引。吳烺也徵引了一些史書如隋書《經籍志》、《宋三朝藝文志》等。整體看來，吳烺所引述的前人言論篇幅，遠超過自己的議論內容，吳烺引述他人之說法，以頂格書寫表示之，而自己的評述，則低一格書寫表示。

第二節　吳烺的籍貫與生平考證

　　《五聲反切正韻》的作者吳烺的籍貫與生平在《安徽通志》、《全椒縣志》、《疇人傳》中都有記載。

　　以下是《安徽通志》對吳烺的記載：

　　吳烺，字荀叔，全椒人，性敏捷，工詞賦，乾隆辛未上，南巡，迎鑾召試，伸紙疾書，頃刻賦成，眾皆訝其速而工也。上呈睿覽，賜舉人，授內閣中書，後官甯武府同知，署府篆，以疾歸，所著有《五聲反切正韻》、《五音反切圖說》、《句股算法》行於世全椒縣志。[註1]

以下是《全椒縣志》對吳烺的記載：

　　吳烺，字荀叔，號杉亭，乾隆辛未南巡，迎鑾召試，伸紙疾書，頃

〔註 1〕參見〔清〕何治基等撰：《安徽通志》人物志，文苑，卷 229，臺北：京華書局，1967 年。

刻賦成，眾皆訝其速而工。賜舉人，授內閣中書。與梁同書、陳鴻賓、諸寅亮相友善，習天算學，師劉湘奎，益深造，湘奎集內答曆算十問，書一卷，為烺言之也。後官甯武府同知，署府篆，以疾歸，著有《周髀算經圖註》，以西法補證古經，尤有裨實用。乾隆戊子刊成，松江沈大成曾為序行之，更著有《句股算法》、《五音反切圖說》行世，其《杉亭詩文集》，姚鼐為之序，詞為王昶刻入《琴畫樓詞鈔》中。〔註2〕

根據以上《安徽通志》與《全椒縣志》的記載，我們可以知道吳烺是安徽省全椒縣人，「杉亭」是吳烺的號，吳烺有《杉亭詩文集》行世，《杉亭集》一共十卷，書前有王鳴盛、錢大昕作序。〔註3〕《杉亭集》的抄本，據現在所知，除中國社會科學院文學研究所藏有一部外，安徽省博物館也藏有一部，也是抄本，僅存卷四至卷十。〔註4〕

　　吳烺曾在乾隆辛未年間（西元 1751 年）南巡時，迎鑾召試，伸紙疾書，之後賜舉人，授內閣中書。當過甯武府同知，之後因疾病而辭職歸鄉。可見吳烺曾任官職，從他「官甯武府同知」的記載看來，他曾到山西〔註5〕去任官。由《全椒縣志》對吳烺的介紹，可知吳烺精通詩文，而在算學方面的成就亦大，著有《周脾算經圖注》一書，《安徽通志》與《全椒縣志》都將吳烺的韻書作品記錄為《五反切圖說》，實際上就是《五聲反切正韻》。

　　在算學方面的成就上，吳烺也有一番成績，《清代疇人傳》對吳烺有以下記載：

　　　吳烺，字杉亭，全椒人也。官中書，通數學，著有《周脾算經圖注》。乾隆戊子，松江沈大成謂之序。……〔註6〕

可見吳烺在算學上也有一番成就，著有《周脾算經圖注》一書行世，書成於乾

〔註2〕參見張其濬修，江克讓纂：《全椒縣志》人物志，卷十，台北：成文書局，1975 年。

〔註3〕參見中國科學院圖書館：《續修四庫全書總目提要》，江蘇：齊魯書社，1996 年。

〔註4〕參見周德恆：〈讀杉亭集札記——吳敬梓逸詩初探〉，收錄於李漢秋編：《儒林外史研究論文集》，北京：中華書局，1987 年，p.52～63。

〔註5〕甯武在今山西省，由此推斷。

〔註6〕參見〔清〕周駿富撰：《清代疇人傳》卷 42，台北：明文書局，1985 年。

隆 33 年，西元 1768 年。

　　《安徽通志》與《全椒縣志》的記載中沒有紀錄吳烺的生卒年，根據周德恆以《杉亭集》中的詩文考證，吳烺約卒於乾隆三十五年（西元 1770 年）。〔註7〕

第三節　吳烺生平的旅歷

　　要了解《五聲反切正韻》所反映的是何地的音系，首先要了解入屠吳烺的生平旅歷經驗。除了以上地方志對吳烺本人的記載之外，我們還可以注意吳烺家族的遷移情形。吳烺的父親是《儒林外史》的作者吳敬梓，吳敬梓因寫作《儒林外史》而名著一時。吳敬樺的旅歷經驗和吳烺應有共同關係。《安徽通志稿》對吳敬梓的紀錄如下：

> 吳敬梓，字敏軒，一字文木，全椒人也。吳氏世望族，科第仕宦名於全椒。敬梓生穎異，讀書過目輒背誦；稍長，補學官弟子員。……安徽巡撫趙國麟聞其名，招之試，才之，以博學鴻詞薦，竟不赴廷試，亦自此不應鄉舉，而家益以貧。乃移居金陵城東之大中橋，環堵蕭然。……乾隆甲戌與晉芳遇揚州……。〔註8〕

《全椒縣志》對吳敬梓的記述是：

> 吳敬梓，字文木，僑寓江南。……醉中輒頌杜牧「人生直合揚州死」
> 之句，後竟如所言。〔註9〕

從以上地方志對吳敬梓的記述，我們可以知道吳敬梓曾經從安徽全椒移居到南京，也曾在揚州生活過，後來死在揚州。吳烺和吳敬梓是親生父子，吳敬梓的寓居生活應和吳烺相去不遠。

　　胡適曾為吳敬梓作年譜，吳敬梓在雍正十一年（西元 1733 年）二月，移家至南京，寄居秦淮水亭，當時吳敬梓三十三歲。〔註10〕

〔註7〕同註4。

〔註8〕參見安徽通志館編纂：《安徽通志稿・列傳》，卷三，台北：成文出版社，1985 年。

〔註9〕參見《全椒縣志》卷十，人物志・文苑，張其濬修，江克讓纂。台北：成文出版社，1975 年。

〔註10〕參見胡適：《吳敬梓年譜》，收錄於《胡適文存・第二集・卷二》，臺北：遠東出版

　　陳汝衡在〈吳敬梓在揚州〉一文中，考證吳敬梓的生平，認為吳敬梓在揚州定居甚久，不下於南京，而吳敬梓最後也卒於揚州。〔註11〕

　　由上可知，吳烺本人出生於安徽省全椒縣，隨父移居到南京，之後乾隆皇帝南巡，吳烺迎鑾，招試奏賦，賜舉人，受內閣中書，之後吳烺曾到山西去當官，而吳烺之父吳敬梓於乾隆十九年（西元 1754 年）卒於揚州〔註12〕，吳烺可能當時也隨父親住在揚州，也可能在外任官，只是去揚州奔喪。

　　　社，1990 年，p.320～353。

〔註11〕　參見陳汝衡：〈吳敬梓在揚州〉，收錄於《儒林外史研究論文集》，李漢秋編。北京：中華書局，1987 年 9 月，p.151～159。

〔註12〕　同前註。

第三章　吳烺的音學論述

第一節　吳烺對於「五聲」的看法──辨五聲第一

　　吳烺在《五聲反切正韻》〔註1〕中首先開宗明義說明「五聲」，目次第一爲「辨五聲」。一開頭先闡明五聲的內涵：

> 反切之學，出於五聲，五聲者，由人心生也。平聲有二，陰陽是也。
>
> 仄聲有三，上去入是也。

吳烺先將「五聲」的內容加以說明，所謂「五聲」，也就是陰、陽、上、去、入五聲。吳烺的時代，已經脫離中古平、上、去、入四聲相承的時代了，而已經有了「平分陰陽」的現象。中古的平聲分成陰平聲和陽平聲兩類，這種現象從元代就已開始。之後吳烺引述了方以智〔註2〕的論述：

> 方以智曰：「平上去入，以一統三，則曰平仄，仄無餘聲，聲皆平也。
>
> 平中自有陰陽，張世南以聲輕清爲陽，重濁爲陰，周德清以喉清
>
> 平爲陰，以喉濁平爲陽，郝京山以四聲後轉一聲爲五，西土謂之

〔註1〕以下引文爲吳烺：《杉亭集・五聲反切正韻》之內容，收錄於《續修四庫全書・經部・小學類・第258冊》，上海：古籍出版社，1995年。p.523～543。

〔註2〕方以智（1611～1671），字密之，號曼公，明萬曆三十九年生於安徽桐城。因此方以智可以說是吳烺的同鄉前輩（吳烺是安徽全椒人）。

清濁上去入。故曰翁爰公東繃，五聲也。開承轉縱合，亦五聲也。陰陽清濁輕重，留爲泛論，權以忓爲細聲、烹爲粗聲、兵爲發聲、忭爲送聲。闆則大人，尖爲童子。本以無聲爲陽，有聲爲陰，用則聲發爲陽，發則開陽闆陰，字頭陽而尾陰，宮商角陽而徵羽陰，宮角羽陽而商徵陰，又宮陽而餘皆陰。陰陽互根，則全陰全陽矣。」

這段文字是吳烺引述了方以智在《通雅‧切韻聲原》中的論述〔註3〕。方以智此段是論述「陰」、「陽」以及「五聲」的意義，引述了多人的說法。元代周德清已經使用「啌」來指「喉清平爲陰」，「喤」來指「喉濁平爲陽」，因此方以智用「啌」來代表陰平聲，用「喤」來代表陽平聲。

吳烺在整部《五聲反切正韻》中極大量的引用了方以智在《切韻聲原》中的言論。在〈論五聲‧辨五聲第一〉中即可看到五處。吳烺在此作一小結：

> 古之學者詳於義而略於音，故詩三百篇，其被之箆弦者，初無宮調，不過聲依永律和聲而已。而四聲之說，則濫觴於周顒，發明於沈約。

吳烺指出，詩經中已經有押韻諧聲的現象，而四聲的說法，是沈約等人發揚光大的。中國語言的特質，是孤立與單音節。所以中國詩歌講求對偶與押韻。由於受到佛經轉讀的影響，漢語必須適應梵語的拼音，因此四聲說在魏晉六朝時成立。周顒、沈約因爲精通聲律之說，所以大力鼓吹。周顒作《四聲切韻》，沈約作《四聲譜》，於是四聲之名正式成立，文人將這種四聲的觀念應用到文學上，創爲「四聲八病」之說。因此四聲說的成立，在南朝永明時期，而周顒、沈約是提倡四聲說的代表人物，這種重視聲律之美的文學作品，因爲符合了當時唯美主義的文學潮流，因此產生了「永明體」。

以下吳烺徵引隋書《經籍志》的說法如下：

> 隋《經籍志》曰：說者以爲書之所起，起自黃帝，蒼頡比類象形，謂之文。形聲損益，謂之字。著於竹帛，謂之書。故有象形、諧聲、會意、轉注、指事、假借六義之別。古者童子示而不誑，六年教之，數與方名。十歲入小學學書，計二十而冠，始習先王之道，故能成其德而任事，然自蒼頡迄於漢初，書經五變，一曰古文，即蒼頡所

作；二曰大篆，周宣王時史籀所作；三曰小篆，秦時李斯所作；四曰隸書，程邈所作；五曰草書，漢初作。秦世既廢，古文始用。八體有大篆、小篆、刻符、摹印、蟲書、署書、殳書、隸書。漢時以六體教學童，有古文奇字、篆書、隸書、繆、篆、蟲、鳥，並薰書、楷書、懸針、垂露、飛白等，二十餘種之勢，皆出於上六書，因事生變也。魏世又有八分書，其字義訓讀有史籀篇、倉頡篇、三蒼、埤蒼、廣蒼等諸篇章，訓詁說林、字林、音義聲韻體式等，諸書自漢佛法行於中國、又得西域胡書能以十四字貫一切音，文省而義廣，謂之婆羅門書，與八體六文之義殊別。

以上文句是吳烺引《隋書・經籍志》的序。主要說明中國文字的造字法則，有象形、諧聲、會意、轉注、指事、假借等六種法則。而中國文字的造形，共有古文、大篆、小篆、隸書、草書等五種。另外，漢朝人將秦朝使用的各種書體統稱為「秦書八體」。「秦書八體」有大篆、小篆、刻符、摹印、蟲書、署書、殳書、隸書等八類。漢朝以「六體」來教學童，魏時又有「八分書」。「八分書」是漢隸的別稱。魏晉以後的楷書稱為「隸書」，為避免混淆，稱當時通行且有波磔的漢隸為「八分」。蔡邕所書的熹平石經為八分的正則。亦稱為「漢隸」。「十四字貫一切音」即所謂「華嚴字母」〔註4〕，涅槃諸經論的根本字主要有五十到五十一個，後來又以音類的角度加以歸納，稱之為「十四音」，因為這五十字是文字之本，而十四音又是五十字之本，因此西域的悉曇學能以十四音貫一切字。〔註5〕

吳烺還援引了陳振孫的說法如下：

陳振孫言：「吳棫撰韻補，取古書自易、書、詩而下，以及本朝歐、蘇凡五十種，其聲韻與今不同者皆入焉。朱侍講多用其說於詩傳、楚辭注，其為書詳且博矣。又有《毛詩補音》一書，別見詩類，大歸亦此，以愚考之，古今世殊，南北俗異，語言音聲，誠有不得盡合者。古之為詩學者，多以風誦，不專在竹帛，竹帛所傳不過文字，

〔註4〕根據方以智《通雅・切韻聲原》所載。

〔註5〕參考譚世寶〈涅槃諸經論對悉曇五十字及十四音的功能介紹〉，紀念中國佛教二千年國際學術研討會論文（1998年11月21～23日）

而聲音不可得而傳也。又，漢以前未有反切之學，許氏說文，鄭氏箋註，但曰『讀若某』而已，其於後世四聲七音，又豈能盡合哉？反切之學，自西域入中國，至齊梁間盛行，然後聲病之說詳焉，韻書肇於陸法言，於是有音同韻異，若東、冬、鍾、魚、虞、模、庚、耕、清、青、登、蒸之斷，斷乎不可以相雜，若此者豈惟古書未之有，漢、魏之前亦未之有也。陸德明於燕燕詩，以『南』韻『心』，有讀『南』作泥心切者，陸以爲古人韻緩，不煩改字，此誠名言。今之讀古書古韻者，但當隨其聲之叶而讀之。若『來』之爲『釐』，『慶』之爲『羌』，『馬』之爲『姥』，聲韻全別，不容不改。其聲韻苟相近，可以叶讀，則何必改字？如『燔』字必欲作汾沿反，『官』字必欲作俱員反，『天』字必欲作鐵因反之類，則贅矣。」〔註6〕

此段文字引自宋代陳振孫的《直齋書錄解題》一書，《直齋書錄解題》是一部目錄學專書。〔註7〕以上吳烺所引的陳振孫之言，乃是陳振孫對吳棫《韻補》一書的評論。

其下吳烺作一小結如下：

雖然聲音之道，與性命通，今以四聲之法，口授童子，得一可以通百，亦可知斯理之非妄矣。

以上爲吳烺的結論，認爲四聲之法，只要學習得法，便可聞一知十。吳烺十分贊同四聲的分法。吳烺以下引述方以智的言論：

方以智曰：「古音之亡於沈約，猶古文之亡於秦篆也。然沈韻之功亦猶秦篆之功，何也？羅泌謂古有蒼帝，而頡乃皇帝之史，前此已有書矣。六書既出，各時增改，古文篆、大小篆，波磔之筆，至周列

〔註6〕參見〔宋〕陳振孫：《直齋書錄解題》，上海古籍出版社，p.92。此段是陳振孫對吳棫《韻補》五卷的解題。

〔註7〕宋代目錄專籍流傳至今者，以以下四部爲主：《崇文總目》、尤袤《遂初堂書目》、晁公武《郡齋讀書志》、陳振孫《直齋書錄解題》。而晁公武《郡齋讀書志》與陳振孫《直齋書錄解題》二書，都能窮溯圖書的源流，非一般僅著錄書名而沒有考訂之目錄學專書。其例以歷代典籍分爲五十三類，各詳其卷秩多少，撰人名氏而品題其得失，故曰「解題」。

國，緣飾俱備，如六書統所載，一字至一二百，秦一天下，始禁列
國之書，專從秦篆，故漢之說文僅存，但知小篆者也。自秦篆行而
古文亡矣。然使無李斯畫一，則秦、漢而下各以意造書，其紛亂可
勝道哉？古今隨自然之氣，至有《七音韻鑑》，而叔然之反切始明。
東晉謝安乃屬徐廣兄弟作《音釋》，因取江左之方言，而沈約增定之。
陸法言、陸德明、孫愐因之，宋《廣韻》因之，故自沈韻行而古音
亡矣。然使無沈韻畫一，則唐至今皆如漢晉之以方言讀，其紛亂又
可勝道哉？音託於字，故轉假用多，同類應聲，則叶之爲韻，後人
不能淹貫經史，旁攷曲證，止便習熟而成編之，易爲功也。遂守斯
篆以論古聖制字之意，遵沈韻以斥中原之聲，則使人益病李與沈之
過矣。顏之推即嘆小學，依小篆是正，爲不通古今，何況今日耶？
吾故曰：音有定而字無定，切等既立，隨人塡入耳。漢以來有通用
者，有分別者，魏、王、吳、朱因漁仲、合溪而隨手創造，長箋守
徐、郭，主漢篆，則泥而不通，何怪郝京山之一埽而通之乎？然有
古可借今不必借者。自衛包改古文之後，史、漢尚存舊文，石經時
可徵引，惟當明其原委，乃不爲辨攷者之所惑耳。音韻之變，與籀
楷同，天地推移，而人隨之，今日之變沈，即沈之變上古也。上古
之音見於古歌三百，漢晉之音，見於鄭、應、服、許之論註，至宋
漸轉，元周德清始起而暢之，洪武正韻依德清而增入聲者也。必如
才老取宋人之叶，必如升庵瘠漢讀之異，亦何貴乎？凡此數者，皆
當通知，然後愚者知所折衷，可得而論矣。」

以上此段引自方以智《通雅・切韻聲原》中的「字韻論」〔註8〕，方以智一方面
認爲沈約作《七音韻鑑》，使古音亡，但沈約有約束規範語音的貢獻，不可謂之
無功。吳烺引了此段方以智的說法之後，作一小結如下：

歷來相傳，但曰四聲，實則平有陰陽，反有上去入，合之爲五也。
夫五聲不明，則陰陽不清，陰陽不清，則標箭不準矣。

吳烺再次強調聲調分成五聲的重要，必須清楚分辨五聲的不同，才能分辨聲音

〔註 8〕同註 3。

之異同。以下吳烺引用方以智之說：

> 方以智曰：「陰陽清濁輕重，留爲通稱。故權以空喉之陰平聲，堂喉之陽平聲例曰空堂，不以溷開合之陰陽、清濁之陰陽也。其輕重則曰麤聲，細聲。其清濁則曰初發聲、送氣聲。不以混上聲濁、去聲清、平聲清、仄聲濁、空聲清、堂聲濁之通論也。」

> 又曰：「日月燈與字彙，四法二十門纏繞無論。且以類隔門言之，謂以端母切知，知母切端，如都江切椿字，丁恭切中字，濁甘切譚字，陟經切丁字，此不過因孫愐椿字一切也。然四切已違其三矣。《唐韻》椿都江切，而中則陟弓切，譚則徒甘切，丁則當經切，都江切椿，非古，讀都如諸，則訛耳。者古音渚，故諸箸等諧聲，如「休屠」音除，蓋中國以所習字譯之，譯時不作休除而作屠，以當時讀屠如除也。曹子建有都蔗詩。六帖云：張協有都蔗賦。《林下偶譚》曰：甘蔗亦謂諸蔗。相如賦「諸蔗巴且」，則證知古都有諸音，又旁推之，詩：「酌以大斗」，鄭元：音「主」。古文易「日中見主。」，凡字從詹、從單、從亶，皆有舌頭舌上一種之聲。玅說文：椿，啄江切，韻會：椿，株江切，非確證乎？椿從春聲，說文：春，書容切，韻會：初江切，以狗軏旁春之蠢音膞也，古江如工，降如烘，後漢謠：「江夏黃童，天下無雙。」則此韻亦復轉也〔註9〕，至於陟經切丁，則尤可噴飯。詩：「伐木丁丁。」陸德明釋文：「丁，陟耕切。」蓋讀如錚也，指南乃以丙丁之丁，附此門法，冤哉！」

> 又曰：「或問濁聲法廢乎？曰：清濁通稱也，將以用力輕爲清，用力重爲濁乎？將以初發聲爲清，送氣聲爲濁乎？將以空喉之陰聲爲清，堂喉之陽聲爲濁乎？李如眞言之詳矣。平有清濁，即空陰堂陽也，仄唱不用，故以清兼濁，而群定並從床等可並也，譜列董動，借填配位耳。一行曰：上聲、去聲，自爲陰陽，猶平聲之自爲陰陽也。今必曰：上聲亦有清濁，將謂上聲有空喉堂喉乎？若曰用力輕重，則何以處夫空平聲之用力輕重，堂平聲之用力輕重乎？支分太細，則另俟之，此論紀綱也。如沈約知平上去入四聲，寧知空堂上

〔註9〕按四庫全書所收之《切韻聲原》，「則此韻亦復轉也。」作「則此韻亦後轉也。」

> 去入之五聲，橫之七音，亦《韻鑑》入而傳者也，今之發送收，確
> 證自然如此，更復何疑？配位員用，先通其理，如五行可四可六，
> 可約四爲兩端而參之，豈有礙耶？」

以上三段文字全是援引自方以智《通雅・切韻聲原》中的文字〔註10〕。其中後兩段是方以智的「論古皆音和說」。吳烺接受方以智的學說甚多，《通雅・切韻聲原》是吳烺主要援引的書籍。

方以智這三段文字，第一段主要是在辯證「哑」和「噎」的概念。「哑」指的是陰平聲，「噎」指的是陽平聲。聲調中「陰」、「陽」的觀念不容和其他觀念混淆。

第二段主要是說明「類隔」的觀念，有些反切因爲創造的年代較早，所以保存了較早的語音現象，造成後代在讀切語時不符合本字的現象，稱爲「類隔」。方以智舉出的「以端母切知，知母切端，如都江切樁字，丁恭切中字，濁甘切譚字，陟經切丁字」的現象，稱爲「舌音類隔」。因爲舌上音和舌頭音在上古時發音相同，才產生此類的類隔現象。

第三段主要是說明「清」、「濁」的概念。方以智以平聲中清爲陰平聲，以平聲中之濁爲陽平聲。

連續三段引用方以智的說法之後，吳烺作出本章節的結論如下：

> 其法凡有一字，先審其開承轉縱合，即陰陽上去入也，開口爲陰，
> 承而揚起者爲陽，轉者爲上，縱者爲去，收而合者爲入。分而言之，
> 陰陽平各用上去入，合而言之，陰陽平共用上去入也。

吳烺認爲五聲的定義即是「開口爲陰，承而揚起者爲陽，轉者爲上，縱者爲去，收而合者爲入。」這裡說明了五聲的調類。

綜觀辨五聲一節，吳烺共引用了方以智《通雅・切韻聲原》、隋書《經籍志》、陳振孫《直齋書錄解題》的說法，就內容實質而言，創新性小，承襲他人者多，而方以智是他主要的思想繼承對象。

第二節　吳烺對於「字母」的看法——論字母第二

吳烺在《論字母第二》中起首先說明切韻字母的來源：

〔註10〕同註3。

切韻字母，出自西域，其先相傳十四字，後又得三十六字，反切之
法，實本諸此。

由上可知，吳烺所謂的「字母」，即是今天所謂的「聲母」。字母的緣起是來自
西域，此已是學習音韻者的基本知識。之後吳烺引用了鄭樵的說法：

鄭樵曰：切韻之學，起自西域，舊所傳十四字貫一切音，文省而音
博，謂之婆羅門書。然猶未也。其後又得三十六字母，而音韻之道
始備。中華之韻，只彈四聲，然有聲有音，聲爲經，音爲緯。平上
去入者，四聲也。其體縱，故爲經，宮商角徵羽，半徵半商者，七
音也。其體橫，故爲緯。經緯錯綜，然後成文。余所作韻書備矣。
釋氏謂此學爲小悟，學者誠不可忽也。

晁公武曰：「皇朝王宗道撰切韻指元論三卷，四聲等第圖一卷。」切
韻者，上字爲切，下字爲韻，其學本出西域，今其法類本韻字各歸
於母，幫滂並明，非敷奉微，唇音也。端透定泥，知徹澄孃，齒音
也。曉匣影喻，牙音也。來日，半齒半舌也。凡三十六分爲五音，
天下之聲總於是矣。切歸本母，韻歸本等者，謂之音和，常本等聲
進汎入別等者，謂之類隔變也。中國自齊梁以前，此學未傳，至沈
約以後，始以之爲文章，至於近時，始有專門者矣。

以上晁公武之言，乃引自晁公武所著《郡齋讀書志》一書中，對於《切韻指元
論》三卷，《四聲等第圖》一卷的解題。《郡齋讀書志》是一本目錄學專書。

之後吳烺引出隋書中所載的華嚴字母十四字。吳烺再列錄三十六字母，主
要是要引出吳烺對三十六字母的看法：

右三十六字母，相傳爲僧神珙所作，鄭漁仲取爲七音略，而以非敷
奉微、知徹澄孃，疊書於幫滂並明、端透定泥之下，又以照穿床審
禪疊書於精清從心邪之下，初未有說以發明之，若以下十三字，與
上十三字同母，則是三十六母只存二十三母，且照穿與精清尖團大
不相同，是必以照讀爲包，穿讀爲礬平聲而後可。母乃漁仲之土音
乎？烺按：漁仲之言，多大而夸，彼以爲七音等略，乃漢唐以來，
儒者所未窺見，其舛謬已如此，則又不獨十五略之竊取杜氏之說以
爲己說。如貴與所識也。不知以爲知母論已。今考字母不必用三十

六，其中有重複處也，必欲開口、撮口聲俱全，則又有遺漏，尚非
三十六字母所能該括，不如舉而去之，為便立切腳時，任指兩字皆
可求聲，何必拘拘然定用此三十六字乎？

吳烺在此明確指出，三十六字母已經不切合實際的使用，因為其中已經有重複之處，而在討論實際語音時，吳烺又認為應該討論開口、撮口的問題，也就是就是介音的問題，因此三十六字母不能滿足實際語音的需求，吳烺認為應該「舉而去之」。吳烺以下便歸併出自己對三十六字母歸併的看法（同一直行表歸併為同一母）：

1	2	3	4	5	6	7	8	9	10	11	12	13	14	15	16	17	18	19
見	溪	疑	端	透	泥	幫	滂	明	精	清	心	知	徹	審	曉	非	來	日
	群	影	定		孃	並				從	邪	照	澄		匣	敷		
		喻										穿				奉		
		微										床						
												禪						

由上可知，三十六字母到了吳烺的時代，已經被歸併成以上十九類。可見吳烺當時的語音，在聲母上僅存十九母。吳烺以下又說明了歸併的情形：

按上三十六字母細分之，只用十九母足矣。於皆複處也。又見母於
東韻不能切宮，欲切宮字，於三十六母中，竟無母可用。又如溪、
群二母，於東韻只切得穹、窮二字，欲切空字，即無母可用。可見
其挂漏處正多也。

吳烺於上點出三十六字母的缺失，在於重複處太多。吳烺又言「見母於東韻不能切宮，欲切宮字，於三十六母中，竟無母可用。」在中古時代，見母是可以切宮的。如《廣韻》：「弓，居戎切。」即是以見母切宮韻的例子，但吳烺認為，「見」在吳烺時讀成〔tɕ〕，是不能用來切東韻的。要切出「宮」之音，必須找到聲母是〔k〕的聲母，但三十六字母中沒有任何一個聲母讀〔k〕。尤以上吳烺的論述我們可知，當時的見母已經起了顎化作用而讀成〔tɕ〕，因此不能切合口的東韻。吳烺又言「又如溪、群二母，於東韻只切得穹、窮二字，欲切空字，即無母可用。」情形如上，溪、群都因顎化作用聲母讀成了〔tɕ'〕，因此三十六字母中沒有讀成〔k'〕的聲母能切東韻。由這段論述可知，見系字當時已經

顎化讀成舌面音了。吳烺以下又言：

> 其法以三十六母橫列於上平上去入，縱列於下，其橫者字之聲也。
>
> 以兩字切一字，上字定位，下字定聲。識其母以爲標準。

這是傳統韻圖的排列方法：以橫軸列三十六聲母，橫軸列平上去入四個聲調。以橫推直看的方式推出讀音，而被切字的聲調，是決定於反切下字的聲調。吳烺以下引述梅膺祚之語：

> 梅膺祚曰：李嘉紹撰韻法橫圖等韻，自音和門而下，其法繁，其旨秘，人每憚其難而棄之，曰：「吾取青紫奚藉是哉。故是有窮經皓首之儒，而反切莫知。」敝相仍也，嘉紹氏以四例該等韻之十三門，褫其繁以就於簡，闡其秘以趨於明，令人易知易能，不有功後學哉！
>
> 嘉紹故如真先生子先生曾爲字母師括，家學淵源所自來矣。

這段文字是引用梅膺祚《字彙》一書中之附錄《韻法橫圖》一書的序。《韻法橫圖》是明人李世澤的作品，李氏是南京上元人，又名嘉紹。此書原名《切韻射標》，梅膺祚將其附錄在《字彙》之後，改名爲《韻法橫圖》，以便和《韻法直圖》相配。〔註11〕以下吳烺引鄭樵之說：

> 鄭樵曰：「六書惟類聲之生，無窮音切之學。自西域流入中國，而古人取音制字，乃與韻圖吻合。」

「反切」的觀念，是從西域傳入中國的，而中國的造字原則「六書」中，「形聲」造字便是以形旁和聲旁來造字的方法，許慎解釋形聲爲「以事爲名，取譬相成」的造字原則。以下吳烺云：

> 烺嘗深思之，而知其非善法也，夫同在九州之內，風氣不同，聲音亦異，貫子云：「胡粵之人，生而同聲，耆遇不異，及其長而成俗，累數譯而不能相通。」今必執字母以求聲，其不致相齟齬者，亦鮮矣。且諸蕃之聲與中華異，安知字母之在西域，又將以何聲讀之乎？

吳烺在此反對使用字母來求聲的方法，因爲「字母」是外來文化的產物，不可能完全適用於中國的語音現象，若一定要堅守字母的原則來記錄語音，那麼時代久遠之後，這些用以表示聲音的字母若也發生了音變，不就把記錄的聲音也

〔註11〕參見李新魁：《漢語等韻學》，北京：中華書局，1983 年，p.273。

扭曲了嗎？因此吳烺認爲使用字母並不是標示聲音的完善方法。以下吳烺引鄭樵的話：

> 鄭樵曰：「諸蕃文字不同，而多本於梵書，流入中國，代有大鴻臚之職，譯經潤文之官，恐不能盡通其旨，不可不論也。梵書左旋，其勢向右，華書右旋，其勢向左，華以正錯成文，梵以偏纏成體，華則一字該一音，梵則一字或貫數音，華以直相隨，梵以橫相綴。華蓋以木傳，故必詳於書，梵以口傳如曲譜，然書則識其大略。華之讀別聲，故就聲而借，梵之讀別音，故即音而借。梵人別音在音不在字，華人別字在字不在音。故梵書甚簡，不過數個屈曲耳。差別不多，亦不成文理，而有無字之音焉。華人若不別音，如切韻之學，自漢以前，人皆不識實。自西域流入中土，所以韻圖之類，釋子多能言之，而儒者皆不識起例。以其源流出於彼耳。華書制字極密，點畫極多，梵書比之，實相遼邈，故梵有無窮之音，而華有無窮之字，梵則音有妙義，而字無文彩。華則字有變通，而音無錙銖。梵人長於音，所得從聞入，故曰，此方眞教體。清淨在音，聞我昔三菩提，盡從聞入，入有目根，功德少耳，根功德多之，說華人長於文，所得從見入，故天下以識字人爲賢智，不識字人爲愚庸。」

鄭樵這一段文字是在評論華文與梵文的各種不同之處，大致而言，梵文是拼音文字，因此梵人區別音義靠的是聲音，但華人區別意義靠的是字義，語音反而不是那麼重要，所以華人一直以來都不重視音韻分析的理論。吳烺評論道：

> 而其立法尤爲瑣屑，字母橫列於上，四聲縱橫之音列於下，作爲圖式，不勝其繁，其以字母爲標，標猶虛位也，未嘗不可易字以代之，若以爲叶之工商角徵羽，配之喉、齶、舌、齒、唇，則見溪群疑亦何殊於吉區奇魚乎？故曰：非善法也。

吳烺在此批評了韻圖中使用字母的陋習，因爲字母是可以替換的，用「見溪群疑」可以代表的語音，用「吉區奇魚」也可以代表，所以字母的使用並不是那麼死板的。吳烺以下又引用方以智的言論：

> 方以智曰：「吳幼清、陳晉翁、熊與可、趙凡夫，皆欲加母，以迄狀不明也。呂獨抱、吳敬甫皆廢門法，張洪陽定二十字，李如眞存影

母，括二十一字，謂平有清濁，仄唱不用，故以清兼濁，此即指啌陰嘡陽也。但未明前人何以訛耳？」

又曰：自鄭漁仲、溫公、朱子、吳幼清、陳晉翁、雄與可、章道常，劉鑑、廣宣、智騫，呂獨抱，吳敬甫，張洪陽，李如眞，趙凡夫，皆有有辯說，聚訟久矣。今以配位通幾言之，以《易》律歷徵之，學者省力，不亦便乎！

又曰：後人因攷辯而積悟之，自詳於前，前人偶見一端，而況有傳訛強爭者乎？今定此例，乃便於窮古今之法，非膠執此例也。若用舊法，舊法現在，人當總知其所以然耳。

又曰：「不聿謂筆，於菟謂虎，終葵爲椎，俠累爲傀，軒轅爲韓，奈何爲那，何莫爲盍，合古音矣。然切叶之道，今日明備，聖人禮樂甚精，而切叶用渾，時也，後人詳之，時也，詳而訛謬，不得不更詳定之，時也，有開必先，聖人留象數律歷呼吸翕闢爲徵，亦已明矣。書鏤版，紙搊扇，絮木綿，飲岕露〔註 12〕，詩至長律，書至行草，皆闊闊緬志之源江河，金魚火鳥之補天漢也。何必定以古人掩後人乎？且如一行之說，劭子之說，有知其故者乎？且如律呂新書之定史、漢、通典、與李文利、瞿九思之說，有折中者乎？聲音爲微至之門，切韻乃字頭之端幾耳。且如王宗道以見溪爲宮喉，以影曉爲羽唇，章黼半取之，熊明來兩疑之，將何決乎？玉鑰云：「知照影喻相通」，是何故乎？且悉曇金剛文殊問五十字母，華嚴大般若用四十二，舍利用三十，珙、溫用三十六，以後或取二十四，或取二十一，今酌二十，此中自有不定而一定之妙，可顢頇乎！」

又曰：「管子謂五音出於五行，此初配位圖也。王宗道以牙爲宮，溫公以四時序配橫圖，以喉爲羽，韻會依之，章道常又改其半，按漢書：「羽，聚也，爲水爲智。」樂書曰：「聲出於唇，而齒開吻聚。」此爲確證。徵傳朱子法，以河圖生序，唇舌齶齒喉爲羽徵角商宮，律生之後，黃鍾上旋，南呂回旋，自然符合，即鄭漁仲所明七音鑑

〔註 12〕按四庫全書所收之《切韻聲原》，「書鏤版，紙搊扇，絮木綿，飲岕露」應爲「書鏤棗，紙搊扇，絮木棉，飲岕露」。

〔註13〕也。究竟五音之用，全不拘此，等切字頭，端幾係焉，初譯之時，取中土字填之，孫炎反切與婆羅門書十四橫貫，適相符通，呂介孺曰：『舍利定三十字，守溫加六，真空《玉鑰》，見前人反切不合，增立門法。』豈知各時之方言異乎？洪武正韻改沈約矣，而各字切響，尚襲舊註，因作例明之。」

以上四段引述方以智的言論，全數來自方以智的《切韻聲原》〔註14〕。方以智在《切韻聲原》中，詳加考辨各家聲母之說，而創了簡法二十字，認為「此中自有不定而一定之妙」。這「簡法二十字」為〔註15〕：

見	溪	疑	端	透	泥	幫	滂	明	精	從	心	知	穿	審	曉	夫	微	來	日
	群	影		定	孃		並			清	邪	照	徹	禪	匣	非			
	並	喻											澄			奉			
													床						

從以上方以智所歸併的聲母簡法二十字，我們可以看到濁聲母和清聲母合併成一類、知系和照系的合併、疑影喻三母的合併以及微母的存在。這個簡法二十字的排列與吳烺的二十縱音十分雷同，將在第四章中詳細比較。

第三節　吳烺對於「縱音」的看法——審縱音第三

吳烺在審縱音第三中首先說明他對字母的看法：

字母既不可用，然則反切以何為主乎？曰：「縱音之法，不可不知也，天地之理，經緯而成，文章發於自然，不待勉強，古之聖人，仰觀俯察，類萬物之情，而作字當其始也。未有字，先有聲，而後以字實之，是聲為本體，而字為虛位也，夫天下字有限，而聲無窮，聖人易結繩為書契，取其便於民用也，用之既足，則亦以矣。是以同文之教，專主乎義，而音不預焉。然人受天地之中，以生榮衛之精，上輸於肺，發而為聲，應乎律呂，縱橫櫛比，不失黍黍，雖古今異宜，五方異俗，出乎口而為聲，其致一也。」

〔註13〕 按四庫全書所收之《切韻聲原》，「七音鑑」應為「七音韻鑑」。
〔註14〕 同註3。
〔註15〕 同註3，p.602。

吳烺開宗明義的認爲，使用字母來代表聲母，已經不合時宜。吳烺認爲，在文字尚未出現之前，聲音已經出現了，文字是用以代表這些發乎自然的聲音的。因此「聲爲本體，而爲虛位」。之後吳烺再度引述梅膺祚之言：

> 梅膺祚曰：「上古有音無字，中古以字通音，輓近又沿字而失其音。蓋以韻學未講，而仍訛襲舛，莫知適從也。韻學自沈約始，而釋神珙繼以等韻列爲三十六母，分爲平仄，四聲亦既，擄性靈之奧，而洩造化之元矣。故通攝門繁而膚淺莫測，予苦之。壬子春從新安得是圖，仍知反切之學，人人可能者，圖有經有緯，經以切韻，緯以調聲，一切一調，彼此合湊，蓋有增之不得，減之不得，倒置之不得，出自天然，無容思索，稍一停思，竟無聲續矣。圖各三十二，音上下直貫，音曰韻法直圖。學者按圖誦之，庶音韻著明，一啓口即知，而通攝之法可置之矣。」

以上是吳烺引述梅膺祚《字彙》一書中的附錄《韻法直圖》的序。《韻法直圖》的作者不詳，梅膺祚爲此書作序時云：「壬子春（明萬曆四十年，公元 1612 年）從新安（安徽歙縣）得是圖，乃知反切之學，人人可能者。」這部韻圖，從根本上改變了宋元時代等韻的觀念和製作體例。宋元的韻圖，基本原則是將字音分成四等，又將韻母分成開口和合口兩呼，按等和呼列圖。隨著語音的發展變化，等和呼的區別在明代已經變得與前代不同，一、二等混同，三、四等也混同，新的介音〔y〕產生了，因此不能照以往四等二呼的觀念來作韻圖。《韻法直圖》便是在這樣背景下產生的〔註16〕。吳烺對《韻法直圖》評論如下：

> 舊傳韻法直圖，頗便誦習，埽除字母，大有廓清之功，特其中陰陽平相混，且多脫音，而上去入不免重複，其切腳二字，往往不準，烺今別立新法，使其陰聲歸陰，陽聲歸陽，上去入各以類從，爲位則有二十，爲三字句者五，爲五字句者一，縱橫條理，歸於一貫，學者誦之不崇，朝而其功已竟，亦如五聲之發乎天籟，而非人力所能爲也。

吳烺肯定《韻法直圖》揚棄傳統三十六字母之先進觀念。《韻法直圖》中不立字

〔註16〕 參見李新魁：《漢語等韻學》，北京：中華書局，1983 年，p.251。

母的精神，也被吳烺吸收，因此《五聲反切正韻》中也不立字母。但吳烺也指出《韻法直圖》的缺失如下：「特其中陰陽平相混，且多脫音，而上去入不免重複，其切腳二字，往往不準。」《韻法直圖》的作者審音不夠精確，加上分韻列字不夠準確是這部書的缺點。但是吳烺在基礎上仍是以《韻法直圖》作爲範本，仿照他而作《五聲反切正韻》的。吳烺又引述邵雍與方以智之言如下：

> 劭雍曰：韻法，闢翕律天，清濁呂地，先閉後開者，春也，純開者，夏也，先開後閉者，秋也，冬則閉矣。

> 方以智曰：元會呼吸，律歷聲音，無非一在二中之交輪幾也。聲音之幾至微，因聲起義，聲以節應，節即有數，故古者以韻解字，占者以聲知卦，無定中有定理，故適值則一切可配，縷析而有經緯，故旋元則一切可輪，因此表之，原非思議可及。

以上邵雍之言引自《皇極經世書·觀物外篇下》〔註17〕，同段文字方以智在《切韻聲原》中也有徵引。方以智在《切韻聲原》有〈旋韻圖說〉，以上文字即引自〈旋韻圖說〉。〔註18〕

　　之後吳烺結論如下：

> 或曰：切韻始於西域字母，今子毅然去之可乎？曰：法求無弊而已，且如茹毛飲血之變爲粒食，蕢桴土皷之變爲笙簧，不可謂前人是而後人非也，而況韻法直圖，相傳已久，烺則斟酌損益於其間，初未嘗創作也。

吳烺認爲揚棄聲母的作法並不會造成製作韻圖上的弊病，而對於《韻法直圖》，吳烺認爲是他是「斟酌損益於其間，初未嘗創作也」，因此《五聲反切正韻》是仿效《韻法直圖》不立字母的作法無疑。最後吳烺列出一張圖以示他的縱音之說：

入	去	上	陽	陰
穀	貢	拱		公
酷	控	孔		空
屋	甕			翁

〔註17〕　參考〔宋〕邵雍：《皇極經世書》，台北：廣文書局，1988年7月，p.362。
〔註18〕　同註3，p.611。

篤	動	董		東
秃	痛	統	同	通
			農	
卜	蚌	琫		
樸		捧	蓬	
木	夢	猛	蒙	
足	縱	總		宗
促			從	聰
速	送	竦		松
竹	眾	冢		中
畜	金充	寵	蟲	充
叔				
忽	汞	哄	紅	烘
福	奉	諷	馮	風
祿	弄	壟	龍	
辱		冗	戎	

吳烺以下說明：

> 右圖橫者，五聲也，縱者，縱音二十字也，公空翁三字，喉音，東通□三字，舌音，□□□三字，唇音，宗聰松三字，齒音，中充□三字，齶音，下五字不能類附，烘音仍喉，風音唇齒半，□音最難出聲，鼻與齶相合也。□音喉齶半，□音喉舌半，以下陽上去入四聲，盡同一經一緯，瞭如列眉，學者熟誦此圖，其餘三十有一，自然貫通。

這張縱音圖說中陰、陽、上、去、入五聲俱全，和一般傳統韻圖一樣，入聲配陽聲（但在吳烺三十二韻圖中，入聲是配陰聲韻的。），在中古韻部中，多屬東、冬、鍾及其相承的韻目。吳烺以橫軸列出陰、陽、上、去、入五聲，縱軸一共有二十字，吳烺言「公空翁三字，喉音，東通□三字，舌音，□□□三字，唇音，宗聰松三字，齒音，中充□三字，齶音，下五字不能類附，烘音仍喉，風音唇齒半，□音最難出聲，鼻與齶相合也。□音喉齶半，□音喉舌半」，吳烺簡介此二十字的發音部位，而此二十字按喉、舌、唇、齒、齶等發音部位排列，

每三字一組。最後五個字的發音部位是仍喉、唇齒半、鼻與齶相合、喉齶半、喉舌半。

第四節　吳烺對於「正韻」的看法──定正韻第四

吳烺於定正韻第四中先說明「韻」的來源：

> 文之有韻，其來尚矣。書有六義，而諧聲居其一，故人之韻緩，各隨其方言，故易、詩、楚辭、漢樂府，暨歷代歌謠，可考而知也。
>
> 自齊梁之後，音韻之學始盛，各有專書發明。

古人很早就有「韻」的觀念，在各種有韻的文體中，就會隨著地方的方言而有不同的押韻狀況。中國造字原則「六書」──象形、指事、會意、諧聲、轉注、假借中，「諧聲」已經是造字一大原則，也就是利用聲符造字。音韻之學在齊、梁之後，由於永明體的興起，文人寫作注重聲韻節奏之美，因此十分興盛。吳烺以下又云：

> 然聲者，不齊者也，今必欲齊之，非天子之法制不可，故唐用詩賦取士，以試韻爲程，終唐之詩人，莫敢出其範圍。假令起李、杜諸公而問之，安知其必讀佳爲皆，元爲云乎？明洪武初，宋濂、王僎、趙壎、樂韶鳳、孫賁等，奉詔撰洪武正韻，頒之學官，顧終明之代，科場士子，雖點畫不敢或違，子思子以考文列於三重，良有以也。
>
> 今依佩文詩韻，演三十二圖，俾　學者得以省覽，而中華之音略盡於是。

吳烺首先說明聲音有「不齊」的現象，因爲受到個人地方方音的影響，每個人所發出的語音難免都有出入，除非天子下令以法制限制之，也就是以韻書來統一全國在考試賦詩時的用韻。明代所用的是《洪武正韻》，而吳烺所參照的是《佩文詩韻》。以下吳烺編列五聲目次如下：

五聲目次：

公同拱貢□（同孤）〔註19〕

穹窮勇用□（同居）

〔註19〕 此處本無例字，吳烺註明「同孤」，意思是若依傳統韻圖以陽聲配入聲，則此處應放「孤韻」的入聲字，也就是「穀」。以下同。

岡昂慷攝□（同他）

姜強講絳□（同家）

光狂廣誑□（同瓜）

茲慈子字則

基其幾記極

歸葵鬼貴國

居渠舉句橘

孤吾古固穀

皆埃解戒□（同耶）

該臺改蓋格

乖排掛怪□（同歸）

根縢梗艮□（同該）

斤擎謹近□（同基）

昆文袞棍□（同孤）

君群迥郡□（同居）

干俺敢幹□（同該）

關頑管慣□（同歸）

堅乾減見□（同耶）

捐拳卷眷□（同嗟）

交喬皎教□（同家）

高敖槁告□（同他）

歌訛可箇閣

鍋鵝果過郭

瓜華寡卦刮

家牙假駕甲

他拿打罷葛

耶爺也夜結

嗟□□□〔註20〕厥

〔註20〕 此韻之陽上去無例字，故以「□」填之。

鳩求九救覺

鉤頭苟穀□（同歌）

　　以上五聲目次依陰、陽、上、去、入排列，我們可以看到，入聲與陰聲相配。一般傳統的韻圖，都是將入聲與陽聲相配，吳烺自述理由如下：

> 邵長蘅撰《古今韻略》，采明章黼所著《韻學集成》，內四聲韻圖分
> 為二十一部，有入聲者十部，餘皆無入聲。如以屋韻繫東，以質運
> 係眞，此皆拘守成見，而不明于切響自然之理。北人讀字多平聲，
> 今使北方讀屋必讀爲烏，而不讀爲翁。讀質必讀爲支，而不讀爲眞。
> 即使幼學童子調平仄亦必爾。故烺所列之五聲目次，皆一本天籟也。

吳烺認爲傳統韻書入聲配陽聲的作法是「拘守成見，而不明于切響自然之理」的。理由是「北人讀字多平聲，今使北方讀屋必讀爲烏，而不讀爲翁。讀質必讀爲支，而不讀爲眞。」「屋」在中古是入聲字，和在《廣韻》中和東韻相配，是因爲「屋」的入聲韻尾〔k〕和東韻的韻尾〔-ŋ〕發音部位相同，但在吳烺的時代，語音已經產生變化，北方的入聲已經消失，因此「屋」和「烏」同音，「質」和「支」同音，吳烺認爲自己秉持「一本天籟」的理念，因此應該揚棄傳統韻圖以入聲配陽聲的觀念，而按照實際語音，將入聲與陰聲相配。但是吳烺的口音中，入聲還沒有完全消失化入四聲中，因此仍有入聲存在。

第五節　吳烺對於「反切」的看法——詳反切第五

　　吳烺在《詳反切第五》中先敘述反切之法如下：

> 反切以上一字定位，下一字定聲，假如德翁切，德字舌音也。在第
> 十二圖，入聲第四位，但識其第四位以爲標，再詳翁字在第一圖陰
> 聲內，其第四字舌音爲東也。久而熟習通貫，不必檢圖而已知矣。

這一段吳烺示範了運用三十二張韻圖求讀音的方法。用三十二韻圖求讀音便是要「以上一字定位，下一字定聲」。如「德翁切」，便是要先求「德」之定位：「德」在第十二張韻圖、入聲、第四縱音，因爲「德」是反切上字，代表聲母，因此第四縱音便是此音的聲母。「翁」在第一韻圖陰聲第三縱音，「翁」代表的是此音的韻母與聲調，因此此字的讀音便是在第一韻圖第四縱音的陰聲中，讀成「東」。這便是三十二張韻圖的用法。以下吳烺引梅膺祚的言論：

梅膺祚曰：韻法橫圖名爲標射，切韻法蓋射者先立標的，然後可指
而射焉。譜內最上一列三十六字皆標也，今以兩字切一字，上字作
標，下字作箭，如德紅切，先審「德」字在入聲內，與「革」字同
韻，便在「革」字橫列內尋看，頂上是「端」字，即定「端」爲標
矣。次審「紅」字在平聲內，與「公」字同韻，便在「公」字橫列
內看端標下，乃是「東」字是也。（烺按：德紅不當切東字，辨在後
文。）

梅膺祚這一段話也是在解釋韻圖的用法，梅氏用「東，德紅切」作例子，吳烺
於文末註明「德紅不當切東字」，因爲當時的語音已有變遷，平聲分了陰陽，因
此用「德紅」來切「東」，聲調便不準了。以下吳烺引顧炎武的言論：

顧炎武曰：「昔人謂反切出於西域，漢揚雄：『筆謂之不律』，詩：『牆
有茨』，注：『蒺藜也。』語連則爲茨，緩則爲蒺藜，此反切之理也。」

反切之理，就是利用兩字急讀之音，來表示被切之字的讀音，上字代表聲母，
下字代表韻母及聲調，古人所謂「筆謂之不律」，便隱含了反切的意味。吳烺以
下作了一番評述：

字有聲，聲相同，一而已，分析太詳，失之於瑣，故三十二圖足以
統括全部韻書，已無遺憾。

吳烺認爲《五聲反切正韻》的三十二韻圖可以統括所有韻書中的一切音韻。以
下吳烺引顧炎武言論曰：

顧炎武曰：「韻會云：『舊韻上平聲二十八韻，下平聲二十九韻，上
聲五十五韻，去聲六十韻，入聲三十四韻。』然舊韻所定，不無可
議，如支之脂佳皆山刪先僊覃談本同一音，而誤加釐析，如東冬魚
虞清青至隔韻而不相通近，平水劉氏壬子新刊韻始併通用之類，以
省重複，上平聲十五韻，下平聲十五韻，上去聲三十韻，入聲一十
七韻，今因之。」

顧炎武對舊有韻書的分韻作了一番歸併的功夫，因爲他發現前人韻書中有許多
謬誤之處，吳烺仿效顧炎武的精神，也對前人之作作了一番修正：

舊傳之字母，暨三十二直音，其陰陽平皆相混，故切腳不準，今已

鼇析，萬無一失，脱或有誤，立切腳者之責也。

吳烺認為以前韻書中陰陽平相混的現象，造成反切的切腳不準，無法切出應有的字音，「陰陽平相混」的現象，反映了吳烺的時代，陰聲已經分成陰平陽平兩類。以下吳烺引陶宗儀與毛奇齡的言論，但吳烺亦認為毛奇齡對聲母反切的觀念也有不是之處。吳烺以下論述「射字法」：

> 用其法即可射字，射字之法，須兩人熟於反切縱音，或有人示以詩詞文字，一人間壁，一人但撫掌，而彼己知之，先熟記提要三十二字，次審陰陽上去入，次定縱音位即得之，其有音同而字不同者，詳其義，改而書之於紙，此通人之事也。假如天子聖哲四字，射天字：在提要堅字內，撫掌二十；陰聲也，又拊一，在縱音第五位，又拊五，知其為天也。射子字：在提要茲字內，撫掌六；上聲也，又拊三；在縱音第十一位〔註21〕，而此韻獨缺九聲，但拊掌一，即知其為子矣。聖在根中，哲在該中，皆用上法以射之，是雖小道，亦足以驗立法之無弊也。（射字為反切之小道，今用縱音而不用反切，尤為簡易法也。）

吳烺以上說明「射字法」如何運用在三十二韻圖中。「射字法」是古代人用擊掌、敲鼓等發出聲音的方法，依照聲母、韻母、聲調的排列，讓對方知其所指的聲音的一種方式。吳烺的三十二韻圖亦能適用於射字法。只要熟記三十二韻圖的順序，思索所射之字的聲母、韻母與聲調，就能使對方知道其所指之字。因此三十二韻圖亦可以作射字之用，而吳烺認為他使用「縱音」來取代以前的反切之法，更使射字法變得簡明易懂。

第六節　吳烺對於「切腳」的看法——立切腳第六

「切腳」就是反切下字。吳烺先說明如何規範「切腳」：

> 切腳先辨開口撮口，聲同類者可切，異類者不可切也。言切腳者，約有二說，其一以下一字為主，但求與上一字之位，相遇者即定其聲，此李嘉紹之法也，《玉篇》、《篇海集韻》、吳才老之《韻補》皆同，蓋

〔註21〕「子」字的韻圖位置應該是在縱音第十位，吳烺此處說法有誤。

以古人不分五聲，故陰陽平混而爲一，此德紅切東之所由來也。

吳烺認爲切腳必須先區分介音，也就是開口和撮口。吳烺又指出古人常常有以陽平聲切陰平聲字的例子，此則是因爲「古人不分五聲，故陰陽平混而爲一」，古代沒有陰平和陽平的區分，對於只有平聲一類，因此才有「東，德紅切」的反切。吳烺以下引述方以智之言：

> 方以智曰：「切響期同母，行韻期叶而已，今母必粗細審其狀焉。韻審唪嘘合撮開閉焉。舊以德紅切東，則紅嘘矣。宜德翁、端翁、當公皆可〔註22〕。《指南》於切母一定者，反通其所不必通，於行韻可通者反限定於一格，且自相矛盾不畫一也。」

此段引述自方以智《通雅·切韻聲原》的論古皆音合說第一段。主要是說明運用反切下字時，必須注意反切下字的介音與聲調，因爲當時已經平分陰陽，用「德紅切」來切「東」字，不如用「德翁」、「端翁」、「當公」，因爲「紅」是陽平聲，而被切字「東」的聲調是陰平聲。其後吳烺結論如下：

> 其一以上一字爲主，下字就其韻而已，不能細分其同異，上字之聲爲開口，下字雖撮亦開矣，上字之聲爲撮口，下字雖開亦撮矣，蓋以立切腳者，不知東韻有公穹，陽韻有岡姜光，故混而同之也。以下字爲主者，既失切響自然之妙，以上字爲主者，又不辨一韻有開撮之分，見董切窘，歌雍切公，此由不知東韻有公穹也，公羊、穀梁切姜，此由不知陽韻有陰陽平也，去此二弊，而以開口切開撮口切撮，則烺之正均可得而知矣。

吳烺「正韻」的意義，必須明辨陰平聲和陽平聲，以及介音開口、撮口的差別，如此才能切出正確的音讀。古代不知「東韻有公穹」、「陽韻有岡姜光」，是因爲當時見系字尙未顎化，後來因爲介音的關係，見系字顎化了，「公」、「穹」分成兩類音，從現代語音學來說，也就是「公」的聲母是舌根音；「穹」的聲母是舌面前音。所以必須要將介音分清楚，以開口切開口，撮口切撮口，才是吳烺所謂的「正韻」。

〔註22〕 按四庫全書所收之《切韻聲原》，「宜德翁，端翁、當公皆可」應作「宜德翁切，端翁、當公皆可」。

第四章 《五聲反切正韻》的聲母

第一節 《五聲反切正韻》二十縱音的分類

　　吳烺在《五聲反切正韻・論字母第二》中，對於聲母的分類有以下意見：

　　　字母不必用三十六，其中有重複處也。必欲開口、撮口聲俱全，則
　　　又有遺漏，尚非三十六字母所能該括，不如舉而去之，爲便立切腳
　　　時，任指兩字皆可求聲，何必拘拘然定用此三十六字乎？〔註1〕

由於吳烺認爲宋人三十六字母已經有歸併的現象，因此吳烺將三十六字母歸併
成十九母，歸併情形如下〔註2〕（同一直行表歸併爲同一母）：

1	2	3	4	5	6	7	8	9	10	11	12	13	14	15	16	17	18	19
見	溪	疑	端	透	泥	幫	滂	明	精	清	心	知	徹	審	曉	非	來	日
	群	影	定		孃	並				從	邪	照	澄		匣	敷		
		喻											穿			奉		
		微											床					
													禪					

〔註1〕以下引文見吳烺：《杉亭集・五聲反切正韻》，收錄於《續修四庫全書・經部・小學
　　　類・第258冊》，上海：古籍出版社，1995年。P.523～543。以下不另註解。
〔註2〕同前註，此表見於 p.528。

吳烺將三十六字母歸併成十九母後，又說明：

按上三十六母細分之，只用十九母足矣，餘皆複處也。

由此可見，吳烺當時的語音，用十九個聲母就可以表現。

吳烺所作的《五聲反切正韻》，其中的三十二韻圖，用的不是像《韻鏡》、《七音略》這種以傳統方式編排韻圖的方法。在吳烺的三十二韻圖中，韻圖的橫軸代表的是聲調，韻圖的縱軸代表的是聲母。一般傳統的韻書，都以「幫滂並明、非敷奉微……」等字母來代表聲母。但吳烺揚棄了「字母」的觀念。吳烺認為：

字母既不可用，然則反切以何為主乎？曰：「縱音之法，不可不知也，天地之理，經緯而成，文章發於自然，不待勉強，古之聖人，仰觀俯察，類萬物之情，而作字當其始也。未有字，先有聲，而後以字實之，是聲為本體，而字為虛位也，夫天下字有限，而聲無窮……」

因此吳烺揚棄了「字母」的觀念，改用「縱音」的觀念取代字母。

吳烺在《五聲反切正韻・審縱音第三》中列了一個「縱音圖說」，之後自言：

右圖橫者，五聲也，縱者，縱音二十字也，公空翁三字，喉音，東通□三字，舌音，□□□三字，唇音，宗聰松三字，齒音，中充□三字，齶音，下五字不能類附，烘音仍喉，風音唇齒半，□音最難出聲，鼻與齶相合也。□音喉齶半，□音喉舌半，以下陽上去入四聲，盡同一經一緯，瞭如列眉，學者熟誦此圖，其餘三十有一，自然貫通。

由上可知，吳烺將聲母分為喉音、舌音、唇音、齒音、齶音等五類。唐宋的學者一般將聲母分為五大類，稱之為「五音」，即唇音、舌音、牙音、齒音、喉音，若加上半舌音和半齒音，稱為「七音」。至於「九音」，則包括重唇、輕唇、舌頭、舌上、齒頭、正齒、牙音、喉音、舌齒音（指來日兩母）〔註3〕。吳烺對縱音二十的分類，顯然不同於傳統「五音」、「七音」或「九音」的分類，以下用「九音」的分類來對比吳烺對二十縱音的分類：

《五聲》二十縱音	吳烺的分類	九音的分類	備　　　註
公空翁	喉音	牙音、喉音	「公、空」為牙音，「翁」為喉音。

〔註3〕參見竺家寧：《聲韻學》，台北：五南圖書出版公司，1998年，p.242。

東通□	舌音	舌音	
□□□	脣音	重脣音	
宗聰松	齒音	齒音	
中充□	齶音	舌音、齒音	「中、充」爲舌音，「□」爲齒音。
烘	仍喉	喉音	
風	脣齒半	輕脣音	
□	鼻與齶相合		
來	喉齶半	舌齒音	
日	喉舌半	舌齒音	

　　由以上的比較可知，吳烺對二十縱音的分類和唐宋前人的分類有不同之處。前人將「公、空」分類爲牙音，而吳烺的分類沒有「牙音」一類，而將「公、空」歸爲「喉音」。前人將「中、充」分類爲舌音，□〔註4〕分類爲齒音，但吳烺稱此類爲「齶音」。吳烺的「脣齒半」即是九音中的「輕脣音」尙可理解，但縱音十八位的「鼻與齶相合」、縱音第十九位「喉齶半」、縱音第二十位「喉舌半」離「九音」的分類用語相異甚遠。古人對聲韻學上的名稱用語一向沒有一定的規範，因此吳烺對二十縱音的看法乃是吳烺個人的歸類，我們必須研判吳烺三十二韻圖中的歸字，才能對這些聲母分類作更詳細的判斷。

第二節　《五聲反切正韻》縱音音值擬音

壹、擬定《五聲反切正韻》二十縱音音值的方法

　　吳烺在論字母第二中，明白表示他對傳統以字母表聲的方法不認同的態度：

> 而其立法尤爲瑣屑，字母橫列於上，四聲縱橫之音列於下，作爲圖式，不勝其繁，其以字母爲標，標猶虛位也，未嘗不可易字以代之，若以爲叶之工商角徵羽，配之喉、齶、舌、齒、脣，則見溪群疑亦何殊於吉區奇魚乎？故曰：非善法也。

因此吳烺深覺字母不可用，所以他完全不立字母，而以「縱音」的方式代表聲

〔註4〕□爲縱音第十五位，因韻圖第一此處無字，以韻圖第三「商」爲代表字。

母，他所造之三十二韻圖，橫軸為五聲，縱軸則為二十縱音，要瞭解這二十個縱音的實際音值，則要從吳烺所填之韻圖例字以及吳烺在《五聲反切正韻》中對此三十二韻圖的說明去觀察。本章擬測《五聲反切正韻》之聲母音值的方法步驟如下：

1. 以每一個縱音為單位，條列三十二韻圖中同一縱音的所有韻圖歸字。
2. 列出同一縱音中所有韻圖歸字在《廣韻》中的反切，以瞭解這些例字的聲類，確定這些例字在中古音的音值。
3. 觀察聲母和韻母、介音的相配情形，以確定不會有不符合音理的現象。
4. 觀察吳烺對二十縱音音值之討論說明文字。
5. 綜合以上所有資料，擬測出《五聲反切正韻》中二十縱音的音值。

貳、《五聲反切正韻》中的二十縱音音值擬測

一、縱音第一位的音值

以下先將所有二十縱音第一位中依韻圖排列順序出現的例字，其在《五聲反切正韻》中的聲調、在《廣韻》中的反切與在《廣韻》中所屬的聲類韻目列出：

韻圖例字	《五聲》聲調	《廣韻》反切	《廣韻》聲類韻目
公	陰	古紅切	見母東韻
拱	上	居悚切	見母腫韻
貢	去	古送切	見母送韻
岡	陰	古郎切	見母唐韻
摃〔註5〕	去	古雙切	見母江韻
姜	陰	居良切	見母陽韻
講	上	古項切	見母講韻
絳	去	古巷切	見母絳韻
光	陰	古黃切	見母唐韻
廣	上	古晃切	見母蕩韻
誑	去	居況切	見母漾韻
基	陰	居之切	見母之韻

〔註5〕《廣韻》中無「摃」字。查《漢語大字典》，「摃」同「扛」，故依「扛」之切語定之。

幾	上	居狶切	見母尾韻
記	去	居吏切	見母志韻
極	入	渠力切	群母職韻
歸	陰	舉韋切	見母微韻
鬼	上	居偉切	見母尾韻
貴	去	居胃切	見母未韻
國	入	古或切	見母德韻
居	陰	九魚切	見母魚韻
舉	上	居許切	見母語韻
句	去	九遇切	見母遇韻
橘	入	居聿切	見母遇韻
孤	陰	古胡切	見母模韻
古	上	公戶切	見母姥韻
固	去	古暮切	見母暮韻
穀	入	古祿切	見母屋韻
皆	陰	古諧切	見母皆韻
解	上	佳買切	見母蟹韻
戒	去	古拜切	見母怪韻
該	陰	古哀切	見母咍韻
改	上	古亥切	見母海韻
蓋	去	古太切	見母泰韻
格	入	古落切	見母鐸韻
乖	陰	古懷切	見母皆韻
掛	上	古賣切	見母卦韻
怪	去	古壞切	見母怪韻
根	陰	古痕切	見母痕韻
梗	上	古杏切	見母梗韻
艮	去	古恨切	見母恨韻
斤	陰	舉欣切	見母欣韻
謹	上	居隱切	見母隱韻
敬	去	居慶切	見母映韻
昆	陰	古渾切	見母魂韻
衮 〔註6〕	上	古本切	見母混韻

〔註 6〕《廣韻》中無「衮」字。查《漢語大字典》,「衮」同「袞」,故依「袞」之切語定之。

棍	去	胡本切	匣母混韻
君	陰	舉云切	見母文韻
迥	上	戶頂切	匣母迥韻
郡	去	渠運切	群母問韻
干	陰	古寒切	見母寒韻
敢	上	古覽切	見母敢韻
幹	去	古案切	見母翰韻
關	陰	古還切	見母刪韻
管	上	古滿切	見母緩韻
慣	去	古患切	見母諫韻
堅	陰	古賢切	見母先韻
減	上	古斬切	見母豏韻
見	去	古電切	見母霰韻
捐	陰	與專切	以母仙韻
卷	上	求晚切	群母阮韻
眷	去	居倦切	見母線韻
交	陰	古肴切	見母肴韻
皎	上	古了切	見母篠韻
教	去	古孝切	見母效韻
高	陰	古勞切	見母豪韻
稿	上	古老切	見母皓韻
告	去	古到切	見母號韻
歌	陰	古俄切	見母歌韻
个	去	古賀切	見母箇韻
閣	入	古落切	見母鐸韻
鍋	陰	古禾切	見母戈韻
果	上	古火切	見母果韻
過	去	古臥切	見母過韻
郭	入	古博切	見母鐸韻
瓜	陰	古華切	見母麻韻
寡	上	古瓦切	見母馬韻
卦	去	古賣切	見母卦韻
刮	入	古□切	見母鎋韻
家	陰	古牙切	見母麻韻

假	上	古雅切	見母馬韻
駕	去	古訝切	見母禡韻
甲	入	古狎切	見母狎韻
結	入	古屑切	見母屑韻
厥	入	居月切	見母月韻
鳩	陰	居求切	見母尤韻
九	上	舉有切	見母有韻
救	去	居祐切	見母宥韻
覺	入	古岳切	見母覺韻
鉤	陰	古侯切	見母侯韻
苟	上	古厚切	見母厚韻
穀	入	古候切	見母候韻

　　縱音第一的例字在中古以見系字居多，《五聲反切正韻》中見系字的細音字是否已經出現顎化現象呢？應裕康認為《五聲反切正韻》中見系字已有顎化現象。應裕康在《清代韻圖研究》中指出：

> 吳氏論字母第二云：「見母於東韻不能切宮，欲切宮字，於三十六母中，竟無母可用。又如溪、群二母，於東韻只切得穹、窮二字，欲切空字，即無母可用。可見其挂漏處正多也。」此條所述，可見當時聲母已有 k-、k'-、x-與 tɕ-、tɕ'-、ɕ-之分。若以三十六字母之見系字為 k-、k'-、x-，則不能切 tɕ-、tɕ'-、ɕ-之字，若以之為 tɕ-、tɕ'-、ɕ-，則不能切 k-、k'-、x-之字。正如吳氏所云：「必欲開口、撮口聲俱全，則又有遺漏，尚非三十六字母所能該括。」（論字母第二）而吳氏之作，又不欲增母以亂字母之法，為人所非議，不如舉而去之，僅立虛位，洪音讀 k-、k'-、x-，細音時則自然讀成 tɕ-、tɕ'-、ɕ-，可見吳氏廢字母，立虛位，其意正在此，而用心可謂良苦矣。〔註7〕

應裕康認為見系字已經發生顎化的理由，在於吳烺所說的「見母於東韻不能切宮，欲切宮字，於三十六母中，竟無母可用。又如溪、群二母，於東韻只切得穹、窮二字，欲切空字，即無母可用。可見其挂漏處正多也。」這一段話。吳

烺認爲「見母於東韻不能切宮」，代表「見」和「宮」的聲母是不相同的，所以「見」母不能當「宮」的反切上字。《廣韻》中「見」的切語是「古電切」，「宮」的切語是「居戎切」，「見」和「宮」在中古都是見母字，可以互作反切上字。但在吳烺的時代卻發生了「見母於東韻不能切宮」的情形，這表示「見」和「宮」的聲母已經不同類了，所以不能互作反切上字。「見」在國語中因爲是細音字，因此顎化讀成〔tɕ-〕，因此不能用來切洪音字「宮」。若要爲「宮」字立切語，則因爲傳統的三十六字母「見、溪、群」都已經顎化讀成〔tɕ-〕、〔tɕ'-〕的音了，所以三十六字母中沒有讀〔k-〕、〔k'-〕的字可作「宮」的反切上字。同樣的情形發生在「溪」、「群」二母上，吳烺說：「溪、群二母，於東韻只切得穹、窮二字，欲切空字，即無母可用。」代表「溪」、「群」二母和「空」字的聲母已經不同了，所以不能作彼此的反切上字。「溪」、「群」因爲細音發生顎化，讀成〔tɕ'-〕，和讀成〔k'-〕的「空」聲母已經不同了。

然而喉音的位置若已經產生顎化，同一縱音位置上是否表示要同時容納〔k-〕、〔k'-〕、〔x-〕和〔tɕ-〕、〔tɕ'-〕、〔ɕ-〕兩組聲母呢？理論上，同一縱音只能放同一類聲母，但是吳烺的三十二韻圖除了依據韻母的不同來分圖之外，還考慮了介音的不同，因此洪音字和細音字不會出現在同一張韻圖上，吳烺揚棄字母的觀念，二十縱音不立字母，因此放洪音字的韻圖喉音字讀〔k-〕、〔k'-〕、〔x-〕，放細音字的韻圖喉音字讀〔tɕ-〕、〔tɕ'-〕、〔ɕ-〕，兩類字並不相混又可相容，這也是吳烺使用「縱音」不使用「字母」的一大功效。因此推定吳烺三十二韻圖的見系字已經產生顎化現象。

從以上所有列在縱音第一位的例字看來，其在《廣韻》中所屬之聲母以見母字佔最多，中古的見母字聲母是牙音〔k-〕。因此縱音第一洪音字的音值是不送氣舌根塞音〔k-〕；細音字的音值是不送氣舌面前塞擦音〔tɕ-〕。

中古群母字在經過濁音清化後，洪音字平聲送氣，仄聲不送氣。因爲縱音第一是不送氣音，因此中古屬全濁聲母的例字都是仄聲字，如「郡、卷」等字。以下討論縱音第一位中不屬於見母字的例字：

1.「捐」：

「捐」的韻圖位置在韻圖第二十一的陰聲。「捐」在中古是以母字，依演變

規律應該讀零聲母。在《中原音韻》中，「娟、鵑、涓」讀成「kyen」〔註8〕，之後經過顎化現象讀成〔tɕyen〕，「捐」的讀音從零聲母轉變成讀舌面前音〔tɕ-〕應是受到聲符類化的影響。

2.「棍、迥」：

「棍」的韻圖位置在韻圖第十六的去聲；「迥」的韻圖位置在韻圖第十七的上聲。「棍、迥」在中古都是匣母字，中古匣母字演變到現代方言讀成見母是特殊的音變現象。而「棍」的聲旁「昆」在《廣韻》中切語為「古渾切」，因此「昆」中古也是見母字，「棍」應是受到聲旁「昆」讀音類化的影響，所以在國語中聲母讀成〔k〕。

二、縱音第二位的音值

以下先將所有列在二十縱音第二位的所有例字依韻圖排列順序出現的例字，其在《五聲反切正韻》中的聲調、在《廣韻》中的反切與在《廣韻》中所屬的聲類韻目列出：

韻圖例字	《五聲》聲調	《廣韻》反切	《廣韻》聲類韻目
空	陰	苦紅切	溪母東韻
孔	上	康董切	溪母董韻
控	去	苦貢切	溪母送韻
穹	陰	去宮切	溪母東韻
窮	陽	渠宮切	群母東韻
康	陰	苦岡切	溪母唐韻
慷	上	苦朗切	溪母蕩韻
亢	去	苦浪切	溪母蕩韻
腔	陰	苦江切	溪母江韻
強	陽	巨良切	群母陽韻
強	上	巨良切	群母陽韻
匡	陰	去王切	溪母陽韻
狂	陽	巨王切	群母陽韻
曠	去	苦謗切	溪母宕韻
欺	陰	去其切	溪母之韻

〔註8〕依陳新雄《中原音韻概要》中的擬音。

其	陽	渠之切	群母之韻
啓	上	康禮切	溪母薺韻
氣	去	去既切	溪母未韻
乞	入	去訖切	溪母櫛韻
虧	陰	去爲切	溪母支韻
葵	陽	渠追切	群母脂韻
傀	上	口猥切	溪母賄韻
匱	去	求位切	群母至韻
闊	入	苦栝切	溪母末韻
驅	陰	豈俱切	溪母虞韻
渠	陽	強魚切	群母魚韻
去	上	羌舉切	溪母語韻
去	去	丘據切	溪母御韻
曲	入	丘玉切	溪母燭韻
枯	陰	苦胡切	溪母模韻
苦	上	康杜切	溪母姥韻
庫	去	苦故切	溪母暮韻
酷	入	苦沃切	溪母沃韻
楷	上	苦駭切	溪母駭韻
開	陰	苦哀切	溪母咍韻
愷	上	苦愛切	溪母代韻
□（概）〔註9〕	去	苦愛切	溪母代韻
客	入	苦格切	溪母陌韻
噲	上	苦夬切	溪母夬韻
快	去	苦夬切	溪母夬韻
鏗	陰	口莖切	溪母耕韻
肯	上	苦等切	溪母等韻
揩	去	無	無
輕	陰	去盈切	溪母清韻
擎	陰	渠京切	群母庚韻
頃	上	去潁切	溪母靜韻
罄	去	苦定切	溪母徑韻

〔註9〕《漢語大字典》：「□，通『慨』。」

坤	陰	苦昆切	溪母魂韻
閫	上	苦本切	溪母混韻
困	去	苦悶切	溪母慁韻
群	陽	渠云切	群母文韻
堪	陰	口含切	溪母覃韻
坎	上	苦感切	溪母感韻
看	去	苦旰切	溪母翰韻
寬	陰	苦官切	溪母桓韻
欵	上	苦管切	溪母緩韻
謙	陰	苦兼切	溪母添韻
乾	陽	渠焉切	群母仙韻
蹇	上	居偃切	見母阮韻
欠	去	去劍切	溪母梵韻
圈	陰	丘圓切	溪母仙韻
拳	陽	巨員切	群母仙韻
犬	上	苦泫切	溪母銑韻
勸	去	去願切	溪母願韻
献 〔註10〕	陰	口交切	溪母肴韻
喬	陽	巨嬌切	群母宵韻
巧	上	苦教切	溪母巧韻
竅	去	苦弔切	溪母嘯韻
考	上	苦浩切	溪母皓韻
靠	去	苦到切	溪母號韻
苛	陰	胡歌切	匣母歌韻
可	上	枯我切	溪母哿韻
殼	入	無	無
科	陰	苦禾切	溪母戈韻
顆	上	苦果切	溪母果韻
課	去	苦臥切	溪母過韻
括	入	古活切	見母末韻
誇	陰	苦瓜切	溪母麻韻

〔註10〕　《廣韻》中無「高交」字，《漢語大字典》中「高交」同「敲」，今依「敲」之切
　　　　語定之。

跨	去	苦化切	溪母禡韻
迦	陽	居迦切	見母戈韻
恰	入	苦洽切	溪母洽韻
渴	入	苦曷切	溪母曷韻
挈	入	苦結切	溪母屑韻
缺	入	傾雪切	溪母薛韻
邱	陰	去鳩切	溪母尤韻
求	陽	巨鳩切	群母尤韻
卻	入	去約切	溪母藥韻
彄	陰	恪侯切	溪母侯韻
口	上	苦后切	溪母厚韻
扣	入	苦候切	溪母候韻

從以上所有列在縱音第二位的例字看來，其在《廣韻》中所屬之聲母爲溪母與群母，可見縱音第二的例字，在中古時的聲母是牙音〔k'-〕。因此縱音第二的洪音字聲母音值是送氣舌根塞音〔k'-〕；細音字聲母音值是送氣舌面前塞擦音〔tɕ'-〕。

中古群母字在經過濁音清化後，洪音字平聲讀送氣音，仄聲讀不送氣音，縱音第二的例字因爲是讀送氣音，因此中古屬全濁聲母的例字都是平聲字，如「窮、葵、匱、渠、喬」等。以下討論縱音第二位中不屬於溪、群母的例字：

1.「蹇」：

「蹇」的韻圖位置在韻圖第二十的上聲。「蹇」在《廣韻》中是「居偃切」，應該讀成〔tɕian〕，但在《五聲反切正韻》中依韻圖位置應讀成〔tɕ'ian〕，現代音則是和《廣韻》一致。在《中原音韻》中，「蹇」的讀音是〔kien〕[註11]，也是不送氣音，在《五聲反切正韻》中讀成送氣是較特殊的地方。

2.「迦」：

「迦」的韻圖位置在韻圖第二十七的陽聲。「迦」在《五聲反切正韻》中依韻圖位置應讀爲〔tɕ'ia〕。在《廣韻》中「迦」是「居迦切」，現代國語聲母應該讀成〔tɕ-〕，但在《五聲反切正韻》中「迦」讀成〔tɕ'-〕，現代音則符合《廣

〔註11〕 依陳新雄：《中原音韻概要》中的擬音。陳新雄：《中原音韻概要》，台北：學海出版社，1990年。

韻》的音變。在《中原音韻》中,「迦」的讀音是〔kia〕(註12),「迦」在《五聲反切正韻》中讀成送氣音的讀法是一個很特殊的現象。

3.「苛」:

「苛」的韻圖位置在韻圖第二十四的陰聲。縱音第二中「苛」在中古是匣母字,在現代國語中,「苛」的聲母是〔k'-〕,可見在《五聲反切正韻》中,「苛」便已經讀成〔k'-〕,這是受到聲符「可」類化的影響。

4.「括」:

「括」的韻圖位置在韻圖第二十五的入聲。縱音第二中「括」在中古是見母字,按照演變規律聲母應讀作〔k-〕,在《五聲反切正韻》中,「括」聲母讀成〔k'-〕。在現代國語中,「括」的聲母有〔k-〕、〔k'-〕兩種讀音。

三、縱音第三位的音值

以下先將所有列在二十縱音第三位中依韻圖排列順序出現的例字,其在《五聲反切正韻》中的聲調、在《廣韻》中的反切與在《廣韻》中所屬的聲類韻目列出:

韻圖例字	《五聲》聲調	《廣韻》反切	《廣韻》聲類韻目
翁	陰	烏紅切	影母東韻
甕	去	烏貢切	影母送韻
雍	陰	於容切	影母鍾韻
容	陽	餘封切	以母鍾韻
勇	上	余隴切	以母腫韻
用	去	余頌切	以母用韻
昂	陽	五剛切	疑母唐韻
盎	去	烏浪切	影母蕩韻
秧	陰	於良切	影母陽韻
羊	陽	與章切	以母陽韻
養	上	餘兩切	以母養韻
樣	去	餘亮切	以母漾韻
汪	陰	烏光切	影母唐韻
王	陽	雨方切	云母陽韻

〔註12〕 同前註。

枉	上	紆往切	影母養韻
旺	去	于放切	云母漾韻
衣	陰	於希切	影母微韻
宜	陽	魚羈切	疑母支韻
以	上	羊己切	以母止韻
意	去	於記切	影母志韻
一	入	於悉切	影母質韻
威	陰	於非切	影母微韻
微	陽	無非切	微母微韻
委	上	於為切	影母旨韻
未	去	無沸切	微母未韻
迂	陰	羽俱切	云母虞韻
魚	陽	語居切	疑母魚韻
羽	上	王矩切	云母麌韻
遇	去	牛具切	疑母遇韻
玉	入	魚欲切	疑母燭韻
烏	陰	哀都切	影母模韻
吾	陽	五乎切	疑母模韻
五	上	疑古切	疑母姥韻
務	去	亡遇切	微母遇韻
屋	入	烏谷切	影母屋韻
埃	陽	烏開切	影母咍韻
艾	去	五蓋切	疑母泰韻
哀	陰	烏開切	影母咍韻
藹	上	於蓋切	影母泰韻
愛	去	烏代切	影母代韻
厄	入	於革切	影母麥韻
偎	陰	烏恢切	影母灰韻
外	去	五會切	疑母泰韻
恩	陰	烏痕切	影母痕韻
陰	陰	於金切	影母侵韻
銀	陽	語斤切	疑母眞韻
影	上	於丙切	影母梗韻
印	去	於刃切	影母震韻

溫	陰	烏渾切	影母魂韻
文	陽	無分切	微母文韻
穩	上	烏本切	影母混韻
問	去	亡運切	微母問韻
雲	陽	王分切	云母文韻
永	上	于憬切	云母梗韻
韻	去	王問切	云母問韻
安	陰	烏寒切	影母寒韻
俺	陽	於驗切	影母豔韻
闇	上	烏紺切	影母勘韻
暗	去	烏紺切	影母勘韻
刓	陰	五丸切	疑母桓韻
頑	陽	五還切	疑母刪韻
椀	上	烏管切	影母緩韻
萬	去	無販切	微母願韻
煙	陰	烏前切	影母先韻
鹽	陽	余廉切	以母鹽韻
眼	上	五限切	疑母產韻
燕	去	於甸切	影母霰韻
淵	陰	烏玄切	影母先韻
元	陽	愚袁切	疑母元韻
遠	上	雲阮切	云母阮韻
怨	去	於願切	影母願韻
腰	陰	於霄切	影母宵韻
姚	陽	餘昭切	以母宵韻
杳	上	烏皎切	影母篠韻
要	去	於笑切	影母笑韻
熝	陰	於刀切	影母豪韻
敖	陽	五勞切	疑母豪韻
襖	上	烏皓切	影母皓韻
奧	去	烏到切	影母號韻
訛	陽	五禾切	疑母戈韻
惡	入	烏各切	影母鐸韻
阿	陰	烏何切	影母戈韻

鵞	陽	五何切	疑母歌韻
我	上	五可切	疑母哿韻
餓	去	五个切	疑母箇韻
齷	入	於角切	影母覺韻
漥	陰	烏瓜切	影母麻韻
瓦	上	五寡切	疑母馬韻
襪	入	望發切	微母月韻
丫	陰	於加切	影母麻韻
牙	陽	五加切	疑母麻韻
啞	上	衣嫁切	影母禡韻
亞	去	衣嫁切	影母禡韻
鴨	入	烏甲切	影母狎韻
耶	陰	以遮切	以母麻韻
爺〔註13〕	陽	以遮切	以母麻韻
也	上	羊者切	以母馬韻
夜	去	羊謝切	以母禡韻
月	入	魚厥切	疑母月韻
幽	陰	於虯切	影母幽韻
游	陽	以周切	以母尤韻
有	上	云久切	云母有韻
又	去	于救切	云母宥韻
樂	入	五角切	疑母覺韻
鷗	陰	烏侯切	影母侯韻
偶	上	五口切	疑母厚韻
漚	入	烏候切	影母候韻

　　從以上所有列在縱音第三位的例字看來，其在《廣韻》中所屬之聲母包含影、以、疑、云、微等五個聲母。這些例字是現代零聲母的來源。

　　零聲母的演變，根據竺家寧先生的說法，大約可分為三個歷程：

　　　　國語的零聲母淵源於六個不同的中古聲母……這些古代聲母不是一
　　　　下子就變成零聲母的，我們可以把它分為三個階段：第一，云、以
　　　　兩母首先合併，時間在第十世紀；第二，影、疑兩母到了宋代（第

〔註13〕《廣韻》中無「爺」字。今依《玉篇》中「爺」之切語定之。

十到十三世紀）也轉成了零聲母；第三，微、日（一部份字）兩母要遲到十七世紀以後才變成零聲母。〔註14〕

吳烺的《五聲反切正韻》是清朝的韻書（西元 1763 年），影、以、疑、云、微等中古聲母都變成了零聲母。因此縱音第三聲母的音值是零聲母〔ø〕。

「容」在《五聲反切正韻》中的韻圖位置放在縱音第三，韻圖第二的陽聲中。在《廣韻》中「容」是「餘封切」，發展至今應該是零聲母字，在《五聲反切正韻》中的「容」還是個零聲母字。

現代國語中，「容」的聲母為〔ʐ〕，「容」字由零聲母增生捲舌濁擦音聲母的現象在漢語中是一個特殊的音變。而由《五聲反切正韻》中「容」的讀音，可以知道在《五聲反切正韻》（西元 1763 年）之前，「容」都還是一個零聲母字。

四、縱音第四位的音值

以下先將所有列在二十縱音第四位依韻圖排列順序出現的例字，其在《五聲反切正韻》中的聲調、在《廣韻》中的反切與在《廣韻》中所屬的聲類韻目列出：

韻圖例字	《五聲》聲調	《廣韻》反切	《廣韻》聲類韻目
東	陰	德紅切	端母東韻
董	上	多動切	端母董韻
動	去	徒摠切	定母董韻
當	陰	都郎切	端母唐韻
黨	上	多朗切	端母蕩韻
蕩	去	徒朗切	定母唐韻
低	陰	都奚切	端母齊韻
底	上	都禮切	端母薺韻
弟	去	特計切	定母霽韻
笛	入	徒歷切	定母錫韻
堆	陰	都回切	端母灰韻
對	去	都隊切	端母隊韻
都	陰	當孤切	端母模韻
賭	上	當古切	端母姥韻

〔註14〕參見竺家寧：《聲韻學》，台北：五南出版社，1999 年 11 月，p.451。

杜	去	徒古切	定母姥韻
篤	入	冬毒切	端母沃韻
駛	陰	床史切	崇母止韻
紿	上	徒亥切	定母海韻
帶	去	當蓋切	端母泰韻
德	入	多則切	端母德韻
登	陰	都滕切	端母登韻
等	上	多肯切	端母等韻
鈍	去	徒困切	定母慁韻
丁	陰	當經切	端母青韻
頂	上	都挺切	端母迥韻
定	去	徒徑切	定母徑韻
單	陰	都寒切	端母寒韻
膽	上	都敢切	端母敢韻
但	去	徒案切	定母翰韻
端	陰	多官切	端母桓韻
短	上	都管切	端母緩韻
斷	去	丁貫切	端母換韻
顛	陰	都年切	端母先韻
典	上	多殄切	端母銑韻
殿	去	都甸切	端母霰韻
刁	陰	都聊切	端母蕭韻
弔	去	多嘯切	端母嘯韻
刀	陰	都牢切	端母豪韻
倒	上	都皓切	端母皓韻
到	去	都導切	端母號韻
奪	入	徒活切	定母末韻
多	陰	得何切	端母戈韻
朵	上	丁果切	端母果韻
埵	去	都唾切	端母遇韻
打	上	德冷切	端母梗韻
大	去	徒蓋切	定母泰韻
達	入	唐割切	定母曷韻
爹	陰	陟邪切	端母麻韻

蝶	入	徒協切	定母怗韻
丟 〔註15〕	陰	丁羞切	端母尤韻
兜	陰	當侯切	端母侯韻
斗	上	當口切	端母厚韻
豆	入	田候切	定母候韻

從以上所有列在縱音第四位的例字看來，其在《廣韻》中所屬之聲母爲端母和定母，因此將縱音第四位聲母的音值爲不送氣舌尖塞音〔t〕。

在中古屬於定母的例字，經過濁音清化的過程，平聲字讀送氣音，仄聲字讀不送氣音。因爲縱音第四的例字是不送氣音，因此中古屬全濁聲母的例字都是仄聲字，如「動、弟、杜、頓」等。

縱音第四位中不屬於端母的例字僅有「駛」。「駛」的韻圖位置在韻圖第十二的陰聲；《廣韻》切語是「床史切」又「五駭切」。依照演變規律，應該讀成〔tʂï〕或〔ai〕，但在《五聲反切正韻》中聲母卻讀成〔t〕，是一個聲母讀音很特殊的韻圖歸字。

五、縱音第五位的音值

以下先將所有列在二十縱音第五位依韻圖排列順序出現的例字，其在《五聲反切正韻》中的聲調、在《廣韻》中的反切與在《廣韻》中所屬的聲類韻目列出：

韻圖例字	《五聲》聲調	《廣韻》反切	《廣韻》聲類韻目
通	陰	他紅切	透母東韻
同	陽	徒紅切	定母東韻
統	上	他綜切	透母宋韻
痛	去	他貢切	透母送韻
湯	陰	吐郎切	透母唐韻
唐	陽	徒郎切	定母唐韻
攩	上	他朗切	透母蕩韻
盪	去	他浪切	透母蕩韻
梯	陰	土雞切	透母齊韻

〔註15〕《廣韻》中無「丟」字。今依《漢語大字典》：「《改併四聲篇海》引《俗字背篇》：丁羞切。」

題	陽	杜奚切	定母齊韻
體	上	他禮切	透母薺韻
剔	入	他歷切	透母錫韻
推	陰	湯回切	透母灰韻
頹	陽	杜回切	定母灰韻
腿	上	吐猥切	透母賄韻
退	去	他內切	透母隊韻
徒	陽	同都切	定母模韻
土	上	他魯切	透母姥韻
兔	去	湯故切	透母暮韻
禿	入	他谷切	透母屋韻
台	陰	土來切	透母咍韻
臺	陽	徒哀切	定母咍韻
太	去	他蓋切	透母泰韻
特	入	徒得切	定母德韻
吞	陰	吐根切	透母痕韻
滕	陽	徒登切	定母登韻
褪 〔註16〕	去	土困切	透母慁韻
汀	陰	他丁切	透母青韻
停	陽	特丁切	定母青韻
艇	上	徒鼎切	定母迥韻
聽	去	他定切	透母徑韻
團	陽	度官切	定母桓韻
天	陰	他前切	透母先韻
田	陽	徒年切	定母先韻
覥	上	他典切	透母銑韻
挑	陰	吐彫切	透母蕭韻
條	陽	徒聊切	定母蕭韻
窕	上	徒了切	定母篠韻
眺	去	他弔切	透母嘯韻
韜	陰	土刀切	透母豪韻
桃	陽	徒刀切	定母豪韻

〔註16〕《廣韻》中無「褪」字。今依《古今韻會舉要》之切語定之。

討	上	他浩切	透母皓韻
套	去	他浩切	透母皓韻
托〔註17〕	入	闥各切	透母鐸韻
拖	陰	吐邏切	透母箇韻
馳	陽	徒何切	定母歌韻
妥	上	他果切	透母果韻
他	陰	託何切	透母歌韻
塔	入	吐盍切	透母盍韻
鐵	入	他結切	透母屑韻
偷	陰	託侯切	透母侯韻
頭	陽	度侯切	定母侯韻

　　以上所有列在縱音第五位的例字，在《廣韻》中所屬之聲母皆屬於舌音透母和定母。中古的透母字讀舌音〔t'-〕，因此縱音第五位的音值爲送氣舌尖塞音〔t'-〕。

　　在中古屬於定母的例字，因爲經過濁音清化的過程，平聲字送氣，仄聲字不送氣。縱音第五位因爲是送氣音，因此中古屬全濁聲母的例字都是平聲字，如「同、唐、題、徒」等。

六、縱音第六位的音值

　　以下先將所有列在二十縱音第六位依韻圖排列順序出現的例字，其在《五聲反切正韻》中的聲調、在《廣韻》中的反切與在《廣韻》中所屬的聲類韻目列出：

韻圖例字	《五聲》聲調	《廣韻》反切	《廣韻》聲類韻目
農	陽	奴多切	泥母冬韻
囊	陽	奴當切	泥母唐韻
攮〔註18〕	上	乃黨切	泥母蕩韻
娘	陽	女良切	泥母陽韻
仰	上	魚兩切	疑母養韻
釀	去	女亮切	娘母漾韻

〔註17〕　《廣韻》中無「托」字。今依《集韻》中「托」字的切語定之。

〔註18〕　《廣韻》中無「攮」字。今依《字彙》中「攮」之切語定之。

泥	陽	奴低切	泥母齊韻
你	上	乃里切	泥母止韻
膩	去	女利切	娘母至韻
逆	入	宜戟切	疑母陌韻
餒	上	奴罪切	泥母賄韻
內	去	奴對切	泥母隊韻
女	上	尼呂切	娘母語韻
恧	入	女六切	娘母屋韻
奴	陽	乃都切	泥母模韻
弩	上	奴古切	泥母姥韻
怒	去	乃故切	泥母暮韻
能	陽	奴來切	泥母哈韻
乃	上	奴亥切	泥母海韻
奈	去	奴帶切	泥母泰韻
能	陽	奴登切	泥母登韻
嫩	去	奴困切	泥母慁韻
寧	陽	奴丁切	泥母青韻
甯	去	乃定切	泥母徑韻
南	陽	那含切	泥母元韻
難	去	奴案切	泥母翰韻
煗	上	乃管切	泥母緩韻
拈	陰	奴兼切	泥母添韻
年	陽	奴顛切	泥母先韻
輦	上	力展切	來母獮韻
念	去	奴店切	泥母掭韻
鳥	上	都了切	端母篠韻
鐃	陽	女交切	娘母肴韻
惱	上	奴皓切	泥母皓韻
鬧	去	奴教切	泥母效韻
諾	入	奴各切	泥母鐸韻
那	陽	諾何切	泥母歌韻
那	上	奴可切	泥母哿韻
那	去	奴箇切	泥母箇韻
拿	陽	女加切	泥母麻韻

那	上	奴可切	泥母智韻
那	去	奴可切	泥母智韻
聶	入	尼輒切	娘母葉韻
牛	陽	語求切	疑母尤韻
鈕	上	女久切	娘母有韻
繆	去	靡幼切	明母幼韻
虐	入	魚約切	疑母藥韻
耨	入	奴豆切	泥母候韻

　　從以上所有列在縱音第六位的例字看來，其在《廣韻》中所屬之聲母大部分屬於泥母和娘母。因此縱音第六的音值應為舌尖鼻音〔n〕。以下討論縱音第六中不屬於泥、浪二母的字：

　　1.「繆」：

　　「繆」的韻圖位置在韻圖第三十一的去聲；在《廣韻》中的切語是靡幼切，中古聲母屬於明母，現代國語聲母讀〔m-〕。但在《五聲反切正韻》中，「繆」卻放在縱音第六中，聲母讀成〔n〕，是一個很特殊的讀音。對此，孫華先在〈吳烺五聲反切正韻的二十縱音〉一文中有以下看法：

> 「繆」《廣韻》在靡幼切小韻中。該小韻只有兩個字，還有一個是「謬」。「繆」有兩義，「紕繆」；又，姓。姓氏義的「繆」，《正字通》時代已經「讀若妙」；「紕繆」義的「繆」一直和「謬」同音。兩者不但音同，而且義通⋯⋯。此「繆、謬」之聲為「翏」（力救切），諧「翏」之聲者有不少是來母字，如「廖寥戮漻嶚憀摎」等，以「翏」為諧聲偏旁的既有明母字又有來母字⋯⋯現代南京方言還會把「黑繆論」說成是「黑溜論」，此為一證。⋯⋯吳烺這個「繆」字顯然是力救切的「繆」。這個力救切的「繆」不放在縱音第十九位，而放在第六位，是否意味著吳烺的口中顯然也是 n、l 有混？[註19]

孫華先用諧聲偏旁的概念去解釋「繆」放在縱音第六的原因，並舉南京方言為例。在縱音第六中，清一色都是泥母字，而縱音第十九清一色都是來母字，泥母和來母字分明是不相混的。而這一個「繆」字，顯然在《廣韻》中是明母字，

因為僅此一個例字，很難證明吳烺的口中是否 n、l 有混，而諧聲偏旁的例證又非「繆」字，因此仍將此字視為特殊聲母例字。

2.「輦」：

「輦」的韻圖位置在韻圖第二十的上聲。在中古「輦」為來母字，在《中原音韻》中「輦」的聲母仍讀為〔l〕，但現代國語中「輦」的聲母是〔n〕，而在《五聲反切正韻》時，「輦」的聲母就已經讀〔n〕了。

3.「鳥」：

「鳥」的韻圖位置在韻圖第二十二的去聲，在中古為端母字，在《中原音韻》中「鳥」聲母就已經讀成〔n〕，可見「鳥」的聲母在元代就已經發生變化。

4.「牛、虐」：

「牛」的韻圖位置在韻圖第三十一的陽聲；「虐」的韻圖位置在韻圖第三十一的入聲。「牛、虐」在中古為疑母字，現代國語中「牛、虐」的聲母亦是讀〔n〕，而在《五聲反切正韻》時，「牛、虐」的聲母就已經讀〔n〕了。

「仰」在《五聲反切正韻》中的韻圖位置是在韻圖第四的上聲。「仰」的《廣韻》切語是「魚兩切」，依照演變規律，應該讀成〔iaŋ〕，也就是現在的讀音。在《五聲反切正韻》中，「仰」的聲母是〔n〕。在《中原音韻》中，「仰」也是讀成〔niaŋ〕 [註20]。

觀察現代漢語方言，「仰」的聲母在北京、濟南、西安、太原、武漢、成都、合肥都讀成零聲母，而〔n〕、〔l〕不分的揚州讀作〔l〕，而蘇州、溫州、長沙、雙峰讀作〔n̩〕 [註21]，《五聲反切正韻》中「仰」讀成〔niaŋ〕可能反映的是揚州音。

七、縱音第七位的音值

以下先將所有列在二十縱音第七位依韻圖排列順序出現的例字，其在《五聲反切正韻》中的聲調、在《廣韻》中的反切與在《廣韻》中所屬的聲類韻目列出：

[註20] 同註11。

[註21] 同註11，p.322。

韻圖例字	《五聲》聲調	《廣韻》反切	《廣韻》聲類韻目
琫	上	邊孔切	幫母董韻
蚌	去	步項切	並母講韻
邦	陰	博江切	幫母江韻
榜	上	北朗切	幫母蕩韻
謗	去	補曠切	幫母宕韻
比	上	卑履切	幫母支韻
秘	去	兵媚切	幫母至韻
必	入	卑吉切	幫母質韻
碑	陰	彼爲切	幫母支韻
被	去	平義切	並母寘韻
逋	陰	博孤切	幫母模韻
捕	上	薄故切	並母暮韻
布	去	博故切	幫母暮韻
卜	入	博木切	幫母屋韻
杯	陰	布回切	幫母灰韻
擺	上	北買切	幫母蟹韻
拜	去	博怪切	幫母怪韻
白	入	傍陌切	並母陌韻
奔	陰	博昆切	幫母魂韻
本	上	布忖切	幫母混韻
笨	去	蒲本切	並母混韻
冰	陰	筆陵切	幫母蒸韻
併	上	必郢切	幫母靜韻
並	去	畀政切	並母勁韻
班	陰	布還切	幫母刪韻
板	上	布綰切	幫母潸韻
辦	去	蒲莧切	並母襉韻
搬	陰	布還切	幫母刪韻
半	去	博慢切	幫母換韻
邊	陰	布玄切	幫母仙韻
扁	上	方典切	幫母銑韻
遍	去	方見切	幫母線韻
標	陰	甫遙切	幫母宵韻

表	上	陂嬌切	幫母小韻
包	陰	布交切	幫母肴韻
保	上	博抱切	幫母皓韻
抱	去	薄浩切	幫母皓韻
波	陰	博禾切	幫母戈韻
簸	上	布火切	幫母果韻
播	去	補過切	幫母過韻
巴	陰	伯加切	幫母麻韻
把	上	博下切	幫母馬韻
罷	去	薄蟹切	並母蟹韻
別	入	皮列切	並母薛韻
彪	陰	甫休切	非母幽韻
抔	陰	薄侯切	並母侯韻

從以上所有列在縱音第七位的例子看來，其在《廣韻》中所屬之聲母包含幫、並二母。幫母字在中古時的聲母是唇音〔p-〕，中古屬於並母的例字，經過濁音清化的過程後，都變成了清音。因此縱音第七位的聲母音值為不送氣雙唇塞音〔p-〕。

中古的並母字，經過濁音清化後，平聲字讀送氣音，仄聲字讀不送氣音。因為縱音第七位都是不送氣音，因此中古屬全濁聲母的例字都是仄聲字，如「蚌、被、捕、笨」等。

而在《廣韻》中屬於非母的例字（如扁、遍、標），是因為切語有唇音類隔的緣故，以輕唇切重唇，其實還是重唇音。

八、縱音第八位的音值

以下先將所有列在二十縱音第八位依韻圖排列順序出現的例字，其在《五聲反切正韻》中的聲調、在《廣韻》中的反切與在《廣韻》中所屬的聲類韻目列出：

韻圖例字	《五聲》聲調	《廣韻》反切	《廣韻》聲類韻目
捧	上	敷奉切	滂母腫韻
旁	陽	步光切	並母唐韻
披	陰	敷羈切	滂母支韻
皮	陽	符羈切	並母支韻

痞	上	符鄙切	並母支韻
譬	去	匹賜切	滂母寘韻
辟	入	房益切	並母昔韻
陪	陽	薄回切	並母灰韻
配	去	滂佩切	滂母隊韻
鋪	陰	普胡切	滂母模韻
蒲	陽	薄胡切	並母模韻
普	上	滂古切	滂母姥韻
鋪	去	普故切	滂母暮韻
樸	入	匹角切	滂母覺韻
丕	陰	敷悲切	滂母脂韻
排	陽	步皆切	並母皆韻
派	去	匹卦切	滂母卦韻
迫	入	博陌切	幫母陌韻
噴	陰	普魂切	滂母魂韻
盆	陽	蒲奔切	並母魂韻
噴	去	普悶切	滂母慁韻
俜	陰	匹正切	滂母勁韻
平	陽	符兵切	並母庚韻
品	上	丕飲切	滂母寢韻
聘	去	匹正切	滂母勁韻
攀	陰	普班切	滂母刪韻
盤	陽	薄官切	並母桓韻
盼	去	匹莧切	滂母襇韻
潘	陰	普官切	滂母桓韻
畔	去	薄半切	並母換韻
偏	陰	芳連切	滂母仙韻
便	陽	房連切	並母仙韻
騗 [註22]	去	匹羨切	滂母線韻
飄	陰	符霄切	並母宵韻
瓢	陽	符霄切	並母宵韻
摽	上	苻少切	並母小韻

[註22] 《廣韻》中無「騗」字。今依《集韻》中「騗」之切語定之。

票	去	撫招切	滂母宵韻
拋	陰	匹交切	滂母肴韻
袍	陽	薄褒切	並母豪韻
跑	上	蒲角切	並母覺韻
泡	去	匹交切	滂母皓韻
潑 [註23]	入	普活切	滂母末韻
坡	陰	滂禾切	滂母戈韻
婆	陽	薄波切	並母戈韻
頗	上	普火切	滂母果韻
破	去	普過切	滂母過韻
扒	陽	博拔切	幫母黠韻
怕	去	普駕切	滂母禡韻
撇	入	普蔑切	滂母屑韻
裒	陽	薄侯切	並母侯韻
剖	上	普后切	滂母厚韻

　　從以上所有列在縱音第八位的例字看來，其在《廣韻》中所屬之聲母中多屬於滂母和並母，滂母字在中古讀成送氣雙唇塞音〔p'〕。而在中古屬於並母的字，經過濁音清化的過程，現在都讀成了清音。因此縱音第八位的音值為送氣雙唇清塞音〔p'-〕。

　　中古的並母字，經過濁音清化的過程後，平聲字讀成送氣音，仄聲字讀成不送氣音，縱音第八位的例字都是送氣字，因此中古屬全濁聲母的例字都是平聲字，如「旁、皮、陪、蒲」等。

　　而在《廣韻》中屬於敷母和奉母的例字（如丕、平），是因為以輕唇切重唇，其實還是重唇音。

九、縱音第九位的音值

　　以下先將所有列在二十縱音第九位依韻圖排列順序出現的例字，其在《五聲反切正韻》中的聲調、在《廣韻》中的反切與在《廣韻》中所屬的聲類韻目列出：

〔註23〕《廣韻》中無「潑」字。今依《集韻》中「潑」之切語定之。

韻圖例字	《五聲》聲調	《廣韻》反切	《廣韻》聲類韻目
蒙	陽	莫紅切	明母東韻
蠓	上	莫孔切	明母董韻
夢	去	莫鳳切	明母送韻
茫	陽	莫郎切	明母唐韻
莽	上	模朗切	明母蕩韻
迷	陽	莫兮切	明母齊韻
米	上	莫禮切	明母薺韻
謎	去	莫計切	明母霽韻
密	入	美畢切	明母質韻
梅	陽	莫杯切	明母灰韻
美	上	無鄙切	微母旨韻
妹	去	莫佩切	明母隊韻
模	陽	莫胡切	明母模韻
母	上	莫厚切	明母厚韻
暮	去	莫故切	明母暮韻
木	入	莫卜切	明母屋韻
埋	陽	莫皆切	明母皆韻
買	上	莫蟹切	明母蟹韻
賣	去	莫懈切	明母卦韻
麥	入	莫獲切	明母麥韻
押	陰	莫奔切	明母魂韻
門	陽	莫奔切	明母魂韻
悶	去	莫困切	明母慁韻
明	陽	武兵切	微母庚韻
敏	上	眉殞切	明母軫韻
命	去	眉病切	明母映韻
蠻	陽	莫還切	明母刪韻
慢	去	謨晏切	明母諫韻
瞞	陽	母官切	明母桓韻
滿	上	莫旱切	明母緩韻
眠	陽	莫賢切	明母先韻
免	上	亡辨切	微母獮韻
面	去	彌箭切	明母線韻

苗	陽	武瀌切	微母宵韻
眇	上	亡沼切	微母小韻
妙	去	彌笑切	明母笑韻
茅	陽	莫交切	明母肴韻
卯	上	莫飽切	明母巧韻
冒	去	莫報切	明母肴韻
莫	入	慕各切	明母鐸韻
摩	陰	慕婆切	明母戈韻
磨	陽	莫婆切	明母戈韻
麼〔註24〕	上	眉波切	明母戈韻
磨	去	摸臥切	明母過韻
嬤〔註25〕	陰	忙果切	明母果韻
麻	陽	莫霞切	明母麻韻
馬	上	莫下切	明母馬韻
罵	去	莫霸切	明母馬韻
抹	入	莫撥切	明母末韻
矛	陽	莫貢切	明母尤韻
謀	陽	莫浮切	明母尤韻
某	上	莫厚切	明母厚韻
茂	入	莫候切	明母候韻

從以上所有列在縱音第九位的例字看來，其在《廣韻》中所屬之聲母，包含明母和微母。明母字和微母字在中古讀雙唇鼻音〔m-〕，因此縱音第九位的聲母音值為〔m-〕。

十、縱音第十位的音值

以下先將所有列在二十縱音第十位依韻圖排列順序出現的例字，其在《五聲反切正韻》中的聲調、在《廣韻》中的反切與在《廣韻》中所屬的聲類韻目列出：

韻圖例字	《五聲》聲調	《廣韻》反切	《廣韻》聲類韻目
宗	陰	作冬切	精母冬韻

〔註24〕《廣韻》中無「麼」字。今依《集韻》中「麼」之切語定之。

〔註25〕《廣韻》中無「嬤」字。今依《字彙》中「嬤」之切語定之。

總	上	作孔切	精母董韻
縱	去	子用切	精母用韻
臧	陰	則郎切	精母唐韻
葬	去	則浪切	精母蕩韻
將	陰	即良切	精母陽韻
蔣	上	即兩切	精母養韻
醬	去	子亮切	精母漾韻
茲	陰	子之切	精母之韻
子	上	即里切	精母止韻
字	去	疾置切	從母志韻
則	入	子德切	精母德韻
濟	上	子禮切	精母薺韻
薺	去	徂禮切	從母薺韻
集	入	秦入切	從母緝韻
嘴〔註26〕	上	祖委切	精母紙韻
醉	去	將遂切	精母至韻
疽	陰	七余切	清母魚韻
聚	去	才句切	從母遇韻
租	陰	則吾切	精母模韻
祖	上	則古切	精母姥韻
祚	去	昨誤切	從母暮韻
足	入	即玉切	精母燭韻
哉	陰	祖才切	精母咍韻
宰	上	作亥切	精母海韻
在	去	昨代切	從母代韻
賊	入	昨則切	從母德韻
曾	陰	作滕切	精母登韻
怎〔註27〕	上	子吽切	精母厚韻
贈	去	昨亙切	從母嶝韻
精	陰	子盈切	精母清韻
井	上	子郢切	精母靜韻

〔註26〕《廣韻》中無「嘴」字。今依《集韻》中「嘴」之切語定之。

〔註27〕《廣韻》中無「怎」字。今依《五音集韻》中「怎」之切語定之。

進	去	即刃切	精母震韻
尊	陰	祖昆切	精母魂韻
簪	陰	作含切	精母元韻
喒〔註28〕	陽	子感切	精母感韻
趲	上	則旰切	精母翰韻
贊	去	則旰切	精母翰韻
鑽	陰	借官切	精母桓韻
纂	上	作管切	精母緩韻
鑽	去	子筭切	精母換韻
煎	陰	子仙切	精母仙韻
剪	上	即淺切	精母獮韻
賤	去	才線切	從母線韻
詮	陰	此緣切	清母仙韻
焦	陰	即消切	精母宵韻
勦	上	子小切	精母小韻
醮	去	子肖切	精母笑韻
糟	陰	作曹切	精母豪韻
皁	去	昨早切	從母皓韻
作	入	則落切	精母鐸韻
左	上	臧可切	精母哿韻
佐	去	則箇切	精母箇韻
雜	入	徂合切	從母合韻
姐	上	茲野切	精母馬韻
借	去	子夜切	精母禡韻
接	入	即葉切	精母葉韻
嗟	陰	子邪切	精母麻韻
絕	入	情雪切	從母薛韻
啾	陰	即由切	精母尤韻
酒	上	子酉切	精母有韻
就	去	疾僦切	從母宥韻
爵	入	即略切	精母藥韻
鄒	陰	側鳩切	莊母尤韻

〔註28〕《廣韻》中無「喒」字。今依《集韻》中「喒」字之切語定之。

走	上	子苟切	精母厚韻
縬	入	側救切	莊母宥韻

　　縱音第十位的例字在《廣韻》中所屬之聲母多屬於精系字，而以精母字居多，精母字在中古聲母中讀不送氣舌尖塞擦音〔ts〕，從母字經過濁音清化的過程，所以讀成了清音。

　　從母字經過濁音清化的過程，平聲字送氣，仄聲字不送氣。因為縱音第十位所收例字為不送氣音，因此中古屬全濁聲母的例字都是仄聲字，如「字、薺、聚、在」等。因此縱音第十位的音值應是不送氣舌尖塞擦音〔ts〕。以下討論縱音第十位中不屬於精、從二母的例字：

　　1.「疽」：

　　「疽」的韻圖位置在韻圖第九的陰聲中。「疽」在中古是清母字，但在《五聲反切正韻》中卻讀成〔ts〕，現代國語則是進一步顎化讀成〔tɕ-〕，「疽」讀成〔ts〕的原因是受到聲符類化的影響，因為和「疽」字形相似的「苴、沮、蛆」都是精母字，因此「疽」也讀成了〔ts〕。

　　2.「詮」：

　　「詮」的韻圖位置在韻圖第二十一的陰聲中。「詮」的《廣韻》切語是「此緣切」，依照演變規律，應該讀〔ts'yan〕，但是在《五聲反切正韻》中，「詮」依韻圖位置聲母應讀不送氣的〔ts-〕，現代國語則是顎化讀成〔tɕ'yan〕。在《中原音韻》中，「詮」讀成〔ts'yen〕〔註29〕，《五聲反切正韻》中「詮」讀成不送氣的讀法是很特殊的韻圖歸字。

　　3.「鄒、縬」：

　　「鄒」的韻圖位置在韻圖第三十二的陰聲；「縬」的韻圖位置在韻圖第三十二的去聲。縱音第十中「鄒、縬」在中古是莊母字，但在《五聲反切正韻》中卻讀成〔ts〕，在現代國語中「鄒」也是讀成〔ts〕，但「縬」讀成〔tʂ〕。

十一、縱音十一位的音值

　　以下先將所有列在二十縱音第十一位依韻圖排列順序出現的例字，其在《五聲反切正韻》中的聲調、在《廣韻》中的反切與在《廣韻》中所屬的聲類韻目

〔註29〕同前註。

列出：

韻圖例字	《五聲》聲調	《廣韻》反切	《廣韻》聲類韻目
聰	陰	倉紅切	清母東韻
從	陽	疾容切	從母鍾韻
倉	陰	七岡切	清母唐韻
藏	陽	昨郎切	從母唐韻
愴	上	初兩切	初母養韻
槍	陰	七羊切	清母陽韻
墙	陽	在良切	從母陽韻
搶	上	七羊切	清母陽韻
疵	陰	疾移切	從母支韻
慈	陽	疾之切	從母之韻
此	上	雌氏切	清母紙韻
次	去	七四切	清母至韻
測	入	初力切	初母職韻
妻	陰	七稽切	清母齊韻
齊	陽	徂奚切	從母齊韻
妻	去	七計切	清母霽韻
七	入	親吉切	清母質韻
催	陰	倉回切	清母灰韻
翠	去	七醉切	清母至韻
蛆	陰	七余切	清母魚韻
徐	陽	似魚切	邪母魚韻
取	上	七庾切	清母麌韻
娶	去	七句切	清母遇韻
粗	陰	徂古切	從母姥韻
殂	陽	昨胡切	從母模韻
楚	上	創舉切	初母語韻
醋	去	倉故切	清母暮韻
促	入	七玉切	清母燭韻
猜	陰	倉才切	清母咍韻
才	陽	昨哉切	從母咍韻
采	上	倉宰切	清母海韻

茮	去	倉代切	清母代韻
圻	入	丑格切	徹母陌韻
撐	陰	丑庚切	徹母庚韻
曾	陽	昨棱切	從母登韻
忖	上	倉本切	清母混韻
寸	去	倉困切	清母㤗韻
青	陰	倉經切	清母青韻
情	陽	疾盈切	從母清韻
請	上	七靜切	清母靜韻
靚	去	疾政切	從母功韻
村	陰	此尊切	清母魂韻
存	陽	徂尊切	從母魂韻
參	陰	倉含切	清母元韻
讒	陽	士咸切	崇母咸韻
慘	上	七感切	清母感韻
燦	去	蒼案切	清母翰韻
攢	陽	在玩切	從母桓韻
篡	去	初患切	初母諫韻
千	陰	蒼先切	清母先韻
前	陽	昨先切	從母先韻
淺	上	七演切	清母獮韻
茜	去	倉甸切	清母霰韻
全	陽	疾緣切	從母仙韻
鍬〔註30〕	陰	千遙切	清母宵韻
憔	陽	昨焦切	從母宵韻
悄	上	親小切	清母小韻
俏	去	七肖切	清母笑韻
操	陰	七刀切	清母豪韻
曹	陽	昨勞切	從母豪韻
草	上	采老切	清母皓韻
糙	去	七到切	清母號韻
撮	入	倉括切	清母末韻

〔註30〕 《廣韻》中無「鍬」字。今依《集韻》中「鍬」字之切語定之。

磋	陰	七何切	清母戈韻
剉	去	麤臥切	清母過韻
擦 [註31]	入	七曷切	清母曷韻
且	上	七也切	清母馬韻
妾	入	七接切	清母葉韻
秋	陰	七由切	清母尤韻
囚	陽	似由切	邪母尤韻
雀	入	即略切	精母藥韻
搊	陰	楚鳩切	初母尤韻
愁	陽	士尤切	崇母尤韻
湊	入	倉奏切	清母候韻

從以上所有列在縱音第十一位的例字看來，其在《廣韻》中所屬之聲母多屬於清母字和從母字。因此將縱音第十一位的音值擬作送氣舌尖塞擦音〔ts'〕。從母字在經過濁音清化後，平聲讀送氣音，仄聲讀不送氣音。因為縱音第十一位都是送氣音，因此中古屬全濁聲母的例字都是平聲字，如「從、藏、慈、齊」等。以下討論縱音第十一位中不是清母和從母的字：

1.「雀」：

「雀」的韻圖位置在韻圖第三十一的入聲。「雀」在中古是精母字，在《五聲反切正韻》中「雀」的聲母是〔ts'〕，現代國語中「雀」的聲母則顎化讀成〔tɕ'〕。

2.「測、楚」：

「測」的韻圖位置在韻圖第六的入聲；「楚」的韻圖位置在韻圖第十的上聲。「測、楚」在中古是初母字，在《五聲反切正韻》中都讀成了〔ts'〕。現代國語中「測」也是讀〔ts'〕，但「楚」則是讀捲舌音〔tʂ'〕。

3.「囚、徐」：

「囚」的韻圖位置在韻圖第三十一的陽聲；「徐」的韻圖位置在韻圖第九的陽聲。「囚、徐」在中古是邪母字，在《五聲反切正韻》中都讀成了〔ts'〕。「囚」在現代國語中進一步顎化讀也是讀〔tɕ'〕。

「徐」的《廣韻》切語是「似魚切」，依照演變規律，應該讀成〔ɕy〕，但在《五聲反切正韻》中卻放在〔ts'y〕的位置，依照演變規律及歸字法則來看似

〔註31〕《廣韻》中無「擦」字。今依《集韻》中「擦」之切語定之。

乎不符合常理，「徐」讀成〔ts'y〕的讀音可能是反映揚州音的現象，因為現代方言中，揚州音「徐」仍讀作送氣塞擦音〔註32〕。

4.「讒、愁」：

「讒」的韻圖位置在韻圖第十八的陽聲中；「愁」的韻圖位置在韻圖第三十二的陽聲。「讒」和「愁」的中古聲母都是崇母。按照演變規律，中古的崇母字，經過濁音清化的過程後，平聲字應讀送氣的〔tʂ'-〕，現代國語這兩個字的聲母都讀〔tʂ'-〕。但在《五聲反切正韻》中，這兩個字都讀成送氣舌尖音〔ts'〕。縱音第十一的聲母以精系字居多，但中古的崇母字也混入其中。

5.「坼」、「撐」：

「坼」的韻圖位置在韻圖第十二的入聲；「撐」的韻圖位置在韻圖第十四的陰聲。「坼」、「撐」的中古聲母都是徹母，按照演變規律聲母應讀成〔tʂ'〕，而現代國語亦讀作〔tʂ'-〕。但在《五聲反切正韻》中，這兩個字放在縱音第十一中，聲母讀成〔ts'-〕。縱音第十一的聲母以精系字居多，但中古徹母的字也混入其中。

十二、縱音十二位的音值

以下先將所有列在二十縱音第十二位依韻圖排列順序出現的例字，其在《五聲反切正韻》中的聲調、在《廣韻》中的反切與在《廣韻》中所屬的聲類韻目列出：

韻圖例字	《五聲》聲調	《廣韻》反切	《廣韻》聲類韻目
松	陰	祥容切	邪母鍾韻
聳	上	息拱切	心母腫韻
送	去	蘇弄切	心母送韻
喪	陰	息郎切	心母唐韻
顙	上	蘇朗切	心母蕩韻
喪	去	蘇浪切	心母蕩韻
箱	陰	息良切	心母陽韻
想	上	息兩切	心母養韻

〔註32〕同註11，p.136。「徐」在北京、濟南、西安、太原、武漢、成都、合肥都讀〔ɕy〕，在揚州讀〔tɕ'y〕。

相	去	息亮切	心母漾韻
斯	陰	息移切	心母之韻
死	上	息姊切	心母旨韻
四	去	息利切	心母至韻
色	入	所力切	生母職韻
西	陰	先稽切	心母齊韻
洗	上	先禮切	心母薺韻
細	去	蘇計切	心母霽韻
錫	入	先擊切	心母錫韻
雖	陰	息遺切	心母灰韻
隨	陽	旬爲切	邪母支韻
灑	上	思累切	心母旨韻
碎	去	蘇內切	心母隊韻
胥	陰	相居切	心母魚韻
絮	去	息據切	心母遇韻
戍	入	傷遇切	書母遇韻
疏	陰	所助切	生母魚韻
數	上	所矩切	生母麌韻
素	去	桑故切	心母暮韻
速	入	桑谷切	心母屋韻
腮	陰	蘇來切	心母咍韻
洒	上	先禮切	心母齊韻
賽	去	先代切	心母代韻
色	入	所力切	生母職韻
森	陰	所今切	生母侵韻
損	上	蘇本切	心母混韻
滲	去	所禁切	生母沁韻
心	陰	息林切	心母侵韻
醒	上	蘇挺切	心母迥韻
信	去	息晉切	心母震韻
孫	陰	思渾切	心母魂韻
筍	上	思尹切	心母準韻
荀	陽	相倫切	心母諄韻

遜	去	蘇困切	心母慁韻
三	陰	蘇甘切	心母談韻
散	上	蘇旰切	心母翰韻
散	去	蘇旰切	心母翰韻
酸	陰	素官切	心母桓韻
算	去	蘇管切	心母緩韻
仙	陰	相然切	心母仙韻
鮮	上	息淺切	心母獮韻
線	去	私箭切	心母線韻
旋	陽	似宣切	邪母仙韻
旋	去	辭戀切	邪母線韻
蕭	陰	蘇彫切	心母蕭韻
小	上	私兆切	心母小韻
笑	去	私妙切	心母笑韻
騷	陰	蘇遭切	心母豪韻
嫂	上	蘇老切	心母皓韻
掃	去	蘇到切	心母號韻
索	入	蘇各切	心母鐸韻
莎	陰	蘇禾切	心母戈韻
鎖	上	蘇果切	心母果韻
逤 [註33]	去	蘇个切	心母箇韻
撒 [註34]	入	桑葛切	心母曷韻
些	陰	寫邪切	心母麻韻
邪	陽	似嗟切	邪母麻韻
寫	上	悉姐切	心母馬韻
謝	去	辭夜切	邪母禡韻
洩	入	餘制切	以母祭韻
雪	入	相絕切	心母薛韻
修	陰	息流切	心母尤韻
削	入	息約切	心母藥韻

〔註33〕 《廣韻》中無「逤」字。今依《集韻》中「逤」之切語定之。

〔註34〕 《廣韻》中無「撒」字。今依《集韻》中「撒」之切語定之。

搜	陰	所鳩切	心母尤韻
叟	上	蘇后切	心母厚韻
瘦	入	所祐切	心母宥韻

從以上所有列在縱音第十二位的例字看來，其在《廣韻》中所屬之聲母多屬心母字和邪母字。因此縱音第十二位的聲母音值為舌尖擦音〔s〕。以下討論縱音第十二位中不屬於心母和邪母的例字：

1.「滲、森、色、疎、數」：

「滲」的韻圖位置在韻圖第十四的去聲；「森」的韻圖位置在韻圖第十四的陰聲；「色」的韻圖位置在韻圖第六的入聲；「疎」的韻圖位置在韻圖第十的陰聲；「數」的韻圖位置在韻圖第十的上聲。這幾個字在中古都是「生」母字，按照演變規律，聲母應該都讀成〔ʂ-〕。但在《五聲反切正韻》中，這些字放在縱音第十二中，聲母讀成〔s-〕。縱音第十二的聲母以精系字居多，但中古的生母字也混入其中。在現代國語中，「滲、疎、數」遵循演變規律，讀成捲舌擦音〔ʂ-〕，而「色、森」則是讀成舌尖擦音〔s〕。

2.「洩」：

「洩」的韻圖位置在韻圖第二十九的入聲中。「洩」在中古是「以」母字，但在《五聲反切正韻》中聲母讀成〔s〕，在現代國語中「洩」則是進一步顎化讀成〔ɕ-〕。

3.「戍」：

「戍」的韻圖位置在韻圖第九的入聲中。「戍」的《廣韻》切語是「傷遇切」，中古聲母屬於書母，依照演變規律，聲母應該讀成〔ʂ〕，但在《五聲反切正韻》中，「戍」被歸在縱音十二中，聲母讀音是〔s-〕。

陳貴麟在〈「杉亭集‧五聲反切正韻」音系與江淮官話洪巢片之關聯〉中，認為「戍」應是「戌」之誤，理由如下：

> 第九圖「戍」為誤字，因為同欄「律」字中古有呂卹、劣戌二切（臻攝合三入術），並且此外皆無舒聲調字在入聲欄位中。[註35]

「戌」的《廣韻》切語是「辛聿切」，中古聲母屬心母，依照演變規律，聲母應

〔註35〕 參見陳貴麟：〈「杉亭集‧五聲反切正韻」音系與江淮官話洪巢片之關聯〉，《中國文學研究》，1995 年 6 月，p.5。

該讀成〔s-〕，符合縱音第十二的聲母歸類。在縱音第十二中有僅此一書母字，其他的書母字都在縱音第十五中，因此「戍」應是「戍」的錯字。

由縱音第十、十一、十二的中古聲母及現代漢語方言來攬，中古聲母大多屬於精系字，但也混同了一部份莊系字和知系字。在方言方面，北方方言的精系字細音已經顎化爲舌面音，但江淮官話區中，合肥的「酒」、「想」已經顎化，「妻」尚未顎化；而揚州的「酒」、「妻」、「想」都已經顎化。吳烺在《五聲反切正韻‧論字母第二》中，明白指出當時的見系字已經有顎化現象。但是精系字是否已經從舌尖音顎化成舌面前音，吳烺在文中並未述及。

由三十二韻圖看來，吳烺既將細音韻圖的喉音字讀爲舌面音，則齒音字不能同樣是舌面音，若齒音字也顎化讀爲舌面音，則和喉音字就成爲同音字了。況且由韻圖歸字來看，中古見系字和精系字是毫不相混的，見系字安排在縱音第一、第二、和第十六位，精系字安排在第十、十一、十二位，若精系字已經顎化讀成舌面音，必會和見系字相混，因此可知，齒音字細音尚未顎化。

十三、縱音十三位的音值

以下先將所有列在二十縱音第十三位依韻圖排列順序出現的例字，其在《五聲反切正韻》中的聲調、在《廣韻》中的反切與在《廣韻》中所屬的聲類韻目列出：

韻圖例字	《五聲》聲調	《廣韻》反切	《廣韻》聲類韻目
中	陰	陟弓切	知母東韻
腫	上	之隴切	章母腫韻
眾	去	之仲切	章母送韻
張	陰	陟良切	知母陽韻
掌	上	諸兩切	章母養韻
帳	去	知亮切	知母漾韻
莊	陰	側羊切	莊母陽韻
壯	去	側亮切	莊母漾韻
知	陰	陟離切	知母支韻
紙	上	諸氏切	章母紙韻
至	去	脂利切	章母至韻
直	入	除力切	澄母職韻

追	陰	陟佳切	知母脂韻
墜	去	直類切	澄母至韻
拙	入	職悅切	章母薛韻
朱	陰	章俱切	章母虞韻
楮	上	丑呂切	徹母語韻
住	去	持遇切	澄母遇韻
豬	陰	陟魚切	知母魚韻
主	上	之庾切	章母麌韻
著	去	陟慮切	知母御韻
竹	入	張六切	知母屋韻
齋	陰	側皆切	莊母皆韻
債	去	側賣切	莊母卦韻
折	入	旨熱切	章母薛韻
眞	陰	側鄰切	莊母眞韻
枕	上	章荏切	章母寢韻
正	去	之盛切	章母勁韻
肫	陰	章倫切	章母諄韻
準	上	之尹切	章母準韻
斬	上	側減切	莊母豏韻
暫	去	藏濫切	從母闞韻
專	陰	職緣切	章母仙韻
轉	上	陟兗切	知母獮韻
傳	去	直戀切	澄母線韻
占	陰	職廉切	章母鹽韻
展	上	知演切	知母獮韻
顫	去	之膳切	章母線韻
招	陰	止遙切	章母豪韻
爪	上	側絞切	莊母巧韻
趙	去	治小切	澄母小韻
捉	入	側角切	莊母鐸韻
查	陰	側加切	莊母麻韻
乍	去	鋤駕切	崇母禡韻

閘	入	士恰切	崇母恰韻
遮	陰	正奢切	章母麻韻
者	上	章也切	章母馬韻
柘	去	之夜切	章母禡韻
拙	入	職悅切	章母薛韻
周	陰	職流切	章母尤韻
肘	上	陟柳切	知母有韻
咒	入	職救切	章母宥韻

　　從以上所有列在縱音第十三位的例字看來，其在《廣韻》中所屬之聲母多屬於知、澄、章、莊母字。知系、章系、莊系字，這三系字是現代捲舌聲母的來源，演變過程如下：

　　知母　　t > ȶ >（tɕ）> tɕ > tʂ

　　章母　　tɕ > tʃ > tʂ

　　莊母　　tʃ > tʂ

　　因此縱音第十三位的音值可能是〔tʃ〕或〔tʂ〕，若縱音第十三位已經發展到捲舌音〔tʂ〕的階段，則縱音第十三位不能和細音字相配，但若縱音第十三位仍和細音字相配，則縱音第十三位的音值便是〔tʃ〕。

　　觀察縱音第十三位在三十二韻圖的分配情形，我們可以發現，韻圖第十一、二十、二十一、二十九、三十是配細音的韻圖，而縱音第十三位在這些韻圖中仍有例字，所以縱音第十三位是可以配細音的，因此擬定縱音第十三位的音值爲不送氣舌尖面塞擦音〔tʃ〕。

　　在中古的澄母和崇母的字，經過濁音清化的過程，平聲讀送氣音，仄聲讀不送氣音。因爲縱音第十三中都是不送氣音，因此中古屬全濁聲母的例字都是仄聲字，如中古澄母的「住、傳、趙」，中古崇母的「乍」等。

　　縱音第十三中的「楮」的讀音十分特殊。「楮」的韻圖位置在韻圖第九的上聲，《廣韻》切語是「丑呂切」，中古聲母屬於徹母，依照演變規律，聲母應該讀成〔tʂ'-〕，和今天國語中「楮」的聲母讀法相同。但在《五聲反切正韻》中，「楮」歸在縱音十三中，聲母應讀成〔tʃ-〕，在《中原音韻》中，「楮」讀成〔tʃiu〕〔註36〕，符合中古徹母字的演化過程，因此在《五聲反切正韻》中，「楮」的聲

─────────────────────

〔註36〕同前註。

母讀成不送氣，是一個特殊的韻圖歸字。

十四、縱音十四位的音值

以下先將所有列在二十縱音第十四位依韻圖排列順序出現的例字，其在《五聲反切正韻》中的聲調、在《廣韻》中的反切與在《廣韻》中所屬的聲類韻目列出：

韻圖例字	《五聲》聲調	《廣韻》反切	《廣韻》聲類韻目
充	陰	昌終切	昌母東韻
蟲	陽	直弓切	澄母東韻
寵	上	丑隴切	徹母腫韻
銃	去	充仲切	昌母送韻
昌	陰	尺良切	昌母陽韻
長	陽	直良切	澄母陽韻
敞	上	昌兩切	昌母養韻
悵	去	丑亮切	徹母漾韻
牎	陰	楚江切	初母江韻
床	陽	士莊切	崇母陽韻
創	去	初亮切	初母漾韻
癡	陰	丑之切	徹母之韻
遲	陽	直尼切	澄母脂韻
恥	上	敕里切	徹母止韻
滯	去	直例切	澄母祭韻
尺	入	昌石切	昌母昔韻
吹	陰	昌垂切	昌母支韻
椎	陽	直追切	澄母脂韻
畜	入	丑六切	徹母屋韻
樞	陰	昌朱切	昌母虞韻
除	陽	直魚切	澄母魚韻
處	上	昌與切	昌母語韻
處	去	昌據切	昌母御韻
柩	陰	昌朱切	昌母姥韻
廚	陽	直誅切	澄母虞韻
鼠	上	舒呂切	書母語韻

處	去	昌據切	昌母御韻
畜	入	勑六切	徹母屋韻
釵	陰	楚佳切	初母佳韻
柴	陽	士佳切	崇母佳韻
薑	去	丑犗切	徹母夬韻
徹	入	直列切	澄母薛韻
撐	陰	丑庚切	徹母庚韻
成	陽	是征切	禪母清韻
逞	上	丑郢切	徹母靜韻
稱	去	昌孕切	昌母證韻
春	陰	昌脣切	昌母諄韻
蠢	上	尺尹切	昌母準韻
攙	陰	楚咸切	初母咸韻
讒	陽	士咸切	崇母咸韻
產	上	所簡切	生母產韻
懺	去	楚鑒切	初母鑑韻
穿	陰	昌緣切	昌母仙韻
傳	陽	直攣切	澄母仙韻
舛	上	昌兗切	昌母獮韻
串	去	尺絹切	昌母仙韻
纏	陽	直連切	澄母仙韻
闡	上	昌善切	昌母獮韻
纏	去	持碾切	澄母線韻
川	陰	昌緣切	昌母仙韻
舡	陽	食川切	船母仙韻
超	陰	敕宵切	徹母宵韻
朝	陽	直遙切	澄母宵韻
炒	上	初爪切	初母巧韻
鈔	去	初教切	初母效韻
綽	入	昌約切	昌母沃韻
差	陰	初牙切	初母麻韻
坌	去	蒲悶切	並母慁韻
插	入	楚洽切	初母洽韻
車	陰	尺遮切	昌母麻韻

扯〔註37〕	上	昌者切	昌母馬韻
輟	入	陟劣切	知母薛韻
抽	陰	丑鳩切	徹母尤韻
紬	陽	直由切	澄母尤韻
醜	上	昌九切	昌母有韻
臭	入	尺救切	昌母宥韻

從以上所有列在縱音第十四位的例字看來，縱音第十四的例字，在中古聲母中分屬知系、章系、莊系的次清音與全濁音，因爲縱音第十四可以和細音相配，因此將縱音第十四的聲母擬爲送氣舌尖面塞擦音〔tʃ〕。

在中古的澄母、崇母、船母、禪母字，經過濁音清化的過程，平聲讀送氣音，仄聲讀不送氣音。因爲縱音第十四中都是送氣音，因此中古屬全濁聲母的例字都是平聲字，如中古澄母的「蟲、長、遲、椎」；中古崇母的「床、柴、讒」；中古船母的「舩」；中古禪母的「成」等。以下討論不同於以上聲母的韻圖例字：

1.「產」：

「產」的韻圖位置在韻圖第十八的上聲。「產」在中古是生母字，在《五聲反切正韻》中，「產」讀成〔tʃ-〕，現代國語的「產」則是讀捲舌音〔tʂ-〕，「產」從中古到近代是一個特殊的音變字例。

2.「輟」：

「輟」的韻圖位置在韻圖第八的入聲。「輟」在中古是知母字，在《五聲反切正韻》中，「輟」讀成〔tʃ-〕，現代國語的「輟」則是讀卷舌音〔tʂ'〕，「輟」從中古到近代是一個特殊的音變字例。

3.「坌」：

「坌」的韻圖位置在韻圖第二十八的去聲。「坌」的《廣韻》切語是「蒲悶切」，中古聲母屬於並母，依照演變規律，聲母應該讀成〔p-〕，但在《五聲反切正韻》中，「坌」歸在縱音十四中，聲母應讀成〔tʃ-〕，依演變規律來看古音和今音差異實在太大。

筆者推論「坌」應該是「岔」之誤，兩者因字形相似，而被誤用。「岔」在《字彙補》中的切語是「丑亞切」，中古聲母屬徹母，演變至今日國語讀音爲

〔註37〕《廣韻》中無「扯」字。今依《正字通》中「扯」之切語定之。

〔tʂ'〕，而《五聲反切正韻》中捲舌聲母仍未出現，故讀成〔tʃ-〕。

4.「鼠」：

「鼠」的韻圖位置在韻圖第十的上聲中。「鼠」的《廣韻》切語是「舒呂切」，中古聲母屬於書母，依照演變規律，聲母應該讀成〔ʂ-〕，今天國語中「鼠」的聲母也是讀成〔ʂ-〕。但在《五聲反切正韻》中，「鼠」歸在縱音十四中，聲母讀成〔tʃ-〕〔註 38〕，在《中原音韻》中，「鼠」讀成〔ʃiu〕，符合中古書母字的演化過程。但在合肥話中，「鼠」讀成〔tʂ'u〕〔註 39〕，因此在《五聲反切正韻》中，「鼠」的讀音是一個反映方音的韻圖歸字。

在《五聲反切正韻》中，「滯」放在縱音第十四位。「滯」在《廣韻》中的切語是「宜例切」，在中古屬澄母字，經過濁音清化之後，現在的聲母應讀作〔tʂ-〕，與現在國語的讀音相同。但在《五聲反切正韻》中，「滯」聲母應讀作〔tʃ〕，十分特殊。在江淮官話洪巢片中，但肥「滯」聲母讀成〔tʂ'-〕；揚州讀〔ts'-〕。「滯」的讀音反映的是江淮官話。

十五、縱音十五位的音值

以下先將所有列在二十縱音第十五位依韻圖排列順序出現的例字，其在《五聲反切正韻》中的聲調、在《廣韻》中的反切與在《廣韻》中所屬的聲類韻目列出：

韻圖例字	《五聲》聲調	《廣韻》反切	《廣韻》聲類韻目
商	陰	式羊切	書母陽韻
賞	上	書兩切	書母養韻
上	去	時掌切	禪母養韻
霜	陰	色莊切	生母陽韻
爽	上	踈兩切	生母養韻
詩	陰	書之切	書母之韻
時	陽	市之切	禪母之韻
始	上	詩止切	書母止韻
是	去	承紙切	禪母紙韻
十	入	是執切	禪母緝韻

〔註38〕 同前註。

〔註39〕 同註 11，p.121。

誰	陽	視佳切	禪母支韻
水	上	式軌切	書母旨韻
睡	去	是僞切	禪母寘韻
說	入	失爇切	書母薛韻
書	陰	傷魚切	書母魚韻
暑	上	舒呂切	書母語韻
署	去	常恕切	禪母御韻
舒	陰	傷魚切	書母魚韻
樹	去	常句切	禪母遇韻
叔	入	式竹切	書母屋韻
晒	去	所賣切	生母卦韻
設	入	識列切	書母薛韻
衰	陰	所追切	生母脂韻
身	陰	失人切	書母登韻
神	陽	食鄰切	船母眞韻
沈	上	式任切	書母寢韻
盛	去	承正切	禪母勁韻
純	陽	常倫切	禪母諄韻
瞬	上	舒閏切	書母稕韻
舜	去	舒閏切	書母稕韻
山	陰	所閒切	生母山韻
訕	去	所晏切	生母諫韻
閃	上	失冉切	書母琰韻
扇	去	式戰切	書母線韻
燒	陰	式招切	書母宵韻
韶	陽	市昭切	禪母豪韻
少	上	失照切	書母笑韻
劭	去	寔照切	禪母笑韻
勺	入	市若切	禪母藥韻
刷	入	數刮切	生母鎋韻
沙	陰	所加切	生母麻韻
廈	去	所嫁切	生母麻韻
殺	入	所八切	生母黠韻
奢	陰	式車切	書母麻韻

蛇	陽	市遮切	禪母歌韻
捨	上	書冶切	書母馬韻
舍	去	始夜切	書母禡韻
說	入	失爇切	書母薛韻
收	陰	式州切	書母尤韻
手	上	書九切	書母有韻
受	入	殖酉切	禪母有韻

　　從以上所有列在縱音第十五位的例字看來，縱音第十五的例字，在中古聲母中分屬知系、章系、莊系的次清音與全濁音，因爲縱音第十五可以和細音相配，因此將縱音第十四的聲母擬爲舌尖面擦音〔ʃ〕。

十六、縱音十六位的音值

　　以下先將所有列在二十縱音第十六位依韻圖排列順序出現的例字，其在《五聲反切正韻》中的聲調、在《廣韻》中的反切與在《廣韻》中所屬的聲類韻目列出：

韻圖例字	《五聲》聲調	《廣韻》反切	《廣韻》聲類韻目
烘	陰	戶公切	匣母東韻
紅	陽	戶公切	匣母東韻
哄	上	胡貢切	匣母送韻
鬨	去	胡貢切	匣母送韻
凶	陰	許容切	曉母鍾韻
雄（雄）	陽	羽弓切	云母東韻
洶	上	許拱切	曉母腫韻
杭	陽	胡郎切	匣母唐韻
行	去	下浪切	匣母蕩韻
鄉	陰	許良切	曉母陽韻
降	陽	下江切	匣母江韻
響	上	許兩切	曉母養韻
向	去	許亮切	曉母漾韻
荒	陰	呼光切	曉母唐韻
黃	陽	胡光切	匣母唐韻
恍	上	虎晃切	曉母唐韻
晃	去	胡廣切	匣母蕩韻

兮	陰	胡雞切	匣母齊韻
喜	上	虛里切	曉母止韻
係	去	胡計切	匣母齊韻
吸	入	許及切	曉母錫韻
輝	陰	許歸切	曉母微韻
回	陽	戶恢切	匣母灰韻
毀	上	許委切	曉母旨韻
會	去	黃內切	匣母泰韻
或	入	胡國切	匣母德韻
吁	陰	況于切	曉母慮韻
許	上	虛呂切	曉母語韻
蓄	入	許竹切	曉母屋韻
乎	陰	戶吳切	匣母模韻
壺	陽	戶吳切	匣母模韻
虎	上	呼古切	曉母姥韻
護	去	胡誤切	匣母暮韻
忽	入	呼骨切	曉母沒韻
鞵	陽	戶佳切	匣母佳韻
蟹	上	胡買切	匣母蟹韻
懈	去	古隘切	見母卦韻
孩	陽	戶來切	匣母咍韻
海	上	呼改切	曉母海韻
亥	去	胡改切	匣母海韻
黑	入	呼北切	曉母德韻
灰	陰	呼恢切	曉母灰韻
懷	陽	戶乖切	匣母皆韻
壞	去	胡怪切	匣母怪韻
亨	陰	許庚切	曉母庚韻
恒	陽	胡登切	匣母登韻
狠	上	胡墾切	匣母很韻
恨	去	胡艮切	匣母恨韻
欣	陰	許斤切	曉母欣韻
行	陽	戶庚切	匣母庚韻
悻	上	胡耿切	匣母耿韻

幸	去	胡耿切	匣母耿韻
葷	陰	許云切	曉母文韻
魂	陽	戶昆切	匣母魂韻
渾	上	胡本切	匣母混韻
混	去	胡本切	匣母混韻
薰	陰	許云切	曉母文韻
訓	去	許運切	曉母問韻
憨	陰	呼談切	曉母談韻
寒	陽	胡安切	匣母寒韻
罕	上	呼旰切	曉母翰韻
汗	去	侯旰切	匣母翰韻
歡	陰	呼官切	曉母桓韻
還	陽	戶關切	匣母刪韻
緩	上	胡管切	匣母緩韻
換	去	胡玩切	匣母換韻
軒	陰	虛言切	曉母元韻
賢	陽	胡田切	匣母先韻
顯	上	呼典切	曉母銑韻
縣	去	黃練切	匣母霰韻
諠	陰	況袁切	曉母元韻
懸	陽	胡涓切	匣母先韻
眩	去	黃練切	匣母霰韻
囂	陰	許嬌切	曉母宵韻
爻	陽	胡茅切	匣母肴韻
曉	上	馨皛切	曉母篠韻
孝	去	呼教切	曉母效韻
蒿	陰	呼毛切	曉母豪韻
毫	陽	胡刀切	匣母豪韻
好	上	呼皓切	曉母皓韻
耗	去	呼到切	曉母號韻
呵	陰	虎何切	曉母歌韻
和	陽	戶戈切	匣母戈韻
和	去	胡臥切	匣母過韻
活	入	戶括切	匣母末韻

河	陽	胡歌切	匣母歌韻
火	上	呼果切	曉母果韻
禍	去	胡果切	匣母果韻
花	陰	呼瓜切	曉母麻韻
華	陽	呼瓜切	曉母麻韻
滑	入	戶八切	匣母黠韻
蝦	陰	胡加切	匣母麻韻
霞	陽	胡加切	匣母麻韻
下	上	胡駕切	匣母禡韻
夏	去	胡夏切	匣母禡韻
狎	入	胡甲切	匣母狎韻
榼	入	苦盍切	溪母盍韻
歇	入	許竭切	曉母月韻
靴	陰	許□切	曉母麻韻
血	入	呼決切	曉母屑韻
休	陰	許尤切	曉母尤韻
朽	上	許久切	曉母有韻
臭	去	尺救切	昌母宥韻
學	入	胡覺切	曉母覺韻
侯	陽	戶鉤切	匣母侯韻
吼	上	呼后切	曉母厚韻
后	入	胡遘切	匣母有韻

　　從以上所有列在縱音第十六位的例字看來，其在《廣韻》中所屬之聲母為匣、曉二母，《五聲反切正韻》中見系字已經顎化了，而縱音第十六位與縱音第一、第二同屬喉音字（依吳烺的歸類），因此縱音第十六位的細音字也有顎化現象。

　　縱音第十六位的例字在中古聲母中屬匣、曉二母，匣母字在現代國語中已經濁音清化了，因此將縱音第十六位的聲母在洪音韻圖的音值擬為舌根擦音〔x〕，細音字韻圖的音值擬為舌面前擦音〔ç〕。以下討論不屬於匣、曉二母的韻圖歸字：

　　1.「臭」：

　　「臭」的韻圖位置在韻圖第三十一的去聲中。「臭」在中古是昌母字，《五

聲反切正韻》中的「臭」指的是「嗅」。「嗅」在《集韻》中的切語是「許救切」，聲母爲曉母，符合縱音第十六位的聲母類型。

2.「雄」：

「雄」的韻圖位置在韻圖第二的陽聲。「雄」在中古是云母字，《五聲反切正韻》中「雄」的聲母爲〔ɕ〕，而現代國語「雄」的聲母也是〔ɕ〕，「雄」的聲母變化是現代漢語中例外的音變現象。

3.「懈」：

「懈」的韻圖位置在韻圖第十一的去聲。「懈」在中古是見母字，《五聲反切正韻》中「懈」的聲母爲〔ɕ〕，而現代國語「懈」的聲母也是〔ɕ〕，因此在《五聲反切正韻》中，「懈」的聲母就已經是〔ɕ〕了。

十七、縱音十七位的音值

以下先將所有列在二十縱音第十七位依韻圖排列順序出現的例字，其在《五聲反切正韻》中的聲調、在《廣韻》中的反切與在《廣韻》中所屬的聲類韻目列出：

韻圖例字	《五聲》聲調	《廣韻》反切	《廣韻》聲類韻目
風	陰	方戎切	非母東韻
馮	陽	房戎切	奉母東韻
諷	上	方鳳切	非母送韻
奉	去	扶隴切	奉母腫韻
方	陰	府良切	非母陽韻
房	陽	符方切	奉母陽韻
倣	上	分网切	非母養韻
放	去	分网切	非母養韻
飛	陰	甫微切	非母微韻
肥	陽	符非切	奉母微韻
匪	上	府尾切	奉母尾韻
費	去	芳未切	敷母未韻
弗	入	分勿切	非母物韻
夫	陰	防無切	奉母虞韻
夫	陽	防無切	奉母虞韻
甫	上	方矩切	非母麌韻

父	去	方矩切	非母麌韻
福	入	方六切	非母屋韻
弗	入	分勿切	非母物韻
分	陰	府文切	非母文韻
墳	陽	符分切	奉母文韻
粉	上	方吻切	非母吻韻
忿	去	匹問切	敷母問韻
帆	陰	符咸切	奉母凡韻
樊	陽	附袁切	奉母元韻
反	上	府遠切	非母阮韻
飯	去	符万切	奉母願韻
髮	入	方伐切	非母月韻
否	上	方久切	非母有韻

從以上所有列在縱音第十七位的例字看來，其在《廣韻》中所屬之聲母包含非、敷、奉三母，奉母字在現代音中已經經過濁音清化的過程，因此將縱音第十七的音值擬爲唇齒擦音〔f〕。

十八、縱音第十八位的音值

吳烺將三十六字母歸併成十九母，並且認爲用這十九個聲母，便足夠說明聲母的現象了，但是在三十二韻圖中，他的縱音卻安排了二十個空位，而縱音第十八位在三十二韻圖中都沒有例字，因此無法從韻圖歸字的方向來擬測音值。

吳烺對縱音第十八位的描述如下：

……下五字不能類附，烘音仍喉，風音唇齒半，□音最難出聲，鼻與齶相合也。□音喉齶半，□音音喉舌半。

以上描述的，是縱音第十八位的發音方法，由上可知，這第十八位音是有發音方法的，第十八位音的發音方法便是「鼻與齶相合」。

吳烺在審縱音第三中，還提到一個跟第十八位音的音值可能有關的線索：

烺今別立新法，使其陰聲歸陰，陽聲歸陽，上去入各以類從，爲位則有二十，爲三字句者五，爲五字句者一，縱橫條理，歸於一貫，學者誦之不崇，朝而其功已竟，亦如五聲之發乎天籟，而非人力所能爲也。

在此段論述中，吳烺說明二十位音的排列方式，也就是「爲三字句者五，爲五字句者一」，吳烺似乎有意將二十位音，安排成一個有節奏次序的排序方法。則有可能這第十八位音，僅僅是吳烺爲了節奏所需而安排的空位。在〈定正韻第四〉中，吳烺在第一韻圖後解釋了第十八位的音值：

> 有音無字，以□〔註40〕存之，熟習之久，其眞音自出，此二十字增
> 一不能，脫一不可，倒置之不得，天籟也。

以上便是吳烺對於第十八位音的所有說明，也是我們探析第十八位音究竟爲何的所有線索。

由於第十八位音完全沒有字例，因此我們無法從例字上去推求其音值。由吳烺對這第十八位音值的說明，我們可以作以下推斷：

1. 吳烺的安排中，三字句共五組，後五字自成一句。
2. 第十八位音的發音方法是「鼻與齶相合」。
3. 第十八位音是「有音無字」的，因此它代表了某一聲母。
4. 只要「熟習之久，其眞音自出」，代表只要熟練之後，是可以發出此音的。因此這是一個人可以發出的實際語音。
5. 「倒置之不得」說明這一個音就只能放在第十八位，不能放在其他位置。

因此第十八位音，在吳烺的口中，是有這樣一個實際發音的。但是在他要描述的「正韻」系統中，這一個發音已經沒有字例存在，但是吳烺認爲仍不能廢棄這一個音位，因爲這一個音位「倒置之不得」，絕對要放在第十八位上，因此放在第十八位上有它的實際作用。

吳烺的《五聲反切正韻》受方以智的影響甚多，《五聲反切正韻》中多處引用方以智在《通雅·切韻聲原》的論述。方以智的《切韻聲原》在韻圖作法上多所創新，在聲母方面，方以智歸併出「簡法二十字」，以下將方以智歸併的結果列表於下〔註41〕（同一直行表歸併爲同一母）：

見	溪	疑	端	透	泥	幫	滂	明	精	清	心	知	穿	審	曉	夫	微	來	日
	群	影		定	孃		並			清	邪	照	徹	禪	匣	非			
	並	喻											澄			奉			
		微										床							

〔註40〕 此處吳烺以空格處理，因此位本無字也。

〔註41〕 參見〔明〕方以智：《通雅·切韻聲原》，北京：中國書店，1990年2月，p.602。

由上面的聲母歸併看來，方以智將聲母歸併成二十類，比吳烺多出「微」母（〔v-〕）一類，微母的位置恰好在第十八位上。但吳烺所歸併的十九聲母，已將微母歸併到「疑、影、喻」同一類，也就是零聲母；微母歸併消失之後，即留下第十八位的空位。則縱音第十八位可否為微母歸併後的遺跡呢？吳烺將縱音第十八位的發音方法訂為「鼻與齶相合」，和屬於唇齒擦音的微母〔v-〕不符合，因此排除縱音第十八位為微母的可能。

觀察所有列在吳烺三十二韻圖中的縱音第三位的例字看來，在《廣韻》中所屬之聲母包含影、以、疑、云、微五種聲母。在吳烺的方言中，是否有比十九聲母多出的聲母呢？吳烺的方言屬性是江淮方言，江淮方言中，微母已經失落成零聲母，並不存在有「鼻與齶相合」的聲母，因此吳烺排列縱音二十位並非受到方言影響。

在前人的論述方面，應裕康認為，吳烺設置第十八位的空位是為了便於誦讀〔註42〕；耿振生並未討論此空位之成因。孫華先在《五聲反切正韻的聲母系統》一文中對縱音第十八位的看法是：

> 第18位各圖皆無字，是一個虛設的位，吳烺對此位的說明是「□音最難出聲，鼻與齶相合也。」由於無字，我們無法根據實例考察該位，但可以估計此位是為舌根鼻音〔ŋ〕而設置，試析如下：

> 如果他的第十八位不出常見的這 21 個聲母的話，可以入選的只有疑、微兩母。他說第十八位是「鼻與齶相合也」，而所謂「鼻與齶相合」應該就是舌根抵住上齶，鼻腔出聲，所以，只有舌根鼻音〔ŋ〕配得上，因為「半唇半齒」的微母和「唇齒半」的非母一樣，不是鼻與齶相合，而是否與齒相合。

> 此位代表了一個所謂有音無字的聲母，並非記實，在歸維聲母系統時，這是一個可以忽略不計的虛位。所以，他的二十縱音有效的僅僅是十九位。〔註43〕

孫華先的分析與判斷，主要是由吳烺所言第十八位音「鼻與齶相合」的發音方

〔註42〕 參見應裕康：《清代韻圖之研究》，國立政治大學中國文學研究所博士論文，1972年 6 月，p.491。

〔註43〕 參見孫華先：《五聲反切正韻的聲母系統》，《揚州教育學院學報》，2000 年，p.37。

法去推論，若由這一條線索去推斷，則第十八位音可能指舌根鼻音〔ŋ〕。然而舌根鼻音的中古聲母「疑母」，已經被吳烺歸併到縱音第三了，為何吳烺還要留下空位給疑母呢？

王松木在〈韻圖的理解與詮釋——吳烺《五聲反切正韻》新詮〉一文中，認為第十八位是微母消失後留下的空位。吳烺因將《切韻聲原》的聲母分類與《韻法直圖》韻圖形制相互融合，因而意外留下一個贅餘的格位。〔註44〕

若說第十八位音是《切韻聲原》中簡法二十字的第十八位微母字的空位保留，則微母字已被歸併到縱音第三中，「鼻與齶相合」和微母字的發音方法也不合。

吳烺於論字母一節中，已經很清楚將聲母歸為十九類，但在劃分縱音時，仍將縱音排成了二十位，吳烺於文中所言「有音無字」、「鼻與齶相合」，表示此第十八位是有實際音值的，但因此位完全沒有例字可供查考，所以此空位僅能判別是一個有音無字的虛位格，實際音值為何，尚待更多證據才能確定。

十九、縱音十九位的音值

以下將所有列在二十縱音第十九位依韻圖排列順序出現的例字，其在《五聲反切正韻》中的聲調、在《廣韻》中的反切與在《廣韻》中所屬的聲類韻目列出：

韻圖例字	《五聲》聲調	《廣韻》反切	《廣韻》聲類韻目
龍	陽	力鍾切	來母鍾韻
壟	上	力踵切	來母腫韻
弄	去	盧貢切	來母送韻
郎	陽	魯當切	來母唐韻
朗	上	盧黨切	來母蕩韻
浪	去	來宕切	來母宕韻
良	陽	呂張切	來母陽韻
兩	上	良獎切	來母養韻
輛	去	力仗切	來母養韻
離	陽	呂支切	來母支韻

〔註44〕 參見王松木：〈韻圖的理解與詮釋——吳烺《五聲反切正韻》新詮〉，第二十二屆全國聲韻學學術研討會論文，p.18。

里	上	良士切	來母止韻
麗	去	郎計切	來母霽韻
力	入	林直切	來母職韻
雷	陽	魯回切	來母灰韻
壘	上	力軌切	來母旨韻
類	去	力遂切	來母至韻
閭	陽	力居切	來母魚韻
呂	上	力舉切	來母語韻
慮	去	良倨切	來母御韻
律	入	呂卹切	來母術韻
盧	陽	落胡切	來母模韻
魯	上	郎古切	來母姥韻
路	去	洛故切	來母暮韻
祿	入	盧谷切	來母屋韻
賴	去	落蓋切	來母泰韻
勒	入	盧則切	來母德韻
倫	陽	力迍切	來母諄韻
冷	上	魯打切	來母梗韻
論	去	盧困切	來母慁韻
伶	陽	郎丁切	來母青韻
領	上	良郢切	來母靜韻
令	去	力政切	來母勁韻
藍	陽	魯甘切	來母談韻
覽	上	盧敢切	來母感韻
爛	去	郎旰切	來母翰韻
卵	上	盧管切	來母緩韻
亂	去	郎段切	來母換韻
連	陽	力延切	來母仙韻
臉	上	力減切	來母豏韻
斂	去	力驗切	來母豔韻
僚	陽	落蕭切	來母蕭韻
了	上	盧鳥切	來母篠韻
料	去	力弔切	來母嘯韻
撈	陰	魯刀切	來母豪韻

勞	陽	魯刀切	來母豪韻
老	上	盧皓切	來母皓韻
勞	去	郎到切	來母號韻
樂	入	盧各切	來母鐸韻
羅	陽	魯何切	來母歌韻
邏	去	郎佐切	來母箇韻
臘	入	盧盍切	來母盍韻
列	入	良辥切	來母薛韻
留	陽	力求切	來母尤韻
柳	上	力久切	來母有韻
溜	去	力救切	來母宥韻
略	入	離灼切	來母藥韻
樓	陽	落侯切	來母侯韻
摟	上	落後切	來母侯韻
漏	入	盧候切	來母候韻

從以上所有列在縱音第十九位的例字看來，其在《廣韻》中所屬之聲母清一色是來母字。來母字自從中古到現代音幾乎完全沒有變動，可以說是一個十分穩定的聲母。因此將縱音第十九位的聲母擬作舌尖邊音〔1〕。

二十、縱音二十位的音值

以下先將所有列在二十縱音第三十位依韻圖排列順序出現的例字，其在《五聲反切正韻》中的聲調、在《廣韻》中的反切與在《廣韻》中所屬的聲類韻目列出：

韻圖例字	《五聲》聲調	《廣韻》反切	《廣韻》聲類韻目
戎	陽	如融切	日母東韻
冗	上	而隴切	日母腫韻
瓤	陽	汝陽切	日母陽韻
嚷	上	無	無
讓	去	人樣切	日母漾韻
而	陽	如之切	日母之韻
耳	上	而止切	日母止韻
二	去	而至切	日母至韻
日	入	人質切	日母質韻

蕊	上	如壘切	日母旨韻
銳	去	以芮切	以母祭韻
如	陽	人諸切	日母魚韻
汝	上	人渚切	日母語韻
茹	去	人恕切	日母御韻
儒	陽	人朱切	日母虞韻
乳	上	而主切	日母麌韻
孺	去	而遇切	日母遇韻
辱	入	而蜀切	日母燭韻
熱	入	如列切	日母薛韻
仁	陽	如鄰切	日母眞韻
忍	上	而軫切	日母軫韻
認	去	而證切	日母證韻
軟	上	而兗切	日母獮韻
然	陽	如延切	日母仙韻
染	上	而琰切	日母琰韻
饒	陽	如招切	日母宵韻
繞	上	人要切	日母笑韻
若	入	而灼切	日母藥韻
惹	上	人者切	日母馬韻
柔	陽	耳由切	日母尤韻
揉	入	耳由切	日母尤韻

　　從以上所有列在縱音第二十位的例字看來，其在《廣韻》中所屬之聲母是日母字，日母字的演化過程如下〔註45〕：

$$n > n_{b} > n_{z} > z > 3 \begin{cases} > z \\ > ø（止開三的字） \end{cases}$$

　　其中止攝開口三等的日母字，現代則讀成零聲母（如而、耳、二）〔註46〕。應裕康及孫華先均將縱音第二十的聲母擬作捲舌濁擦音〔z〕〔註47〕，從縱音第

〔註45〕　參見竺家寧：《聲韻學》，台北：五南出版社，1999 年 11 月，p.448。

〔註46〕　參考《漢語方音字彙》，合肥將「日」讀作捲舌濁擦音〔z〕，二讀零聲母。揚州將「日」讀作邊音〔l〕，「二」讀零聲母。南京將「日」讀作捲舌濁擦音〔z〕。

〔註47〕　參見應裕康：《清代韻圖之研究》，p.494；孫華先：〈吳烺五聲反切正韻的二十縱音〉，《揚州教育學院學報》，2000 年，p.39。

二十的韻圖歸字來看,「而」、「耳」、「二」和其他日母字如「瑞、如、仁、讓」都是放在縱音第二十,代表當時「而」、「耳」、「二」尚未失落成零聲母,而是和「瑞、如、仁、讓」等字的聲母相同,而「而」、「耳」、「二」三字所歸放的韻圖第七,韻母是〔i〕,若將聲母擬作捲舌濁擦音〔ʐ〕,則「而」、「耳」、「二」三字就讀成〔ʐi〕,是不符合音理及發展規律的,因此判斷捲舌濁擦音〔ʐ〕當時尚未產生,縱音第二十的聲母應擬作舌尖面濁擦音〔ʒ〕。

參、小 結

綜合以上的討論,以下用圖表方式,將《五聲反切正韻》中的二十縱音,依現代語音學中的發音部位用語,將這二十縱音的發音部位、音值、在二十縱音中的排序、吳烺所給予的聲母分類、二十縱音的代表例字及此二十縱音的《廣韻》聲母來源編排整理如下:

發音部位	音 值	二十縱音排序	吳烺之聲母分類	二十縱音代表字	《廣韻》聲母來源
脣音	p	縱音第七	脣音	玉奉	幫、並
脣音	p'	縱音第八	脣音	捧	滂、並
脣音	m	縱音第九	脣音	蒙	明、微
脣音	f	縱音十七	脣齒半	風	非、敷、奉
舌尖音	t	縱音第四	舌音	東	端、定、崇(僅一字)
舌尖音	t'	縱音第五	舌音	通	透、定
舌尖音	n	縱音第六	舌音	農	泥、娘、明(僅一字)、來(僅一字)、端(僅一字)、疑(僅二字)
舌尖音	l	縱音十九	喉齶半	龍	來
舌根／舌面前音	k／tɕ	縱音第一	喉音	公	見、群、以(僅一字)、匣(僅二字)
舌根／舌面前音	k'／tɕ'	縱音第二	喉音	空	溪、群、見(僅一字)、匣(僅一字)

舌根／舌面前音	x／ɕ	縱音十六	仍喉	烘	匣、曉、昌（僅一字）、云（僅一字）、見（僅一字）
舌尖面音	tʃ	縱音十三	齶音	中	知、章、莊、澄
舌尖面音	tʃ	縱音十四	齶音	充	徹、昌、初、澄、崇、船、禪、生（僅一字）、知（僅一字）、並（僅一字）、書（僅一字）
舌尖面音	ʃ	縱音十五	齶音	叔	書、生、禪
舌尖音	ts	縱音第十	齒音	宗	精、從、莊（僅二字）、清（僅二字）
舌尖音	ts'	縱音十一	齒音	聰	清、從、精（僅一字）、初（僅二字）、邪（僅二字）、崇（僅二字）
舌尖音	s	縱音十二	齒音	松	心、邪、生（僅五字）、以（僅一字）、書（僅一字）
舌尖面音	ʒ	縱音二十	喉舌半	戎	日
零聲母	ø	縱音第三	喉音	翁	影、以、疑、云、微
（無例字）		縱音十八	鼻與齶相合	（無例字）	

第五章　《五聲反切正韻》的韻母

第一節　《五聲反切正韻》的韻母概說

吳烺在《五聲反切正韻・定正韻第四》中言：

> 然聲者，不齊者也，今必欲齊之，非天子之法制不可，故唐用詩賦
> 取士，以試韻爲程，終唐之詩人，莫敢出其範圍。假令起李、杜諸
> 公而問之，安知其必讀佳爲皆，元爲云乎？明洪武初，宋濂、王僎、
> 趙壎、樂韶鳳、孫蕢等，奉詔撰洪武正韻，頒之學官，顧終明之代，
> 科場士子，雖點畫不敢或違，子思子以考文列於三重，良有以也。
> 今依《佩文詩韻》，演三十二圖，俾學者得以省覽，而中華之音略盡
> 於是。

吳烺將《五聲反切正韻》中的韻母分成三十二韻圖討論。其分韻的方法，乃是
採用《佩文韻府》的分韻，也就是平水韻的分韻。

上文中吳烺所言的「佩文詩韻」指的是《佩文韻府》的分韻方法，《佩文韻
府》乃是清朝康熙年間所修之韻書，「佩文」取自康熙皇帝的書房「佩文齋」，
這本書就是康熙皇帝敕令張玉書、陳廷敬、李光地等編寫的，「韻府」的意思是
分韻編排的詞語總匯，是爲作詩檢韻查字用的。《佩文韻府》分韻所依照的平水
韻一百零六韻，是當時做詩用韻的標準。正文排列的順序也是爲作詩選詞服務

的。韻下排字，字序按認字的難易為先後順序，字下有音，有釋義，再下面就是大量的詞語，詞語都是末字相同，便於用作韻腳，某種程度它就是今天的逆序詞典的樣子。《佩文韻府》的平聲韻排列如下：

	韻目（上平）	韻目（下平）
一	東	先
二	冬	蕭
三	江	肴
四	支	豪
五	微	歌
六	魚	麻
七	虞	陽
八	齊	庚
九	佳	青
十	灰	蒸
十一	眞	尤
十二	文	侵
十三	元	覃
十四	寒	鹽
十五	刪	咸

吳烺將韻母分成十二類，再依介音的不同劃分三十二韻圖，從他的說明可知，他將韻母依《佩文韻府》的排列方式歸併成以下十二類：

一、東冬（圖 1，2）

二、江陽（圖 3，4，5）

三、支微齊灰（圖 6，7，8）

四、魚虞（圖 9，10）

五、佳灰（圖 11，12，13）

六、眞文元庚青蒸侵（圖 14，15，16，17）

七、寒刪覃（圖 18，19）

八、元先鹽咸（圖 20，21）

九、蕭肴豪（圖 22，23）

十、歌（圖 24，25）

十一、麻（圖 26，27，28，29，30）

十二、尤（圖 31，32）

以上十二類的分韻，可以發現「灰」韻分別出現在第三類和第五類中；而「元」韻分別出現在第六類和第八類中。

《佩文韻府》中的「灰」韻，包含了《廣韻》的「灰」、「咍」兩韻，從三十二韻圖中的歸字來看，屬於《廣韻》的灰韻的例字均出現在第三類，也就是韻圖第八中；而第五類中，出現的則是《廣韻》的咍韻。因此出現「灰」韻兩見的情形。

而《佩文韻府》的「元」韻，包含了《廣韻》的元、魂、痕三韻，《廣韻》中的元韻字，均出現在第八類中，也就是韻圖第二十一中，而第六類，則是收《廣韻》的魂、痕兩韻，因此出現「元」韻兩見的情形。

第二節 《五聲反切正韻》韻母的音值

壹、擬測《五聲反切正韻》韻母的方法

吳烺為了詮釋他所謂的「正韻」，因此在《五聲反切正韻》中列出三十二韻圖，每一個韻圖中的橫軸列出五聲（陰、陽、上、去、入），縱軸列出二十縱音，我們要擬定這三十二張韻圖的每一個韻圖的實際音值，就是要仰賴韻圖中所排列的例字，要瞭解《五聲反切正韻》的韻母音值為何，勢必要先將韻圖中的歸字作一番的分析與整理。

《廣韻》反映的是唐宋時期的讀音，在研究聲韻學上，《廣韻》是一本很重要的書，藉由翻查《廣韻》，我們可以知道韻圖中的每一個例字在中古時期的讀音，是否和現代讀音有所歧異。

元代劉鑑所著《經史正音切韻指南》，是等韻學中的重要著作。藉由翻查《切韻指南》，我們可以瞭解同一個韻圖中的例字所屬的韻攝。

要擬測《五聲反切正韻》中韻母的讀音，就必須先將《五聲反切正韻》中的例字的讀音向前推溯，瞭解了在《五聲反切正韻》之前的時代這些韻圖例字的讀音，再向後觀察現代漢語方言這些字的讀法，從前後兩端已知的資料來求

中間這一段未知的部分。擬測《五聲反切正韻》韻母的方法操作程序如下：

1. 以韻圖為單位，列出每一個韻圖中的例字在《廣韻》中的反切，以及它所屬的聲類和韻類，藉以瞭解同一個韻圖中的例字在中古音系中的歸類。

2. 分析每一個韻圖中的例字在《切韻指南》中的分攝、分等、開合口，藉以瞭解同一個韻圖中的例字所屬的韻攝開合洪細。

3. 考慮吳烺的方言屬性及生平旅歷：吳烺生平的旅居地至少有安徽全椒、江蘇南京、江蘇揚州、山西等地。安徽全椒、江蘇南京、江蘇揚州在地方方言上都隸屬江淮官話洪巢片，而吳烺到山西任官，已是青壯年之事，應是使用通語。

4. 考慮音位系統中相似性、互補性和系統性的問題。

5. 注意吳烺所提示各韻圖中放置韻圖例字的現象。

6. 根據以上所得資料，擬測《五聲反切正韻》中三十二韻圖的韻值。

貳、《五聲反切正韻》中的韻母音值擬測

以下依《佩文詩韻》的分韻將《五聲反切正韻》的三十二韻圖分作十二類來討論，每一個韻圖中的例字在以下圖表依其在《五聲反切正韻》中所屬的聲調之陰、陽、上、去、入五聲順序排列，再列出其在《廣韻》中的反切與其聲類韻目，以及《切韻指南》中所屬的韻攝開合。在每一類韻母的最後，依據以上資料作綜合討論，以擬定每一個韻圖的韻值。

一、東冬韻

（一）韻圖第一

以下先將韻圖第一中，所有例字的《廣韻》反切及其聲類韻目，與《切韻指南》中所屬的韻攝開合情形整理列表於下：

韻圖例字	《五聲》聲調	《廣韻》反切	《廣韻》聲類韻目	《切韻指南》韻攝開合
公	陰	古紅切	見母東韻	通攝一等合口
空	陰	苦紅切	溪母東韻	通攝一等合口
翁	陰	烏紅切	影母東韻	通攝一等合口
東	陰	德紅切	端母東韻	通攝一等合口

通	陰	他紅切	透母東韻	通攝一等合口
宗	陰	作多切	精母多韻	通攝一等合口
聰	陰	倉紅切	清母東韻	通攝一等合口
松	陰	祥容切	邪母鍾韻	通攝三等合口
中	陰	陟弓切	知母東韻	通攝三等合口
充	陰	昌終切	昌母東韻	通攝一等合口
烘	陰	戶公切	匣母東韻	通攝一等合口
風	陰	方戎切	非母東韻	通攝三等合口
同	陽	徒紅切	定母東韻	通攝一等合口
農	陽	奴多切	泥母多韻	通攝一等合口
蒙	陽	莫紅切	明母東韻	通攝一等合口
從	陽	疾容切	從母鍾韻	通攝三等合口
蟲	陽	直弓切	澄母東韻	通攝三等合口
紅	陽	戶公切	匣母東韻	通攝一等合口
馮	陽	房戎切	奉母東韻	通攝三等合口
龍	陽	力鍾切	來母鍾韻	通攝三等合口
戎	陽	如融切	日母東韻	通攝三等合口
拱	上	居悚切	見母腫韻	通攝三等合口
孔	上	康董切	溪母董韻	通攝一等合口
董	上	多動切	端母董韻	通攝一等合口
統	上	他綜切	透母宋韻	通攝一等合口
琫	上	邊孔切	幫母董韻	通攝一等合口
捧	上	敷奉切	滂母腫韻	通攝三等合口
蠓	上	莫孔切	明母董韻	通攝一等合口
總	上	作孔切	精母董韻	通攝一等合口
聳	上	息拱切	心母腫韻	通攝三等合口
腫	上	之隴切	章母腫韻	通攝三等合口
寵	上	丑隴切	徹母腫韻	通攝三等合口
哄	上	胡貢切	匣母送韻	通攝一等合口
諷	上	方鳳切	非母送韻	通攝一等合口
壟	上	力踵切	來母腫韻	通攝三等合口
冗	上	而隴切	日母腫韻	通攝三等合口
貢	去	古送切	見母送韻	通攝一等合口
控	去	苦貢切	溪母送韻	通攝一等合口

甕	去	烏貢切	影母送韻	通攝一等合口
動	去	徒摠切	定母董韻	通攝一等合口
痛	去	他貢切	透母送韻	通攝一等合口
蚌	去	步項切	並母講韻	江攝二等開口
夢	去	莫鳳切	明母送韻	通攝三等合口
縱	去	子用切	精母用韻	通攝三等合口
送	去	蘇弄切	心母送韻	通攝一等合口
眾	去	之仲切	章母送韻	通攝一等合口
銃	去	充仲切	昌母送韻	通攝一等合口
鬨	去	胡貢切	匣母送韻	通攝一等合口
奉	去	扶隴切	奉母腫韻	通攝三等合口
弄	去	盧貢切	來母送韻	通攝一等合口

韻圖第一的例字，分佈在陰、陽、上、去四聲中，沒有入聲例字。

從韻圖第一的例字看來，在《廣韻》中，分屬「東、冬、鍾、腫、董、宋、講、用」等韻。

從《切韻指南》的十六攝來看，則屬於通攝一、三等合口及江攝二等開口（僅一字）。

從現代方言來看，韻圖第一所屬的例字，在北京、濟南、太原、南昌、梅縣等地讀成〔uŋ〕。少部分字，如「風、馮、馮、奉、蒙、虫蒙、夢」，在北京、濟南、西安、太原、合肥等地，讀成〔əŋ〕。這是現代漢語唇音聲母受到唇形的影響，使得圓唇的 u 介音產生異化作用，轉成〔əŋ〕韻母〔註1〕。

「蚌」在《五聲反切正韻》中的位置是縱音第七，韻圖第一的去聲，按韻圖位置應讀作〔poŋ〕，在韻圖第一中，所有的例字都是通攝字，僅「蚌」是江攝二等開口字。在現代漢語方言中，北京、濟南、西安、武漢、成都、揚州都讀作〔paŋ〕〔註2〕，因此「蚌」的韻母讀音在《五聲反切正韻》中十分特殊。

（二）韻圖第二

以下先將韻圖第二中，所有例字的《廣韻》反切及其聲類韻目，與《切韻指南》中所屬的韻攝開合情形整理列表於下：

〔註1〕參見竺家寧：《聲韻學》，台北：五南出版社，1999 年 11 月，p.54。

〔註2〕同註 11，p.301。

韻圖例字	《五聲》聲調	《廣韻》反切	《廣韻》聲類韻目	《切韻指南》韻攝開合
穹	陰	去宮切	溪母東韻	通攝三等合口
雍	陰	於容切	影母鍾韻	通攝三等合口
凶	陰	許容切	曉母鍾韻	通攝三等合口
窮	陽	渠弓切	群母東韻	通攝三等合口
容	陽	餘封切	以母鍾韻	通攝三等合口
碓	陽	羽弓切	云母東韻	通攝三等合口
勇	上	余隴切	以母腫韻	通攝三等合口
洶	上	許拱切	曉母腫韻	通攝三等合口
用	去	余頌切	以母用韻	通攝三等合口

韻圖第二的例字，分佈在陰、陽、上、去四聲中，沒有入聲例字。

從韻圖第二的例字看來，在《廣韻》中，分屬「東、鍾、腫、用」等韻。

從《切韻指南》的十六攝來看，則全屬於通攝三等合口字。韻圖第二中的見系字在北方官話中已經顎化成舌面前音（如穹、窮、雄、洶），而齒音無字。

（三）韻圖第一、第二的韻值

吳烺在韻圖第二後說明：「以上二圖東冬韻。」韻圖第一和韻圖第二在《佩文韻府》裡屬於東、冬兩韻。在《佩文韻府》中屬於同一類韻的一群字，在《五聲反切正韻》中分成兩個韻圖，觀察韻圖第一和韻圖第二的韻圖例字，在《廣韻》中都屬東、冬、鍾韻，從《切韻指南》的韻攝開合來看，韻圖第一屬通攝一、三等合口字，韻圖第二屬通攝三等合口字。從現代方言來看，韻圖第一的例字和韻圖第二的例字洪細對立，因此兩個韻圖的差別為介音。

應裕康在《清代韻圖之研究》中，將韻圖第一音值擬為〔uŋ〕，韻圖第二的音值擬為〔yuŋ〕，其說解如下：

> 吳氏注云：「以上二圖東冬韻。」公圖皆洪音字，穹圖僅溪·疑、曉
>
> 三位有字，餘位皆無字，故擬其音值如此。[註3]

應裕康認為《五聲反切正韻》反映的是北方官話，因此以北方官話的音系為《五聲反切正韻》作擬音。觀察韻圖第一中的例字，在北方官話中其實有兩

〔註 3〕參見應裕康：《清代韻圖之研究》，國立政治大學中國文學研究所博士論文，1972
年 6 月，p.496。

種讀音，第一種是「公、空、翁」等例字，讀成〔uŋ〕；第二種是「風、馮、馮、奉、蒙、虫蒙、夢」等，讀成〔əŋ〕，這兩組字讀音不同，卻同樣放在韻圖第一中。觀察和吳烺的籍貫安徽全椒同屬江淮官話洪巢片的合肥與揚州，韻圖第一的「公」、「風」均讀爲〔oŋ〕，韻圖第二的「窮」讀爲〔ioŋ〕。吳烺將同屬東多韻的一群例字分爲兩個韻圖，乃是依介音的不同，北方官話並不能滿足韻圖第一中例字讀音的一致性，因此將韻圖第一的韻值擬爲〔oŋ〕，韻圖第二的韻值擬爲〔ioŋ〕。〔註4〕

二、江陽韻

（一）韻圖第二

以下先將韻圖第三中，所有例字的《廣韻》反切及其聲類韻目，與《切韻

〔註4〕以下將「公」、「風」、「窮」三字在二十個方言點中的讀音列於下表：

	韻圖第一	韻圖第一	韻圖第二
例字	公[4]	風[4]	窮[4]
北京	uŋ	əŋ	iuŋ
濟南	uŋ	əŋ	iuŋ
西安	uoŋ	əŋ	yoŋ
太原	uŋ	əŋ	yuŋ
武漢	oŋ	oŋ	ioŋ
成都	oŋ	oŋ	yoŋ
合肥	əŋ	əŋ	iŋ
揚州	oŋ	oŋ	ioŋ
蘇州	oŋ	oŋ	ioŋ
溫州	oŋ	oŋ	yoŋ
長沙	ən	ən	iɛn
雙峰	an	an	an
南昌	uŋ	uŋ	iuŋ
梅縣	uŋ	uŋ	iuŋ
廣州	ʊŋ	ʊŋ	ʊŋ
陽江	ʊŋ	ʊŋ	ʊŋ
廈門	ɔŋ（文） aŋ（白）	ɔŋ（文） aŋ（白）	iɔŋ（文） ɪŋ（白）
潮州	oŋ（文） aŋ（白）	oŋ（文） uaŋ（白）	ioŋ（文） eŋ（白）
福州	uŋ（文） øyŋ（白）	uŋ（文）	yŋ
建甌	ɔŋ（文） œyŋ（白）	ɔŋ（文）	œyŋ

指南》中所屬的韻攝開合情形整理列表於下：

韻圖例字	《五聲》聲調	《廣韻》反切	《廣韻》聲類韻目	《切韻指南》韻攝開合
岡	陰	古郎切	見母唐韻	宕攝一等開口
康	陰	苦岡切	溪母唐韻	宕攝一等開口
當	陰	都郎切	端母唐韻	宕攝一等開口
湯	陰	吐郎切	透母唐韻	宕攝一等開口
邦	陰	博江切	幫母江韻	江攝二等開口
臧	陰	則郎切	精母唐韻	宕攝一等開口
倉	陰	七岡切	清母唐韻	宕攝一等開口
喪	陰	息郎切	心母唐韻	宕攝一等開口
張	陰	陟良切	知母陽韻	江攝三等開口
昌	陰	尺良切	昌母陽韻	江攝三等開口
商	陰	式羊切	書母陽韻	江攝三等開口
方	陰	府良切	非母陽韻	江攝三等開口
昂	陽	五剛切	疑母唐韻	宕攝一等開口
唐	陽	徒郎切	定母唐韻	宕攝一等開口
囊	陽	奴當切	泥母唐韻	宕攝一等開口
旁	陽	步光切	並母唐韻	宕攝一等開口
茫	陽	莫郎切	明母唐韻	宕攝一等開口
藏	陽	昨郎切	從母唐韻	宕攝一等開口
長	陽	直良切	澄母陽韻	江攝三等開口
杭	陽	胡郎切	匣母唐韻	宕攝一等開口
房	陽	步光切	並母唐韻	宕攝一等開口
郎	陽	魯當切	來母唐韻	宕攝一等開口
瓤	陽	汝陽切	日母陽韻	江攝三等開口
慷	上	苦朗切	溪母蕩韻	宕攝一等開口
黨	上	多朗切	端母蕩韻	宕攝一等開口
儻	上	他朗切	透母蕩韻	宕攝一等開口
攮	上	乃黨切	泥母蕩韻	宕攝一等開口
榜	上	北朗切	幫母蕩韻	宕攝一等開口
莽	上	模朗切	明母蕩韻	宕攝一等開口
愴	上	初兩切	初母養韻	江攝三等開口

顙	上	蘇朗切	心母蕩韻	宕攝一等開口
掌	上	諸兩切	章母養韻	江攝三等開口
敞	上	昌兩切	昌母養韻	江攝三等開口
賞	上	書兩切	書母養韻	江攝三等開口
倣	上	分网切	非母養韻	江攝三等開口
朗	上	盧黨切	來母蕩韻	宕攝一等開口
嚷	上	無	無	
摃	去	古雙切	見母江韻	江攝二等開口
亢	去	苦浪切	溪母蕩韻	宕攝一等開口
盎	去	烏浪切	影母蕩韻	宕攝一等開口
蕩	去	徒朗切	定母唐韻	宕攝一等開口
盪	去	他浪切	透母蕩韻	宕攝一等開口
謗	去	補曠切	幫母宕韻	宕攝一等開口
葬	去	則浪切	精母蕩韻	宕攝一等開口
喪	去	蘇浪切	心母蕩韻	宕攝一等開口
帳	去	知亮切	知母漾韻	宕攝一等開口
悵	去	丑亮切	徹母漾韻	宕攝一等開口
上	去	時掌切	禪母養韻	江攝三等開口
行	去	下浪切	匣母蕩韻	宕攝一等開口
放	去	分网切	非母養韻	江攝三等開口
浪	去	來宕切	來母宕韻	宕攝一等開口
讓	去	人樣切	日母漾韻	江攝三等開口

韻圖第三的例字，分佈在陰、陽、上、去四聲中，沒有入聲例字。

從韻圖第三的例字看來，在《廣韻》中，分屬「唐、陽、江、蕩、養、宕、漾」等韻。從《切韻指南》的十六攝來看，韻圖第三的例字則屬於宕攝一、三等開口，以及江攝二等開口（僅兩字）。

從現代方言來看，韻圖第三的例字，在北京、濟南、西安、武漢、成都、揚州等地讀〔aŋ〕。

（二）韻圖第四

以下先將韻圖第四中，所有例字的《廣韻》反切及其聲類韻目，與《切韻指南》中所屬的韻攝開合情形整理列表於下：

韻圖例字	《五聲》聲調	《廣韻》反切	《廣韻》聲類韻目	《切韻指南》韻攝開合
姜	陰	居良切	見母陽韻	宕攝三等開口
腔	陰	苦江切	溪母江韻	江攝二等開口
秧	陰	於良切	影母陽韻	宕攝三等開口
將	陰	即良切	精母陽韻	宕攝三等開口
槍	陰	七羊切	清母陽韻	宕攝三等開口
箱	陰	息良切	心母陽韻	宕攝三等開口
鄉	陰	許良切	曉母陽韻	宕攝三等開口
強	陽	巨良切	群母陽韻	宕攝三等開口
羊	陽	與章切	以母陽韻	宕攝三等開口
娘	陽	女良切	泥母陽韻	宕攝三等開口
墻	陽	在良切	從母陽韻	宕攝三等開口
降	陽	下江切	匣母江韻	江攝二等開口
良	陽	呂張切	來母陽韻	宕攝三等開口
講	上	古項切	見母講韻	江攝二等開口
強	上	巨良切	群母陽韻	宕攝三等開口
養	上	餘兩切	以母養韻	宕攝三等開口
仰	上	魚兩切	疑母養韻	宕攝三等開口
蔣	上	即兩切	精母養韻	宕攝三等開口
槍	上	七羊切	清母陽韻	宕攝三等開口
想	上	息兩切	心母養韻	宕攝三等開口
響	上	許兩切	曉母養韻	宕攝三等開口
兩	上	良獎切	來母養韻	宕攝三等開口
絳	去	古巷切	見母絳韻	江攝二等開口
樣	去	餘亮切	以母漾韻	宕攝三等開口
釀	去	女亮切	娘母漾韻	宕攝三等開口
醬	去	子亮切	精母漾韻	宕攝三等開口
相	去	息亮切	心母漾韻	宕攝三等開口
向	去	許亮切	曉母漾韻	宕攝三等開口
輛	去	力仗切	來母養韻	宕攝三等開口

　　韻圖第四的例字，分佈在陰、陽、上、去四聲中，入聲中沒有例字。

　　從韻圖第四的例字看來，在《廣韻》中，分屬「陽、江、講、養、絳、漾」

等韻。

從《切韻指南》的十六攝來看，則屬於宕攝三等開口字，以及江攝二等開口字（僅四字）。韻圖第四中的見系字在北方官話中已經顎化成舌面前音（如姜、腔、鄉），而齒音無字。

（三）韻圖第五

以下先將韻圖第五中，所有例字的《廣韻》反切及其聲類韻目，與《切韻指南》中所屬的韻攝開合情形整理列表於下：

韻圖例字	《五聲》聲調	《廣韻》反切	《廣韻》聲類韻目	《切韻指南》韻攝開合
光	陰	古黃切	見母唐韻	宕攝一等合口
匡	陰	去王切	溪母陽韻	宕攝三等合口
汪	陰	烏光切	影母唐韻	宕攝一等合口
莊	陰	側羊切	莊母陽韻	宕攝三等開口
牕	陰	楚江切	初母江韻	宕攝三等開口
霜	陰	色莊切	生母陽韻	宕攝三等開口
荒	陰	呼光切	曉母唐韻	宕攝一等合口
狂	陽	巨王切	群母陽韻	宕攝三等合口
王	陽	雨方切	云母陽韻	宕攝三等合口
床	陽	士莊切	崇母陽韻	宕攝三等開口
黃	陽	胡光切	匣母唐韻	宕攝一等合口
廣	上	古晃切	見母蕩韻	宕攝一等合口
枉	上	紆往切	影母養韻	宕攝三等合口
爽	上	疎兩切	生母養韻	宕攝三等開口
恍	上	虎晃切	曉母唐韻	宕攝一等合口
誑	去	居況切	見母漾韻	宕攝三等合口
曠	去	苦謗切	溪母宕韻	宕攝一等合口
旺	去	于放切	云母漾韻	宕攝三等合口
壯	去	側亮切	莊母漾韻	宕攝三等開口
創	去	初亮切	初母漾韻	宕攝三等開口
晃	去	胡廣切	匣母蕩韻	宕攝一等合口

韻圖第五的例字，分佈在陰、陽、上、去四聲中，沒有入聲例字。

從韻圖第五的例字看來，在《廣韻》中，分屬「陽、唐、蕩、養、漾、宕」

等韻，少數屬「江韻」（僅一字）。

　　從《切韻指南》的十六攝來看，則屬於宕攝一、三等開口，宕攝一、三等合口，還有江攝三等開口（僅一字）。

　　從現代方言來看，韻圖第五的例字，在北京、濟南、西安、武漢、成都、揚州、潮洲等地讀〔uaŋ〕。

（四）韻圖第三、第四、第五的音值

　　吳烺在韻圖第五後說明：「以上三圖江陽韻。」因此韻圖第三、四、五在《佩文韻府》中同屬於江、陽韻。這三個韻圖的例字在《廣韻》中都屬江、陽、唐韻，從《切韻指南》的韻攝開合來看，韻圖第三屬宕攝一、三等開口，以及江攝二等開口（僅兩字），韻圖第四屬宕攝三等開口字，以及江攝二等開口字（僅四字），韻圖第五屬宕攝一、三等開口，宕攝一、三等合口，還有江攝三等開口（僅一字）。從現代方言來看，韻圖第三的例字屬開口呼，韻圖第四的例字有〔i〕介音，韻圖第五的例字則有〔u〕介音。因此這三個韻圖是因介音不同而劃分的三個韻圖。和吳烺籍貫同屬江淮官話洪巢片的合肥、揚州，此三圖中例字的分別也是介音的不同，因此將韻圖第三的韻值擬爲〔aŋ〕；韻圖第四的韻值擬爲〔iaŋ〕；韻圖第五的韻值擬爲〔uaŋ〕。

三、支微齊灰韻

（一）韻圖第六

　　以下先將韻圖第六中，所有例字的《廣韻》反切及其聲類韻目，與《切韻指南》中所屬的韻攝開合情形整理列表於下：

韻圖例字	《五聲》聲調	《廣韻》反切	《廣韻》聲類韻目	《切韻指南》韻攝開合
茲	陰	子之切	精母之韻	止攝三等開口
疵	陰	疾移切	從母支韻	止攝三等開口
斯	陰	息移切	心母之韻	止攝三等開口
知	陰	陟離切	知母支韻	止攝三等開口
癡	陰	丑之切	徹母之韻	止攝三等開口
詩	陰	書之切	書母之韻	止攝三等開口
慈	陽	疾之切	從母之韻	止攝三等開口

遲	陽	直尼切	澄母脂韻	止攝三等開口
時	陽	市之切	禪母之韻	止攝三等開口
子	上	即里切	精母止韻	止攝三等開口
此	上	雌氏切	清母紙韻	止攝三等開口
死	上	息姊切	心母旨韻	止攝三等開口
紙	上	諸氏切	章母紙韻	止攝三等開口
恥	上	敕里切	徹母止韻	止攝三等開口
始	上	詩止切	書母止韻	止攝三等開口
字	去	疾置切	從母志韻	止攝三等開口
次	去	七四切	清母至韻	止攝三等開口
四	去	息利切	心母至韻	止攝三等開口
至	去	脂利切	章母至韻	止攝三等開口
滯	去	直例切	澄母祭韻	蟹攝三等開口
是	去	承紙切	禪母紙韻	止攝三等開口
則	入	子德切	精母德韻	曾攝一等開口
測	入	初力切	初母職韻	曾攝三等開口
色	入	所力切	生母職韻	曾攝三等開口
直	入	除力切	澄母職韻	曾攝三等開口
尺	入	昌石切	昌母昔韻	梗攝三等開口
十	入	是執切	禪母緝韻	深攝三等開口

韻圖第六的例字，分佈在陰、陽、上、去、入五聲中。

從韻圖第六的例字看來，在《廣韻》中，分屬「之、支、脂、止、紙、紙、志、至」等韻，少部分是祭韻（僅一字）。入聲部分，則分屬德韻（僅一字）、職韻（僅三字）、昔韻（僅一字）、緝韻（僅一字）。

從《切韻指南》的十六攝來看，則屬於止攝三等開口，少部分屬蟹攝三等開口（僅一字）。入聲部分，屬曾攝一等開口、曾攝三等開口，梗攝三等開口、深攝三等開口字。

從現代方言來看，韻圖第六的例字，在北京、濟南、西安、太原、武漢、成都、合肥、揚州、蘇州、溫州、長沙、潮州等地讀〔ï〕。

（二）韻圖第七

以下先將韻圖第七中，所有例字的《廣韻》反切及其聲類韻目，與《切韻

指南》中所屬的韻攝開合情形整理列表於下：

韻圖例字	《五聲》聲調	《廣韻》反切	《廣韻》聲類韻目	《切韻指南》韻攝開合
基	陰	居之切	見母之韻	止攝三等開口
欺	陰	去其切	溪母之韻	止攝三等開口
衣	陰	於希切	影母微韻	止攝三等開口
低	陰	都奚切	端母齊韻	蟹攝四等開口
梯	陰	土雞切	透母齊韻	蟹攝四等開口
披	陰	敷羈切	滂母支韻	止攝三等開口
妻	陰	七稽切	清母齊韻	蟹攝四等開口
西	陰	先稽切	心母齊韻	蟹攝四等開口
兮	陰	胡雞切	匣母齊韻	蟹攝四等開口
其	陽	居之切	見母之韻	止攝三等開口
宜	陽	魚羈切	疑母支韻	止攝三等開口
題	陽	杜奚切	定母齊韻	蟹攝四等開口
泥	陽	奴低切	泥母齊韻	蟹攝四等開口
皮	陽	符羈切	並母支韻	止攝三等開口
迷	陽	莫兮切	明母齊韻	蟹攝四等開口
齊	陽	徂奚切	從母齊韻	蟹攝四等開口
離	陽	呂支切	來母支韻	止攝三等開口
而	陽	如之切	日母之韻	止攝三等開口
幾	上	居狶切	見母尾韻	止攝三等開口
啟	上	康禮切	溪母薺韻	蟹攝四等開口
以	上	羊己切	以母止韻	止攝三等開口
底	上	都禮切	端母薺韻	蟹攝四等開口
體	上	他禮切	透母薺韻	蟹攝四等開口
你	上	乃里切	泥母止韻	止攝三等開口
比	上	卑履切	幫母支韻	止攝三等開口
痞	上	符鄙切	並母支韻	止攝三等開口
米	上	莫禮切	明母薺韻	蟹攝四等開口
濟	上	子禮切	精母薺韻	蟹攝四等開口
洗	上	先禮切	心母薺韻	蟹攝四等開口
喜	上	虛里切	曉母止韻	止攝三等開口

里	上	良士切	來母止韻	止攝三等開口
耳	上	而止切	日母止韻	止攝三等開口
記	去	居吏切	見母志韻	止攝三等開口
氣	去	去既切	溪母未韻	止攝三等開口
意	去	於記切	影母志韻	止攝三等開口
弟	去	特計切	定母霽韻	蟹攝四等開口
替	去	他計切	透母霽韻	蟹攝四等開口
膩	去	女利切	娘母至韻	止攝三等開口
秘	去	兵媚切	幫母至韻	止攝三等開口
譬	去	匹賜切	滂母寘韻	止攝三等開口
謎	去	莫計切	明母霽韻	蟹攝四等開口
薺	去	徂禮切	從母薺韻	蟹攝四等開口
妻	去	七計切	清母霽韻	蟹攝四等開口
細	去	蘇計切	心母霽韻	蟹攝四等開口
係	去	胡計切	匣母齊韻	蟹攝四等開口
麗	去	郎計切	來母霽韻	蟹攝四等開口
二	去	而至切	日母至韻	止攝三等開口
極	入	渠力切	群母職韻	曾攝三等開口
乞	入	去訖切	溪母櫛韻	臻攝三等開口
一	入	於悉切	影母質韻	臻攝三等開口
笛	入	徒歷切	定母錫韻	梗攝四等開口
剔	入	他歷切	透母錫韻	梗攝四等開口
逆	入	宜戟切	疑母陌韻	梗攝三等開口
必	入	卑吉切	幫母質韻	臻攝四等開口
辟	入	房益切	並母昔韻	梗攝三等開口
密	入	美畢切	明母質韻	臻攝三等開口
集	入	秦入切	從母緝韻	深攝三等開口
七	入	親吉切	清母質韻	臻攝三等開口
錫	入	先擊切	心母錫韻	梗攝四等開口
吸	入	許及切	曉母錫韻	深攝三等開口
力	入	林直切	來母職韻	曾攝三等開口
日	入	人質切	日母質韻	臻攝三等開口

韻圖第七的例字，分佈在陰、陽、上、去、入五聲中。

從韻圖第七的例字看來，在《廣韻》中，分屬「之、微、齊、尾、薺、止、至、未、霽」等韻。少聲部分，則分屬「質、櫛、錫、陌、緝、職」等韻。

從《切韻指南》的十六攝來看，則屬於止攝三等開口，蟹攝四等開口字。入聲部分，屬曾攝三等開口、臻攝三、四等開口、梗攝三、四等開口、深攝三等開口。

從現代方言來看，韻圖第七的例字，在北京、濟南、西安、太原、武漢、成都、揚州、蘇州、溫州、長沙、南昌潮洲等地讀〔i〕。

（三）韻圖第八

以下先將韻圖第八中，所有例字的《廣韻》反切及其聲類韻目，與《切韻指南》中所屬的韻攝開合情形整理列表於下：

韻圖例字	《五聲》聲調	《廣韻》反切	《廣韻》聲類韻目	《切韻指南》韻攝開合
歸	陰	舉韋切	見母微韻	止攝三等合口
虧	陰	去為切	溪母支韻	止攝三等合口
威	陰	於非切	影母微韻	止攝三等合口
堆	陰	都回切	端母灰韻	蟹攝一等合口
推	陰	湯回切	透母灰韻	蟹攝一等合口
碑	陰	彼為切	幫母支韻	止攝三等開口
催	陰	倉回切	清母灰韻	蟹攝一等合口
雖	陰	息遺切	心母灰韻	蟹攝一等合口
追	陰	陟佳切	知母脂韻	止攝三等合口
吹	陰	昌垂切	昌母支韻	止攝三等合口
輝	陰	許歸切	曉母微韻	止攝三等合口
飛	陰	甫微切	非母微韻	止攝三等合口
葵	陽	渠追切	群母脂韻	止攝三等合口
微	陽	無非切	微母微韻	止攝三等合口
頹	陽	杜回切	定母灰韻	蟹攝一等合口
陪	陽	薄回切	並母灰韻	蟹攝一等合口
梅	陽	莫杯切	明母灰韻	蟹攝一等合口
隨	陽	旬為切	邪母支韻	止攝三等合口
椎	陽	直追切	澄母脂韻	止攝三等合口
誰	陽	視佳切	禪母支韻	止攝三等合口

回	陽	戶恢切	匣母灰韻	蟹攝一等合口
肥	陽	符非切	奉母微韻	止攝三等合口
雷	陽	魯回切	來母灰韻	蟹攝一等合口
鬼	上	居偉切	見母尾韻	止攝三等合口
傀	上	口猥切	溪母賄韻	蟹攝一等合口
委	上	於為切	影母旨韻	止攝三等合口
腿	上	吐猥切	透母賄韻	蟹攝一等合口
餒	上	奴罪切	泥母賄韻	蟹攝一等合口
美	上	無鄙切	微母旨韻	止攝三等開口
嘴	上	祖委切	精母紙韻	止攝三等合口
瀡	上	思累切	心母旨韻	止攝三等合口
水	上	式軌切	書母旨韻	止攝三等合口
毀	上	許委切	曉母旨韻	止攝三等合口
膴	上	府尾切	奉母尾韻	止攝三等合口
壘	上	力軌切	來母旨韻	止攝三等合口
蕊	上	如壘切	日母旨韻	止攝三等合口
貴	去	居胃切	見母未韻	止攝三等合口
匱	去	求位切	群母至韻	止攝三等合口
未	去	無沸切	微母未韻	止攝三等合口
對	去	都隊切	端母隊韻	蟹攝一等合口
退	去	他內切	透母隊韻	蟹攝一等合口
內	去	奴對切	泥母隊韻	蟹攝一等合口
被	去	平義切	並母寘韻	止攝三等合口
配	去	滂佩切	滂母隊韻	蟹攝一等合口
妹	去	莫佩切	明母隊韻	蟹攝一等合口
醉	去	將遂切	精母至韻	止攝三等開口
翠	去	七醉切	清母至韻	止攝三等開口
碎	去	蘇內切	心母隊韻	蟹攝一等合口
墜	去	直類切	澄母至韻	止攝三等開口
睡	去	是偽切	禪母寘韻	止攝三等合口
會	去	黃內切	匣母泰韻	蟹攝一等合口
費	去	芳未切	敷母未韻	止攝三等開口
類	去	力遂切	來母至韻	止攝三等開口
銳	去	以芮切	以母祭韻	蟹攝一等合口
國	入	古或切	見母德韻	曾攝一等合口

閟	入	苦栝切	溪母末韻	山攝一等合口
拙	入	職悅切	章母薛韻	山攝一等合口
輟	入	陟劣切	知母薛韻	山攝一等合口
說	入	失爇切	書母薛韻	山攝一等合口
或	入	胡國切	匣母德韻	曾攝一等合口
弗	入	分勿切	非母物韻	臻攝三等合口

韻圖第八的例字，分佈在陰、陽、上、去、入五聲中。

從韻圖第八的例字看來，在《廣韻》中，分屬「支、微、灰、脂、尾、賄、旨、紙、未、至、隊、寘、祭、泰」等韻。入聲部分，則分屬「德、未、薛、德、物」等韻。

從《切韻指南》的十六攝來看，則屬於止攝三等開口，合口字，蟹攝一、三、四等合口字。入聲部分，屬曾攝一等合口字、山攝一、三等合口、臻攝三等合字。

從現代方言來看，韻圖第八的例字，在北京、濟南、西安、太原、成都、等地讀〔uei〕，如歸、虧、威等字，但有些唇音字，如碑、飛、陪等字，則讀成〔ei〕，這是因為現代國語受到唇音聲母唇形的影響，而產生異化作用的結果，所以中間的 u 介音失落了〔註5〕。但在現代漢語言中，揚州的「雷、內、類」等字都還有 u 介音存在，讀成〔-uəi〕。

（三）韻圖第六、第七、第八的韻值

吳烺在韻圖第八的後面說明：「以上三圖支微齊灰韻。」因此韻圖第六、第七、第八在《佩文韻府》中都屬於支微齊灰韻。從《切韻指南》來看，韻圖第六屬止攝三等開口字（僅一字屬蟹攝三等開口），韻圖第七屬止攝三等開廿及蟹攝四等開口字，韻圖第八屬止攝三等開口、合口字，蟹攝一、三、四等合口字。在韻圖第六之後，吳烺說明：

> 各圖空處雖無字，尚有聲，惟茲韻乃咬齒之聲，前九位無字無聲，
> 在第十位讀起。

韻圖第六「前九位無字無聲」，在音理上，舌尖元音〔ɿ〕僅能配舌尖音、捲舌音和舌面音，而韻圖第六中僅有齒音和齲音有字，其他縱音位置中都無字。應

〔註 5〕同註 29，p.54。

裕康擬測韻圖第六的韻值爲〔ï〕；韻圖第七爲〔i〕；韻圖第八爲〔uei〕。他認爲：

> 按茲爲第六圖，全圖僅齒音、齶音有字。吳氏所謂咬齒之聲也。因擬其音值如此。然有說明者，本圖〔ï〕音值，只含舌尖高元音〔ɿ〕及〔ʮ〕，而不含舌尖後半高半低之間之元音〔ɚ〕，蓋以本圖無耳、兒、二諸字也。
>
> 按基爲第七圖，全圖唯齶音及非母無字，因擬其音值如此。
>
> 按歸爲第八點，全圖所收，多廣韻灰韻字，其爲合口無疑，因擬其音值如此。〔註6〕

〔ɿ〕韻母僅能配捲舌音。在討論《五聲反切正韻》的聲母時，我們已將齶音擬爲舌尖面音，尙未發展成捲舌音的狀態，因此《五聲反切正韻》中應只有舌尖前高元音〔ɿ〕。而耳、兒、二等字，在《五聲反切正韻》的時代，則尙未發展成央元音〔ɚ〕，而「而、耳、二」三字，則放在韻圖第七的縱音第二十中。

從現代方言來看，韻圖第六的例字屬舌尖元音〔ï〕，韻圖第七則讀〔i〕，韻圖第八有〔u〕介音。吳烺將同屬於支微齊灰韻的一群例字分作三個韻圖，乃是因介音的區分。依以上的論證，將韻圖第六的韻值擬測爲〔ï〕；韻圖第七爲〔i〕；韻圖第八爲〔uei〕。

四、魚虞韻

（一）韻圖第九

以下先將韻圖第九中，所有例字的《廣韻》反切及其聲類韻目，與《切韻指南》中所屬的韻攝開合情形整理列表於下：

韻圖例字	《五聲》聲調	《廣韻》反切	《廣韻》聲類韻目	《切韻指南》韻攝開合
居	陰	九魚切	見母魚韻	遇攝三等合口
驅	陰	豈俱切	溪母虞韻	遇攝三等合口
迂	陰	羽俱切	云母虞韻	遇攝三等合口
疽	陰	七余切	清母魚韻	遇攝三等合口
蛆	陰	七余切	清母魚韻	遇攝三等合口

〔註6〕同註30，p.497。

胥	陰	相居切	心母魚韻	遇攝三等合口
朱	陰	章俱切	章母虞韻	遇攝三等合口
樞	陰	昌朱切	昌母虞韻	遇攝三等合口
書	陰	傷魚切	書母魚韻	遇攝三等合口
吁	陰	況于切	曉母慛韻	遇攝三等合口
渠	陽	強魚切	群母魚韻	遇攝三等合口
魚	陽	語居切	疑母魚韻	遇攝三等合口
徐	陽	似魚切	邪母魚韻	遇攝三等合口
除	陽	直魚切	澄母魚韻	遇攝三等合口
閭	陽	力居切	來母魚韻	遇攝三等合口
如	陽	人諸切	日母魚韻	遇攝三等合口
舉	上	居許切	見母語韻	遇攝三等合口
去	上	羌舉切	溪母語韻	遇攝三等合口
羽	上	王矩切	云母麌韻	遇攝三等合口
女	上	尼呂切	娘母語韻	遇攝三等合口
呂	上	力舉切	來母語韻	遇攝三等合口
汝	上	人渚切	日母語韻	遇攝三等合口
句	去	九遇切	見母遇韻	遇攝三等合口
去	去	近倨切	群母御韻	遇攝三等合口
遇	去	牛具切	疑母遇韻	遇攝三等合口
聚	去	才句切	從母遇韻	遇攝三等合口
娶	去	七句切	清母遇韻	遇攝三等合口
絮	去	抽據切	徹母遇韻	遇攝三等合口
住	去	持遇切	澄母遇韻	遇攝三等合口
處	去	昌據切	昌母御韻	遇攝三等合口
署	去	常恕切	禪母御韻	遇攝三等合口
慮	去	良倨切	來母御韻	遇攝三等合口
茹	去	人恕切	日母御韻	遇攝三等合口
橘	入	居聿切	見母遇韻	遇攝三等合口
曲	入	丘玉切	溪母燭韻	通攝三等合口
玉	入	魚欲切	疑母燭韻	通攝三等合口
恧	入	女六切	娘母屋韻	通攝三等合口
戌	入	辛聿切	心母術韻	臻攝三等合口
蓄	入	許竹切	曉母屋韻	通攝三等合口
律	入	呂卹切	來母術韻	臻攝三等合口

韻圖第九的例字，分佈在陰、陽、上、去、入五聲中。

從韻圖第九的例字看來，在《廣韻》中，分屬「魚、虞、語、麌、遇、御」等韻。入聲部分，則分屬「燭、屋、術」等韻。

從《切韻指南》的十六攝來看，則屬於遇攝三等合口字。入聲部分，屬通攝三等合口、臻攝三等合口、臻攝三等合口。

從現代方言來看，韻圖第九的例字，在北京、濟南、西安、太原、成都、合肥、揚州、南昌等地讀〔y〕。但齒音部分，根據吳烺的說法是江蘇省蘇州、常州一帶的讀音，因此這些齶音字是一地之方音，不能算是「正韻」。「朱、樞、書」等字，在北京、濟南、西安、太原、成都、合肥、揚州、南昌等地讀〔u〕，少數地方如武漢、長沙、雙峰、南昌等地讀〔y〕〔註7〕，蘇州則是讀舌尖前圓唇音〔ʮ〕。

〔註 7〕參考《漢語方音字彙》，將韻圖第九中的齶音字「朱、書、住、處」等四字在二十個方言點中的韻母列出：

例字	朱	書	住		處
北京	u	u	u		u
濟南	u	u	u		u
西安	u	u	u		u
太原	u	u	u		u
武漢	y	y	y		y
成都	u	u	u		u
合肥	u	u	u		u
揚州	u	u	u		u
蘇州	ʮ	ʮ	ʮ		ʮ
溫州	ʮ	ʮ	ʮ		ʮ
長沙	y	y	y		y
雙峰	y	y	y		y
南昌	y	y	y		y
梅縣	u	u	u		u
廣州	y	y	y		y
陽江	i	i	i		i
廈門	u	u	y（文）	iu（白）	u
潮州	u	ʮ	y（文）	iu（白）	u
福州	cu	y	øy（文）	ieu（白）	øy
建甌	y	y	y（文）	iu（白）	y

（二）韻圖第十

以下先將韻圖第十中，所有例字的《廣韻》反切及其聲類韻目，與《切韻指南》中所屬的韻攝開合情形整理列表於下：

韻圖例字	《五聲》聲調	《廣韻》反切	《廣韻》聲類韻目	《切韻指南》韻攝開合
孤	陰	古胡切	見母模韻	遇攝一等合口
枯	陰	苦胡切	溪母模韻	遇攝一等合口
烏	陰	哀都切	影母模韻	遇攝一等合口
都	陰	當孤切	端母模韻	遇攝一等合口
逋	陰	博孤切	幫母模韻	遇攝一等合口
鋪	陰	普胡切	滂母模韻	遇攝一等合口
租	陰	則吾切	精母模韻	遇攝一等合口
粗	陰	徂古切	從母姥韻	遇攝一等合口
疎	陰	所葅切	生母魚韻	遇攝三等合口
豬	陰	陟魚切	知母魚韻	遇攝三等合口
樞	陰	昌朱切	昌母姥韻	遇攝一等合口
舒	陰	求魚切	群母魚韻	遇攝三等合口
乎	陰	戶吳切	匣母模韻	遇攝一等合口
夫	陰	防無切	奉母虞韻	遇攝三等合口
吾	陽	五乎切	疑母模韻	遇攝一等合口
徒	陽	同都切	定母模韻	遇攝一等合口
奴	陽	乃都切	泥母模韻	遇攝一等合口
蒲	陽	薄胡切	並母模韻	遇攝一等合口
模	陽	莫胡切	明母模韻	遇攝一等合口
殂	陽	昨胡切	從母模韻	遇攝一等合口
廚	陽	直誅切	澄母虞韻	遇攝三等合口
乎	陰	戶吳切	匣母模韻	遇攝一等合口
夫	陽	防無切	奉母虞韻	遇攝三等合口
盧	陽	落胡切	來母模韻	遇攝一等合口
儒	陽	人朱切	日母虞韻	遇攝三等合口
古	上	公戶切	見母姥韻	遇攝一等合口
苦	上	康杜切	溪母姥韻	遇攝一等合口
五	上	疑古切	疑母姥韻	遇攝一等合口

賭	上	當古切	端母姥韻	遇攝一等合口
土	上	他魯切	透母姥韻	遇攝一等合口
弩	上	奴古切	泥母姥韻	遇攝一等合口
捕	上	薄故切	並母暮韻	遇攝一等合口
普	上	滂古切	滂母姥韻	遇攝一等合口
母	上	莫厚切	明母厚韻	流攝一等開口
祖	上	則古切	精母姥韻	遇攝一等合口
楚	上	創舉切	初母語韻	遇攝三等合口
數	上	所矩切	生母麌韻	遇攝三等合口
主	上	之庾切	章母麌韻	遇攝三等合口
鼠	上	舒呂切	書母語韻	遇攝三等合口
虎	上	呼古切	曉母姥韻	遇攝一等合口
甫	上	方矩切	非母麌韻	遇攝三等合口
魯	上	郎古切	來母姥韻	遇攝一等合口
乳	上	而主切	日母麌韻	遇攝三等合口
固	去	古暮切	見母暮韻	遇攝一等合口
庫	去	苦故切	溪母暮韻	遇攝一等合口
務	去	亡遇切	微母遇韻	遇攝三等合口
杜	去	徒古切	定母姥韻	遇攝一等合口
兔	去	湯故切	透母暮韻	遇攝一等合口
怒	去	乃故切	泥母暮韻	遇攝一等合口
布	去	博故切	幫母暮韻	遇攝一等合口
鋪	去	普故切	滂母暮韻	遇攝一等合口
暮	去	莫故切	明母暮韻	遇攝一等合口
祚	去	昨誤切	從母暮韻	遇攝一等合口
醋	去	倉故切	清母暮韻	遇攝一等合口
素	去	桑故切	心母暮韻	遇攝一等合口
著	去	陟慮切	知母御韻	遇攝三等合口
處	去	昌據切	昌母御韻	遇攝三等合口
樹	去	常句切	禪母遇韻	遇攝三等合口
護	去	胡誤切	匣母暮韻	遇攝一等合口
父	去	方矩切	非母麌韻	遇攝三等合口
路	去	洛故切	來母暮韻	遇攝一等合口
孺	去	而遇切	日母遇韻	遇攝三等合口

穀	入	古祿切	見母屋韻	遇攝一等合口
酷	入	苦沃切	溪母沃韻	遇攝一等合口
屋	入	烏谷切	影母屋韻	遇攝一等合口
篤	入	多毒切	端母沃韻	遇攝一等合口
禿	入	他谷切	透母屋韻	通攝一等合口
卜	入	博木切	幫母屋韻	通攝一等合口
樸	入	博木切	幫母屋韻	通攝一等合口
木	入	莫卜切	明母屋韻	通攝一等合口
足	入	即玉切	精母燭韻	通攝三等合口
促	入	七玉切	清母燭韻	通攝三等合口
速	入	桑谷切	心母屋韻	通攝一等合口
竹	入	張六切	知母屋韻	通攝三等合口
畜	入	勑六切	徹母屋韻	通攝三等合口
叔	入	式竹切	書母屋韻	通攝三等合口
忽	入	呼骨切	曉母沒韻	臻攝一等合口
福	入	方六切	非母屋韻	通攝一等合口
祿	入	盧谷切	來母屋韻	通攝一等合口
辱	入	而蜀切	日母燭韻	通攝三等合口

韻圖第十的例字，分佈在陰、陽、上、去、入五聲中。

從韻圖第十的例字看來，在《廣韻》中，分屬「模、姥、魚、禡、暮、御」等韻。入聲部分，則分屬「屋、沃、覺、燭、沒」等韻。

從《切韻指南》的十六攝來看，則屬於遇攝一、三等合口字，少數是流攝一等開口字（僅一字）。入聲部分，屬於臻攝一等合口、通攝一等合口。從現代方言來看，韻圖第十的例字，在北京、濟南、西安、太原、武漢、成都、合肥、揚州、蘇州、溫州、南昌、梅縣等地讀〔u〕。

（三）韻圖第九、第十的韻值

吳烺在韻圖第十之後，補述說明了一段文字：

以上二圖魚虞韻，後圖第五句與前圖異，前圖蘇常人聲也，後圖盧鳳人聲也。

吳烺補充說明，「後圖第五句與前圖異」，「第五句」指的是齒音字，韻圖第九的不同於韻圖第十，因為韻圖第九的齒音字是蘇常人的讀音，而韻圖第十的齒音

字是盧鳳人的讀音。「蘇常人聲」指的是江蘇省蘇州、常州一帶的讀音，而「盧鳳人聲」指的是安徽省盧州（合肥古名）、鳳陽一帶的讀音。應裕康對這段文字的看法如下：

> 吳氏於第十孤圖後注云：「後圖第五句與前圖異，前圖蘇常人聲也，後圖盧鳳人聲也。」可見居圖齶音有字，非吳氏所謂之正韻也。

韻圖第九中齶音所記錄的「朱、樞、書」十字，根據吳烺的說法是江蘇省蘇州、常州一帶的讀音，吳烺特別說明韻圖第九中齶音的語音來源，代表這些齶音字是一地之方音，不能算是「正韻」。

韻圖第九和第十，在《佩文韻府》中皆屬魚虞韻。從韻攝開合看，韻圖第九屬遇攝三等合口字，韻圖第十屬遇攝一、三等合口字。從現代方言看，韻圖第九的例字，摒除齶音字不論，其他的例字幾乎都讀〔y〕；而韻圖第十的例字讀〔u〕，這兩個韻圖的例字在《佩文韻府》中同屬魚虞韻，而吳烺分成兩個韻圖，藉由以上的觀察，我們可以擬定韻圖第九的音值為〔y〕，韻圖第十的音值為〔u〕。

五、佳灰韻

（一）韻圖十一

以下先將韻圖第十一中，所有例字的《廣韻》反切及其聲類韻目，與《切韻指南》中所屬的韻攝開合情形整理列表於下：

韻圖例字	《五聲》聲調	《廣韻》反切	《廣韻》聲類韻目	《切韻指南》韻攝開合
皆	陰	古諧切	見母皆韻	蟹攝二等開口
齋	陰	側皆切	莊母皆韻	蟹攝三等開口
釵	陰	楚佳切	初母佳韻	蟹攝三等開口
埃	陽	烏開切	影母咍韻	蟹攝一等開口
柴	陽	士佳切	崇母佳韻	蟹攝三等開口
鞵	陽	戶佳切	匣母佳韻	蟹攝二等開口
解	上	佳買切	見母蟹韻	蟹攝二等開口
楷	上	苦駭切	溪母駭韻	蟹攝二等開口
蟹	上	胡買切	匣母蟹韻	蟹攝二等開口

戒	去	古拜切	見母怪韻	蟹攝二等開口
艾	去	五蓋切	疑母泰韻	蟹攝一等開口
債	去	側賣切	莊母卦韻	蟹攝三等開口
蠆	去	丑犗切	徹母夬韻	蟹攝二等開口
晒	去	所賣切	生母卦韻	蟹攝三等開口
懈	去	古隘切	見母卦韻	蟹攝二等開口

韻圖第十一的例字，分佈在陰、陽、上、去四聲中，沒有入聲字。

從韻圖第十一的例字看來，在《廣韻》中，分屬「皆、佳、咍、蟹、駭、怪、泰、卦、夬」等韻。

從《切韻指南》的十六攝來看，則屬於蟹攝一、二、三等開口。

從現代方言來看，韻圖第十一的例字，有一部份字，如「齊釵、埃、柴、楷、艾、債、蠆、晒」，在北京、太原、武漢、成都、南昌、廈門等地讀〔ai〕；合肥讀〔ɛ〕；揚州讀〔ɛ〕。另外一群字，如「皆、解、戒、懈」，在現代方言中，在北京、西安、太原等地讀〔ie〕，但在武漢、長沙、南昌、廣州、廈門等地，則多讀成〔ai〕，濟南、揚州多讀為〔iɛ〕，合肥則讀〔iE〕。〔註8〕

〔註8〕以下參考《漢語方音字彙》，將韻圖第十一中「債、艾」與「皆、戒」四字在各方言點中的韻母讀音列於下表：

例字	債[8]	艾[8]	皆[8]	戒[8]
北京	ai	ai	ie	ie
濟南	ɛ	ɛ	iɛ	iɛ
西安	æ	æ	iæ/ie（新）	ie
太原	ai	ai	ie	ie
武漢	ai	ai	ai	ai
成都	ai	ai	iɛi（文） ai（白）	iɛi
合肥	E	E	iE	iE
揚州	ɛ	iɛ	iɛ	iɛ（文）/ɛ（白）
蘇州	E	E	iE	iE（文）/E（白）
溫州	a	e	a	a
長沙	ai	ai	ai	ai
雙峰	a	a	a	a
南昌	ai	ai	ai	ai
梅縣	ai	ai/ɛ	iai	iai
廣州	ai	ai	ai	ai

（二）韻圖十二

以下先將韻圖第十二中，所有例字的《廣韻》反切及其聲類韻目，與《切韻指南》中所屬的韻攝開合情形整理列表於下：

韻圖例字	《五聲》聲調	《廣韻》反切	《廣韻》聲類韻目	《切韻指南》韻攝開合
該	陰	古哀切	見母咍韻	蟹攝一等開口
開	陰	苦哀切	溪母咍韻	蟹攝一等開口
哀	陰	烏開切	影母咍韻	蟹攝一等開口
騃	陰	床史切	崇母止韻	止攝三等開口
台	陰	土來切	透母咍韻	蟹攝一等開口
杯	陰	布回切	幫母灰韻	蟹攝一等開口
丕	陰	敷悲切	滂母脂韻	止攝三等開口
哉	陰	祖才切	精母咍韻	蟹攝一等開口
猜	陰	倉才切	清母咍韻	蟹攝一等開口
腮	陰	蘇來切	心母咍韻	蟹攝一等開口
臺	陽	徒哀切	定母咍韻	蟹攝一等開口
能	陽	奴來切	泥母咍韻	蟹攝一等開口
排	陽	步皆切	並母皆韻	蟹攝二等開口
埋	陽	莫皆切	明母皆韻	蟹攝二等開口
才	陽	昨哉切	從母咍韻	蟹攝一等開口
孩	陽	戶來切	匣母咍韻	蟹攝一等開口
改	上	古亥切	見母海韻	蟹攝一等開口
慨	上	苦愛切	溪母代韻	蟹攝二等開口
藹	上	於蓋切	影母泰韻	蟹攝一等開口
紿	上	徒亥切	定母海韻	蟹攝一等開口
乃	上	奴亥切	泥母海韻	蟹攝一等開口
擺	上	北買切	幫母蟹韻	蟹攝二等開口
買	上	莫蟹切	明母蟹韻	蟹攝二等開口

陽江	ai	ai（文）ɔi（白）	ai	ai
廈門	ai（文）e（白）	ai（文）ĩã（白）	ai	ai
潮州	e	ãĩ（文）ĩã（白）	ai	ai
福州	ai	ai（文）ie（白）	ai	ai
建甌	ai	ai（文）yɛ（白）	ai	ai　a

宰	上	作亥切	精母海韻	蟹攝一等開口
采	上	倉宰切	清母海韻	蟹攝一等開口
洒	上	先禮切	心母齊韻	蟹攝四等開口
海	上	呼改切	曉母海韻	蟹攝一等開口
蓋	去	古太切	見母泰韻	蟹攝一等開口
概	去	古代切	見母代韻	蟹攝一等開口
愛	去	烏代切	影母代韻	蟹攝一等開口
帶	去	當蓋切	端母泰韻	蟹攝一等開口
太	去	他蓋切	透母泰韻	蟹攝一等開口
奈	去	奴帶切	泥母泰韻	蟹攝一等開口
拜	去	博怪切	幫母怪韻	蟹攝二等開口
派	去	匹卦切	滂母卦韻	蟹攝二等開口
賣	去	莫懈切	明母卦韻	蟹攝二等開口
在	去	昨代切	從母代韻	蟹攝一等開口
菜	去	倉代切	清母代韻	蟹攝一等開口
賽	去	先代切	心母代韻	蟹攝一等開口
亥	去	胡改切	匣母海韻	蟹攝一等開口
賴	去	落蓋切	來母泰韻	蟹攝一等開口
格	入	古伯切	見母陌韻	梗攝二等開口
客	入	苦格切	溪母陌韻	梗攝二等開口
厄	入	於革切	影母麥韻	梗攝二等開口
德	入	多則切	端母德韻	曾攝一等開口
特	入	徒得切	定母德韻	曾攝一等開口
白	入	傍陌切	並母陌韻	梗攝二等開口
迫	入	博陌切	幫母陌韻	梗攝二等開口
麥	入	莫獲切	明母賣韻	梗攝二等開口
賊	入	昨則切	從母德韻	曾攝一等開口
坼	入	丑格切	徹母陌韻	梗攝二等開口
色	入	所力切	生母職韻	曾攝一等開口
折	入	常列切	禪母薛韻	山攝三等開口
徹	入	直列切	澄母薛韻	山攝三等開口
設	入	識列切	書母薛韻	山攝三等開口
黑	入	呼北切	曉母德韻	曾攝一等開口
弗	入	分勿切	非母物韻	臻攝三等開口

| 勒 | 入 | 盧則切 | 來母德韻 | 曾攝一等開口 |
| 熱 | 入 | 如列切 | 日母薛韻 | 山攝三等開口 |

韻圖第十二的例字，分佈在陰、陽、上、去、入五聲中。

從韻圖第十二的例字看來，在《廣韻》中，分屬「咍、灰、脂、皆、海、止、代、泰、蟹、怪、卦」等韻。入聲字方面，則是屬「麥、德、陌、職、薛、物」等韻。

從《切韻指南》的十六攝來看，則屬於蟹攝一、二、四等開口，止攝三等開口字（僅兩字）。入聲方面，則是屬於山攝三等開口、曾攝一、三等開口、臻攝三等合口、梗攝二等開口字。

從現代方言來看，韻圖第十二的例字，在北京、太原、武漢、成都、長沙、南昌、梅縣、廣州、陽江等地讀〔ai〕，濟南、揚州等地讀〔ε〕，合肥則讀〔ɛ〕。

（三）韻圖十三

以下先將韻圖第十三中，所有例字的《廣韻》反切及其聲類韻目，與《切韻指南》中所屬的韻攝開合情形整理列表於下

韻圖例字	《五聲》聲調	《廣韻》反切	《廣韻》聲類韻目	《切韻指南》韻攝開合
乖	陰	古懷切	見母皆韻	蟹攝二等合口
偎	陰	烏恢切	影母灰韻	蟹攝一等合口
衰	陰	楚危切	初母支韻	止攝三等合口
灰	陰	呼恢切	曉母灰韻	蟹攝一等合口
懷	陽	戶乖切	匣母皆韻	蟹攝二等合口
掛	上	古賣切	見母卦韻	蟹攝二等合口
噲	上	苦夬切	溪母夬韻	蟹攝一等合口
怪	去	古壞切	見母怪韻	蟹攝二等合口
快	去	苦夬切	溪母夬韻	蟹攝一等合口
外	去	五會切	疑母泰韻	蟹攝一等合口
壞	去	胡怪切	匣母怪韻	蟹攝一等合口

韻圖第十三的例字，分佈在陰、陽、上、去四聲中，沒有入聲字。

從韻圖第十三的例字看來，在《廣韻》中，分屬「皆、灰、支、卦、夬、泰、怪」等韻。

從《切韻指南》的十六攝來看，則屬於蟹攝一、二等開口，止攝二等合口字（僅一字）。

從現代方言來看，韻圖第十三的例字，在北京、太原、武漢、成都、長沙、南昌、梅縣、廣州、陽江等地讀〔uai〕，濟南、揚州等地讀〔uɛ〕，合肥則讀〔uɛ〕。

（四）韻圖第十一、十二、十三的音值

吳烺在韻圖十三之後說明：「以上三圖佳灰韻。」在《佩文韻府》中韻圖第十一、十二、十三都屬於佳灰韻，韻。從韻攝開合看，韻圖第十一屬蟹攝一、二、三等開口字，韻圖第十二屬蟹攝一、二等開口，止攝三等開口字（僅兩字），韻圖第十三屬蟹攝一、二等合口，止攝二等合口字（僅一字）。從現代方言看，韻圖第十一有〔i〕介音，韻圖第十二爲開口乎，韻圖第十三有〔u〕介音。

關於此三圖的實際音值，應裕康將韻圖第十一擬爲〔iai〕，韻圖第十二擬爲〔ai〕，韻圖第十三擬爲〔uai〕〔註9〕。應裕康並未說明擬音之理由。而李新魁在《漢語等韻學》中對此三個韻圖亦作相同之擬音。〔註10〕從現代方言來看，北方方言並不支持應裕康所擬之音值，「皆」韻僅在廣東梅縣讀〔iai〕。

耿振生在《明清等韻學通論》中，將韻圖第十一擬爲〔iɛ〕，韻圖第十二擬爲〔ɛ〕，韻圖第十三擬爲〔uɛ〕。耿振生表示是參考現代全椒方言的擬音〔註11〕。關於耿振生所說之現代全椒方言的語音調查，學界並沒有資料，不知耿振生的依據從何而來。但我們可以參考和吳烺籍貫安徽全椒同屬江淮官話洪巢片的合肥、揚州之方言調查，合肥話「皆」、「該」、「乖」三字的讀音爲〔iɛ〕、〔ɛ〕、〔uɛ〕；揚州話爲〔iɛ〕、〔iɛ〕、〔uɛ〕。

在《佩文韻府》中，韻圖第十一、十二、十三都屬於佳灰韻，吳烺將之分爲三個韻圖，乃是因爲介音的區別。今依江淮官話洪巢片之揚州讀音，擬定此三韻圖音值如下：韻圖第十一的韻值爲〔iɛ〕，韻圖第十二的韻值爲〔ɛ〕，韻圖第十三的韻值爲〔uɛ〕。

此三個韻圖皆爲陰聲韻，但獨有韻圖十二配入聲，吳烺在韻圖第十二之後

〔註9〕參見應裕康：《清代韻圖之研究》，國立政治大學中國文學研究所博士論文，1972年6月，p.498。

〔註10〕參見李新魁：《漢語等韻學》，北京：中華書局，1983年，p.347。

〔註11〕參見耿振生：《明清等韻學通論》，北京：語文出版社，1992年，p.192。

註明：「格韻諧聲，應在耶嗟之間，因本韻陰陽上去皆無字，故繫於此。」因此放在韻圖十二中的入聲例字，其韻值僅是和韻圖十二相近而非完全相同，但因「格」韻之餘、陽、上、去聲都無字，所以將「格」韻入聲寄放在韻圖十二中。

六、眞文元庚青蒸侵韻

（一）韻圖十四

以下先將韻圖第十四中，所有例字的《廣韻》反切及其聲類韻目，與《切韻指南》中所屬的韻攝開合情形整理列表於下：

韻圖例字	《五聲》聲調	《廣韻》反切	《廣韻》聲類韻目	《切韻指南》韻攝開合
根	陰	古痕切	見母痕韻	臻攝一等開口
鏗	陰	口莖切	溪母耕韻	梗攝二等開口
恩	陰	烏痕切	影母痕韻	臻攝一等開口
登	陰	都縢切	端母登韻	曾攝一等開口
吞	陰	吐根切	透母痕韻	臻攝一等開口
奔	陰	博昆切	幫母魂韻	臻攝一等合口
噴	陰	普魂切	滂母魂韻	臻攝一等合口
捫	陰	莫奔切	明母魂韻	臻攝一等合口
曾	陰	作縢切	精母登韻	曾攝一等開口
撐	陰	丑庚切	徹母庚韻	梗攝二等開口
森	陰	所今切	生母侵韻	深攝三等開口
眞	陰	側鄰切	莊母眞韻	曾攝三等開口
稱	陰	處陵切	昌母蒸韻	曾攝三等開口
身	陰	失人切	書母登韻	曾攝三等開口
亨	陰	許庚切	曉母庚韻	梗攝二等開口
分	陰	府文切	非母文韻	臻攝三等合口
縢	陽	徒登切	定母登韻	曾攝一等開口
能	陽	奴登切	泥母登韻	曾攝一等開口
盆	陽	蒲奔切	並母魂韻	臻攝一等合口
門	陽	莫奔切	明母魂韻	臻攝一等合口
曾	陽	昨棱切	從母登韻	曾攝一等開口
成	陽	是征切	禪母清韻	梗攝三等開口

神	陽	食鄰切	船母眞韻	臻攝三等開口
恒	陽	胡登切	匣母登韻	曾攝一等開口
墳	陽	符分切	奉母文韻	臻攝三等合口
倫	陽	力迍切	來母諄韻	臻攝三等合口
仁	陽	如鄰切	日母眞韻	臻攝三等開口
梗	上	古杏切	見母梗韻	梗攝二等開口
肯	上	苦等切	溪母等韻	曾攝一等開口
等	上	多肯切	端母等韻	曾攝一等開口
本	上	布忖切	幫母混韻	臻攝一等合口
怎	上	符分切	奉母混韻	臻攝一等合口
忖	上	倉本切	清母混韻	臻攝一等合口
損	上	蘇本切	心母混韻	臻攝一等合口
枕	上	章荏切	章母寢韻	深攝三等開口
逞	上	丑郢切	徹母靜韻	梗攝三等開口
沈	上	式任切	書母寢韻	深攝三等開口
狠	上	胡墾切	匣母很韻	臻攝一等開口
粉	上	方吻切	非母吻韻	臻攝三等合口
冷	上	魯打切	來母梗韻	梗攝二等開口
忍	上	而軫切	日母軫韻	臻攝三等開口
艮	去	古恨切	見母恨韻	臻攝一等開口
揹	去	無	無	
鈍	去	徒困切	定母慁韻	臻攝一等合口
褪	去	土困切	透母慁韻	臻攝一等合口
嫩	去	奴困切	泥母慁韻	臻攝一等合口
笨	去	蒲本切	並母混韻	臻攝一等合口
噴	去	普悶切	滂母慁韻	臻攝一等合口
悶	去	莫困切	明母慁韻	臻攝一等合口
贈	去	昨亙切	從母嶝韻	曾攝一等開口
寸	去	倉困切	清母慁韻	臻攝一等合口
滲	去	所禁切	生母沁韻	深攝三等開口
正	去	之盛切	章母勁韻	梗攝二等開口
稱	去	昌孕切	昌母證韻	曾攝三等開口
盛	去	承正切	禪母勁韻	梗攝二等開口
恨	去	胡艮切	匣母恨韻	臻攝一等開口

忿	去	匹問切	敷母問韻	臻攝三等合口
論	去	盧困切	來母慁韻	臻攝一等合口
認	去	而認切	日母證韻	曾攝三等開口

韻圖第十四的例字，分佈在陰、陽、上、去四聲中，沒有入聲字。

從韻圖第十四的例字看來，在《廣韻》中，分屬「痕、根、登、魂、侵、蒸、清、眞、文、諄、梗、等、混、寢、靜、很、吻、梗、軫、恨、慁、嶝、沁、勁、證、問」等證。

從《切韻指南》的十六攝來看，則屬於臻攝一、三等開口、梗攝二、三等開口、曾攝一、三等開口、深攝二、三等開口、臻攝一、三等合口字。

從現代方言來看，韻圖第十四的例字，有一部份字，如「根、奔、噴、捫、森、眞、身、分、盆、門、神、墳、倫、仁、肯、本、怎、忖、損、枕、沈、狠、粉、忍、艮、揹、頓、褪、嫩、笨、噴、悶、寸、滲、恨、忿、論、認」，在北京、武漢、成都、合肥、揚州、蘇州、長沙等地讀〔ən〕。

另一部份字，如「鏗、登、曾、撐、稱、亨、滕、能、成、恆、梗、等、逞、冷、贈、正、盛」，在北京、濟南、西安、太原等地，讀〔əŋ〕，但在武漢、成都、合肥、揚州、蘇州、長沙等地，讀〔ən〕。

從《切韻指南》的十六攝來看，現代方言讀〔ən〕的字，如「根、奔、噴、捫、森……」等這一批字，在《切韻指南》中，多屬臻、深、曾三攝，而「鏗、登、曾、撐、稱……」等這一批字，則屬梗攝和曾攝。這兩組字在《五聲反切正韻》中合併成一類，代表中古時期〔əŋ〕和〔ən〕分立的情形，在《五聲反切正韻》的時代變成不分，事實上，〔əŋ〕和〔ən〕不分是江淮官話的重要特徵，而《五聲反切正韻》正記錄保存了這一特色。因例字眾多，以下將韻圖第十四中北方官話讀舌根韻尾〔ŋ〕的十個韻圖例字在合肥、揚州中的讀音列表於下：

《五聲》例字	《切韻指南》韻攝開合	合肥讀音	揚州讀音
登	曾攝一等開口	〔tən〕	〔tən〕
曾	曾攝一等開口	〔tsən〕	〔tsən〕
撐	梗攝二等開口	〔ts'ən〕	〔ts'ən〕
稱	曾攝三等開口	〔tʂ'ən〕	〔ts'ən〕
曾	曾攝一等開口	〔tsən〕	〔tsən〕
成	梗攝三等開口	〔tʂ'ən〕	〔ts'ən〕

梗	梗攝二等開口	〔kən〕	〔kən〕
冷	梗攝二等開口	〔lən〕	〔lən〕
正	梗攝三等開口	〔tʂən〕	〔tsən〕
稱	曾攝三等開口	〔tʂʼən〕	〔tsʼən〕

以下將韻圖第十四中北方官話讀舌尖韻尾〔n〕的十個韻圖例字在合肥、揚州中的讀音列表於下：

《五聲》例字	《切韻指南》韻攝開合	合肥讀音	揚州讀音
根	臻攝一等開口	〔kən〕	〔kən〕
恩	臻攝一等開口	〔ən〕	〔ən〕
吞	臻攝一等開口	〔tʼən〕	〔tʼən〕
奔	臻攝一等合口	〔pən〕	〔pən〕
噴	臻攝一等合口	〔pʼən〕	〔pʼən〕
森	深攝三等開口	〔sən〕	〔sən〕
眞	曾攝三等開口	〔tʂən〕	〔tsən〕
身	曾攝三等開口	〔ʂən〕	〔sən〕
分	臻攝三等合口	〔fən〕	〔fən〕
盆	臻攝一等合口	〔pʼən〕	〔pʼən〕

（二）韻圖十五

以下先將韻圖第十五中，所有例字的《廣韻》反切及其聲類韻目，與《切韻指南》中所屬的韻攝開合情形整理列表於下：

韻圖例字	《五聲》聲調	《廣韻》反切	《廣韻》聲類韻目	《切韻指南》韻攝開合
斤	陰	舉欣切	見母欣韻	臻攝三等開口
輕	陰	去盈切	溪母清韻	梗攝三等開口
陰	陰	於金切	影母侵韻	深攝三等開口
丁	陰	當經切	端母青韻	梗攝四等開口
汀	陰	他丁切	透母青韻	梗攝四等開口
冰	陰	筆陵切	幫母蒸韻	曾攝三等開口
俜	陰	匹正切	滂母勁韻	梗攝三等開口
精	陰	子盈切	精母清韻	梗攝三等開口
青	陰	倉經切	清母青韻	梗攝四等開口
心	陰	息林切	心母侵韻	深攝三等開口

欣	陰	許斤切	曉母欣韻	臻攝三等開口
擎	陰	渠京切	群母庚韻	梗攝三等開口
銀	陽	語斤切	疑母眞韻	臻攝三等開口
停	陽	特丁切	定母青韻	梗攝四等開口
寧	陽	奴丁切	泥母青韻	梗攝四等開口
平	陽	符兵切	並母庚韻	梗攝三等開口
明	陽	武兵切	微母庚韻	梗攝三等開口
情	陽	疾盈切	從母清韻	梗攝三等開口
行	陽	戶庚切	匣母庚韻	梗攝二等開口
伶	陽	郎丁切	來母青韻	梗攝四等開口
謹	上	居隱切	見母隱韻	臻攝三等開口
頃	上	去穎切	溪母靜韻	梗攝三等開口
影	上	於丙切	影母梗韻	梗攝三等開口
頂	上	都挺切	端母迥韻	梗攝四等開口
艇	上	徒鼎切	定母迥韻	梗攝四等開口
併	上	必郢切	幫母靜韻	梗攝三等開口
品	上	丕飲切	滂母寢韻	深攝三等開口
敏	上	眉殞切	明母軫韻	臻攝三等開口
井	上	子郢切	精母靜韻	梗攝三等開口
請	上	七靜切	清母靜韻	梗攝三等開口
醒	上	蘇挺切	心母迥韻	梗攝四等開口
悻	上	胡耿切	匣母耿韻	梗攝二等開口
領	上	良郢切	來母靜韻	梗攝三等開口
敬	去	居慶切	見母映韻	梗攝三等開口
磬	去	苦定切	溪母徑韻	梗攝四等開口
印	去	於刃切	影母震韻	臻攝三等開口
定	去	徒徑切	定母徑韻	梗攝四等開口
聽	去	他定切	透母徑韻	梗攝四等開口
甯	去	乃定切	泥母徑韻	梗攝四等開口
並	去	畀政切	並母勁韻	梗攝三等開口
聘	去	匹正切	滂母勁韻	梗攝三等開口
命	去	眉病切	明母映韻	梗攝三等開口
進	去	即刃切	精母震韻	臻攝三等開口
靚	去	疾政切	從母功韻	梗攝三等開口

信	去	息晉切	心母震韻	梗攝三等開口
幸	去	胡耿切	匣母耿韻	梗攝二等開口
令	去	力政切	來母勁韻	梗攝三等開口

韻圖第十五的例字，分佈在陰、陽、上、去四聲中，沒有入聲字。

從韻圖第十五的例字看來，在《廣韻》中，分屬「欣、清、侵、青、蒸、勁、庚、眞、隱、靜、梗、迥、寢、軫、迥、耿、映、徑、震、勁」等韻。

從《切韻指南》的十六攝來看，則屬於梗攝二、三、四等開口、曾攝三等開口、梗攝三等合口（僅一字）、深攝三等開口、臻攝三等開口。

從現代方言來看，韻圖第十三的例字，有一部份的字，如「斤、陰、心、欣、銀、謹、品、敏、印、進」等，這群例字，在中古屬於深攝三等開口字和臻攝三等開口字，在北京、武漢、成都、合肥、蘇州、長沙、南昌等地，讀〔in〕，而韻圖第十五中的其他例字，在中古韻攝中屬於梗攝二、三、四等開口、曾攝三等開口、梗攝三等合口（僅一字），則有兩種讀音：在北京、濟南、西安、太原、揚州等地，讀〔iŋ〕；在武漢、成都、合肥、蘇州等地，讀〔in〕。這兩組字在《五聲反切正韻》中合併成一類，代表中古時期〔iŋ〕和〔in〕分立的情形，在《五聲反切正韻》的時代變成不分，事實上，〔iŋ〕和〔in〕不分是江淮官話的重要特徵，而《五聲反切正韻》正記錄保存了這一特色。因例字眾多，以下將韻圖第十五中北方官話讀舌根韻尾〔ŋ〕的十個韻圖例字在合肥與揚州中的讀音列在下表：

《五聲》例字	《切韻指南》韻攝開合	合肥讀音	揚州讀音
丁	梗攝四等開口	〔tin〕	〔tiŋ〕
汀	梗攝四等開口	〔tin〕	〔tiŋ〕
冰	曾攝三等開口	〔pin〕	〔piŋ〕
定	梗攝四等開口	〔tin〕	〔tiŋ〕
聽	梗攝四等開口	〔t'in〕	〔t'iŋ〕
命	梗攝三等開口	〔min〕	〔miŋ〕
平	梗攝三等開口	〔p'in〕	〔p'iŋ〕
明	梗攝三等開口	〔min〕	〔miŋ〕
並	梗攝三等開口	〔pin〕	〔piŋ〕
令	梗攝三等開口	〔lin〕	〔liŋ〕

以下將韻圖第十五中北方官話讀舌尖韻尾〔n〕的所有韻圖例字在合肥與揚州中的讀音列在下表：

例　字	韻攝開合	合　肥	揚　州
斤	臻攝三等開口	〔tɕin〕	〔tɕiŋ〕
心	深攝三等開口	〔ɕin〕	〔ɕiŋ〕
欣	臻攝三等開口	〔ɕin〕	〔ɕiŋ〕
進	臻攝三等開口	〔tɕin〕	〔tɕiŋ〕
品	深攝三等開口	〔p'in〕	〔p'iŋ〕
敏	臻攝三等開口	〔min〕	〔miŋ〕
印	臻攝三等開口	〔in〕	〔iŋ〕
謹	臻攝三等開口	〔tɕin〕	〔tɕiŋ〕
陰	深攝三等開口	〔in〕	〔iŋ〕

（三）韻圖十六

以下先將韻圖第十六中，所有例字的《廣韻》反切及其聲類韻目，與《切韻指南》中所屬的韻攝開合情形整理列表於下：

韻圖例字	《五聲》聲調	《廣韻》反切	《廣韻》聲類韻目	《切韻指南》韻攝開合
昆	陰	古渾切	見母魂韻	臻攝一等合口
坤	陰	苦昆切	溪母魂韻	臻攝一等合口
溫	陰	烏渾切	影母魂韻	臻攝一等合口
尊	陰	祖昆切	精母魂韻	臻攝一等合口
村	陰	此尊切	清母魂韻	臻攝一等合口
孫	陰	思渾切	心母魂韻	臻攝一等合口
肫	陰	章倫切	章母諄韻	臻攝三等合口
春	陰	昌脣切	昌母諄韻	臻攝三等合口
葷	陰	許云切	曉母文韻	臻攝三等合口
文	陽	無分切	微母文韻	臻攝三等合口
存	陽	徂尊切	從母魂韻	臻攝一等合口
純	陽	常倫切	禪母諄韻	臻攝三等合口
魂	陽	戶昆切	匣母魂韻	臻攝一等合口
袞	上	古本切	見母混韻	臻攝一等合口
閫	上	苦本切	溪母混韻	臻攝一等合口

穩	上	烏本切	影母混韻	臻攝一等合口
筍	上	思尹切	心母準韻	臻攝三等合口
準	上	之尹切	章母準韻	臻攝三等合口
蠢	上	尺尹切	昌母準韻	臻攝三等合口
瞬	上	舒閏切	書母稕韻	臻攝三等合口
渾	上	胡本切	匣母混韻	臻攝一等合口
混	去	胡本切	匣母混韻	臻攝一等合口
困	去	苦悶切	溪母慁韻	臻攝三等合口
問	去	亡運切	微母問韻	臻攝三等合口
舜	去	舒閏切	書母稕韻	臻攝三等合口
混	去	胡本切	匣母混韻	臻攝一等合口

韻圖第十六的例字，分佈在陰、陽、上、去四聲中，沒有入聲字。

從韻圖第十六的例字看來，在《廣韻》中，分屬「魂、諄、文、混、準、稕、慁、問」等韻。

從《切韻指南》的十六攝來看，則屬於臻攝一、三等合口字。

從現代方言來看，韻圖第十六的例字，在北京、武漢、成都、合肥、揚州、蘇州、長沙等地，讀〔uən〕，太原讀〔uŋ〕。韻圖第十六中的韻圖例字，在北方官話中都是讀舌尖韻尾〔n〕，沒有讀舌根韻尾的例字。因例字眾多，以下將韻圖第十六的十個韻圖例字在合肥及揚州中的讀音列於下表：

韻圖例字	《切韻指南》韻攝開口	合肥讀音	揚州讀音
昆	臻攝一等合口	〔k'uən〕	〔k'uən〕
坤	臻攝一等合口	〔k'uən〕	〔k'uən〕
春	臻攝三等合口	〔tʂ'uən〕	〔ts'uən〕
文	臻攝三等合口	〔uəb〕	〔uən〕
存	臻攝一等合口	〔ts'ən〕	〔ts'uən〕
純	臻攝三等合口	〔tʂ'uən〕	〔suən〕
蠢	臻攝三等合口	〔tʂ'uən〕	〔ts'uən〕
困	臻攝三等合口	〔k'uən〕	〔k'uən〕
問	臻攝三等合口	〔uən〕	〔uən〕
混	臻攝一等合口	〔xuən〕	〔xuən〕

（四）韻圖十七

以下先將韻圖第十七中，所有例字的《廣韻》反切及其聲類韻目，與《切韻指南》中所屬的韻攝開合情形整理列表於下：

韻圖例字	《五聲》聲調	《廣韻》反切	《廣韻》聲類韻目	《切韻指南》韻攝開合
君	陰	舉云切	見母文韻	臻攝三等合口
薰	陰	許云切	曉母文韻	臻攝三等合口
群	陽	渠云切	群母文韻	臻攝三等合口
雲	陽	王分切	云母文韻	臻攝三等合口
荀	陽	相倫切	心母諄韻	臻攝三等合口
迥	上	戶頂切	匣母迥韻	梗攝四等合口
郡	去	渠運切	群母問韻	臻攝三等合口
永	上	于憬切	云母梗韻	臻攝三等合口
韻	去	王問切	云母問韻	臻攝三等合口
遜	去	蘇困切	心母慁韻	臻攝三等合口
訓	去	許運切	曉母問韻	臻攝三等合口

韻圖第十七的例字，分佈在陰、陽、上、去四聲中，沒有入聲字。

從韻圖第十七的例字看來，在《廣韻》中，分屬「文、諄、迥、問、梗、慁」等韻。

從《切韻指南》的十六攝來看，一部份字屬於臻攝三等合口字，一部份字屬於梗攝三、四等合口字（僅二字）。

從現代方言來看，韻圖第十七的例字，一部份的例字，如「君、薰、群、雲、荀、郡、韻、遜、訓」等字，在北京、武漢、成都、合肥、蘇州、長沙、南昌等地，讀〔yn〕，但另一部份字，如「迥、永」，在北京、濟南、太原等地。讀〔uŋ〕，但在武漢、成都、合肥、長沙、南昌等地讀〔yn〕，可見臻攝和梗攝的字在《五聲反切正韻》中已經相混不分。以下將韻圖第十七中北方官話讀舌尖韻尾〔n〕的韻圖例字在合肥、揚州中的讀音列表於下〔註12〕：

〔註12〕韻圖十七中在北方官話讀舌根韻尾〔ŋ〕的例字僅有「迥、永」二字，「永」在合肥讀音爲〔yn〕，在揚州的讀碕爲〔ioŋ〕。

《五聲》例字	《切韻指南》韻攝開合	合肥讀音	揚州讀音
君	臻攝三等合口	〔tɕyn〕	〔tɕyŋ〕
薰	臻攝三等合口	〔ɕyn〕	〔ɕyŋ〕
群	臻攝三等合口	〔tɕ'yn〕	〔tɕ'yŋ〕
雲	臻攝三等合口	〔yn〕	〔yŋ〕
韻	臻攝三等合口	〔yn〕	〔yŋ〕
訓	臻攝三等合口	〔ɕyn〕	〔ɕyŋ〕

（五）韻圖第十四、十五、十六、十七的韻值

吳烺在韻圖十七後說：「以上四圖眞文元庚清蒸侵韻。」從以上對這四個韻圖的觀察，可以推論臻攝、深攝、梗攝、曾攝的字在《五聲反切正韻》中已經相混不分。從韻攝開合來看，韻圖第十四、十五屬開口字，韻圖第十六、十七屬合口字。從現代方言來看，韻圖第十四爲開口呼，韻圖第十五有〔i〕介音，韻圖第十六有〔u〕介音，韻圖第十七有〔y〕介音。因此吳烺將同屬《佩文韻府》中眞文元庚清蒸侵韻的例字分成四個韻圖，其區分乃是介音的差別。

應裕康將韻圖第十四的韻值擬爲〔ən〕；韻圖第十五的韻值擬爲〔in〕；韻圖第十六的韻值擬爲〔uən〕；韻圖第十七的韻值擬爲〔yn〕，其說解如下：

> 按根爲十四圖，斤爲十五圖，昆爲十六圖，君爲十七圖。按吳氏注云：「以上四圖，眞文元庚清蒸侵韻。在昔庚青眞文之韻，辯者如聚訟。以其有輕重清濁之分也。如北人以「程」、「陳」讀爲二，南人以爲一。江以南之「生」、「孫」異，淮南則同。相去未百里，而讀字則迥別者，何也？一則父師授受，童而習之，以爲故常。一則爲方言所囿，雖學者亦習而不察也。然烺以爲不必問其讀何如聲，但一啓口，即莫能逃乎喉頸舌齒脣之外，亦即在三十二圖中，雖其聲不同，而其位則不易，是以奇耳。且六書之義，各有變通，即如古韻冬轉江，以江韻偏傍皆冬音也。麻通歌，侵通覃，如□□簪□之類，以其聲之可彼可此也。《洪武正韻》以江韻併入陽，後亦未有起而非之者，故學問之道，求其是而已，毋爲前人印定也。」據吳氏之說，庚青眞文之韻，如辨毫芒，則可分者眾，今唯定其位耳。然則此四韻之韻尾，實可-n可-ŋ也。換言之，此四韻中，-n、-ŋ二音，

爲同一音位之二無定分音耳，今姑以-n 表之。〔註13〕

應裕康認爲〔n〕和〔ŋ〕是同一個音位，所以他用〔n〕來表示。李新魁在《漢語等韻學》中對此四個韻圖的擬音與應裕康相同，他認爲：

> 他（吳烺）説：「眞文元庚清蒸侵韻。在昔庚青眞文之韻，辯者如聚訟。以其有輕重清濁之分也。如北人以「程」、「陳」讀爲二，南人以爲一。江以南之「生」、「孫」異，淮南則同。相去未百里，而讀字則迥別者，何也？一則父師授受，童而習之，以爲故常。一則爲方言所囿，雖學者亦習而不察也。然烺以爲不必問其讀何如聲，但一啟口，即莫能逃乎喉顎舌齒脣之外，亦即在三十二圖中。」他是主張以口中的實際讀法爲準的。而他所準的，是金陵的讀音。按胡垣所説，當時的金陵音〔əŋ〕〔ən〕不分，〔in〕〔iŋ〕無別；張耕的《切字肆考》也説：「南方梗曾同深臻」。吳氏所反映的，正是金陵方言的特點。〔註14〕

李新魁也認爲《五聲反切正韻》〔əŋ〕〔ən〕不分，〔in〕〔iŋ〕無別的現象反映了南京方音的特色。因此李新魁亦將韻圖第十四、十五、十六、十七的韻值擬爲〔ən〕、〔in〕、〔uən〕、〔yn〕。

在江淮官話洪巢片中的合肥、揚州，這四個韻圖中的字，合肥話依韻圖順序讀成〔ən〕、〔in〕、〔uən〕、〔yn〕；而揚州話依韻圖順序讀成爲〔ən〕、〔iŋ〕、〔uən〕、〔yn〕，南京話則讀成〔əŋ〕、〔iŋ〕、〔uəŋ〕、〔yŋ〕。吳烺將同屬《佩文韻府》中眞文元庚清蒸侵韻的例字分成四個韻圖，其區分乃是介音的差別。

輔音韻尾發展的趨勢，就整個漢語方言的大方向來看，是往舌根音發展的。就漢語方言的分佈來看，山西以西，北至新疆這一帶的方言，韻尾〔n〕、〔ŋ〕混同讀成〔ŋ〕；而四川重慶以下整個長江流域，韻尾〔n〕、〔ŋ〕混同讀成〔n〕。韻圖的排列有其一定的次序，若此四個韻圖的韻尾是〔ŋ〕，則此四韻圖應排列在韻尾同屬〔ŋ〕的韻圖第一、第二之後，但此四韻圖的位置明顯和韻圖第一、第二分隔開。由上判斷，韻圖第十四、十五、十六、十七的韻值應爲〔ən〕、〔in〕、〔uən〕、〔yn〕。

〔註13〕 同註 30，p.498～499。

〔註14〕 參見李新魁：《漢語等韻學》，北京：中華書局，1983 年，p.347～348。

七、寒刪覃韻

（一）韻圖十八

以下先將韻圖第十八中，所有例字的《廣韻》反切及其聲類韻目，與《切韻指南》中所屬的韻攝開合情形整理列表於下：

韻圖例字	《五聲》聲調	《廣韻》反切	《廣韻》聲類韻目	《切韻指南》韻攝開合
干	陰	古寒切	見母寒韻	山攝一等開口
堪	陰	口含切	溪母覃韻	咸攝一等開口
安	陰	烏寒切	影母寒韻	山攝一等開口
單	陰	都寒切	端母寒韻	山攝一等開口
灘	陰	他干切	透母寒韻	山攝一等開口
班	陰	布還切	幫母刪韻	山攝二等合口
攀	陰	普班切	滂母刪韻	山攝二等合口
簪	陰	作含切	精母元韻	山攝一等開口
參	陰	倉含切	清母元韻	山攝一等開口
三	陰	蘇甘切	心母談韻	咸攝一等開口
攙	陰	楚咸切	初母咸韻	咸攝三等開口
山	陰	所閒切	生母山韻	山攝三等開口
憨	陰	呼談切	曉母談韻	咸攝二等開口
帆	陰	符咸切	奉母凡韻	咸攝三等合口
談	陽	徒甘切	定母談韻	咸攝一等開口
南	陽	那含切	泥母元韻	山攝一等開口
盤	陽	薄官切	並母桓韻	山攝一等開口
蠻	陽	莫還切	明母刪韻	山攝二等合口
纏	陽	直連切	澄母仙韻	山攝三等開口
讒	陽	士咸切	崇母咸韻	山攝三等開口
寒	陽	胡安切	匣母寒韻	山攝一等開口
樊	陽	附袁切	奉母元韻	山攝三等合口
藍	陽	魯甘切	來母談韻	咸攝一等開口
敢	上	古覽切	見母敢韻	咸攝一等開口
坎	上	苦感切	溪母感韻	咸攝一等合口
闇	上	烏紺切	影母勘韻	咸攝一等開口
膽	上	都敢切	端母敢韻	咸攝一等開口

坦	上	他但切	透母旱韻	山攝一等開口
板	上	布綰切	幫母濟韻	山攝二等開口
趲	上	則旰切	精母翰韻	山攝一等開口
慘	上	七感切	清母感韻	咸攝一等合口
散	上	蘇旰切	心母翰韻	山攝一等開口
斬	上	側減切	莊母謙韻	咸攝三等開口
產	上	所簡切	生母產韻	山攝三等開口
罕	上	呼旰切	曉母翰韻	山攝一等開口
反	上	府遠切	非母阮韻	山攝三等合口
覽	上	盧敢切	來母感韻	咸攝一等開口
幹	去	古案切	見母翰韻	山攝一等開口
看	去	苦旰切	溪母翰韻	山攝一等開口
暗	去	烏紺切	影母勘韻	山攝一等開口
但	去	徒案切	定母翰韻	山攝一等開口
嘆	去	他旦切	透母翰韻	山攝一等開口
難	去	奴案切	泥母翰韻	山攝一等開口
辦	去	蒲莧切	並母襇韻	山攝二等開口
盼	去	匹莧切	滂母襇韻	山攝二等開口
慢	去	謨晏切	明母諫韻	山攝二等開口
贊	去	則旰切	精母翰韻	山攝一等開口
燦	去	蒼案切	清母翰韻	山攝一等開口
散	去	蘇旰切	心母翰韻	山攝一等開口
暫	去	藏濫切	從母闞韻	咸攝一等開口
懺	去	楚鑒切	初母鑑韻	咸攝三等開口
訕	去	所晏切	生母諫韻	山攝三等開口
汗	去	侯旰切	匣母翰韻	山攝一等開口
飯	去	符万切	奉母願韻	山攝三等合口
爛	去	郎旰切	來母翰韻	山攝一等開口

　　韻圖第十八的例字，分佈在陰、陽、上、去四聲中，沒有入聲字。

　　從韻圖第十八的例字看來，在《廣韻》中，分屬「寒、覃、刪、元、咸、凡、山、仙、談、感、敢、勘、旱、潸、翰、謙、產、阮、襇、諫、闞、鑑、願」等韻。

　　從《切韻指南》的十六攝來看，則屬於山攝一、二等開口，三等合口字與

咸攝一、二等開口，三等合口字。

從現代方言來看，韻圖第十八的例字，在北京、武漢、成都、長沙、南昌、梅縣、廣州、陽江、廈門等地讀〔an〕。

（二）韻圖第十九

以下先將韻圖第十九中，所有例字的《廣韻》反切及其聲類韻目，與《切韻指南》中所屬的韻攝開合情形整理列表於下：

韻圖例字	《五聲》聲調	《廣韻》反切	《廣韻》聲類韻目	《切韻指南》韻攝開合
關	陰	古還切	見母刪韻	山攝二等合口
寬	陰	苦官切	溪母桓韻	山攝一等合口
刓	陰	五丸切	疑母桓韻	山攝一等合口
端	陰	多官切	端母桓韻	山攝一等合口
搬	陰	布還切	幫母刪韻	山攝一等合口
潘	陰	普官切	滂母桓韻	山攝一等合口
鑽	陰	借官切	精母桓韻	山攝一等合口
酸	陰	素官切	心母桓韻	山攝一等合口
專	陰	職緣切	章母仙韻	山攝三等合口
穿	陰	昌緣切	昌母仙韻	山攝三等合口
歡	陰	呼官切	曉母桓韻	山攝一等合口
頑	陽	五還切	疑母刪韻	山攝二等合口
團	陽	度官切	定母桓韻	山攝一等合口
瞞	陽	母官切	明母桓韻	山攝一等合門
攢	陽	在玩切	從母桓韻	山攝一等合口
傳	陽	直攣切	澄母仙韻	山攝三等合口
還	陽	戶關切	匣母刪韻	山攝二等合口
管	上	古滿切	見母緩韻	山攝一等合口
欵	上	苦管切	溪母緩韻	山攝一等合口
椀	上	烏管切	影母緩韻	山攝一等合口
短	上	都管切	端母緩韻	山攝一等合口
煖	上	乃管切	泥母緩韻	山攝一等合口
滿	上	莫旱切	明母緩韻	山攝一等合口
纂	上	作管切	精母緩韻	山攝一等合口

轉	上	陟兗切	知母獼韻	山攝三等合口
舛	上	昌兗切	昌母獼韻	山攝三等合口
緩	上	胡管切	匣母緩韻	山攝一等合口
卵	上	盧管切	來母緩韻	山攝一等合口
軟	上	而兗切	日母獼韻	山攝三等合口
慣	去	古患切	見母諫韻	山攝二等合口
萬	去	無販切	微母願韻	山攝三等合口
斷	去	丁貫切	端母換韻	山攝一等合口
半	去	博慢切	幫母換韻	山攝一等合口
畔	去	薄半切	並母換韻	山攝一等合口
鑽	去	子筭切	精母換韻	山攝一等合口
篡	去	初患切	初母諫韻	山攝三等合口
算	去	蘇管切	心母緩韻	山攝一等合口
傳	去	直戀切	澄母線韻	山攝三等合口
串	去	古患切	見母諫韻	山攝二等合口
換	去	胡玩切	匣母換韻	山攝一等合口
亂	去	郎段切	來母換韻	山攝一等合口

韻圖第十九的例字，分佈在陰、陽、上、去四聲中，沒有入聲字。

從韻圖第十九的例字看來，在《廣韻》中，分屬「刪、桓、仙、緩、獼、諫、願、換、線」等韻。

從《切韻指南》的十六攝來看，則屬於山攝一、二、三等合口字。

從現代方言來看，韻圖第十九的例字，在北京、武漢、成都等地讀〔uan〕。但有些唇音字，如搬、潘、滿、半等字，現代國語讀成〔an〕，這是因為現代國語受到唇音聲母唇形的影響，而產生異化作用的結果，所以中間的 u 介音失落了〔註15〕，但現代漢語方言中，揚州的「搬、潘、滿、半」等字仍有 u 介音。

（三）韻圖第十八、十九的韻值

吳烺在韻圖第十九後說：「以上二圖寒刪覃韻。」這兩個韻圖在《佩文韻府》中同屬寒刪覃韻。從韻攝開合看，韻圖第十八屬山攝一、二等開口，三等合口字與咸攝一、二等開口，三等合口字，韻圖第十九屬山攝一、二、三等合口字。

〔註15〕同註29，p.54。

因此兩個韻圖一個爲開口字，一個爲合口字。從現代方言來看，韻圖第十八爲開口呼，韻圖第十九則有〔u〕介音。這兩個韻圖的例字在《佩文韻府》中同屬寒刪覃韻，吳烺將之分爲兩個韻圖，乃是因爲介音的不同。應裕康將韻圖第十八、十九、二十、二十一四圖合併於一起討論，他認爲：

> 堅爲二十圖，捐爲二十一圖，吳氏注云：「以上二圖元先鹽咸韻。」
>
> 今以四圖爲一組，擬其主要元音爲〔a〕，韻尾爲〔n〕，分其四呼，
>
> 干爲開口，堅爲齊齒，關爲合口，捐爲撮口。〔註16〕

若韻圖第十八、十九、二十、二十一四圖僅是因爲介音不同的區別，則吳烺應該會將此四韻圖放在一起討論，但吳烺先討論韻圖第十八、十九，再討論韻圖第二十、二十一，可見其韻母應有不同，而非僅是介音的差異。在江淮官話洪巢片中，南京、合肥、揚州都是韻圖第十八、十九音值相同，而韻圖第二十、二十一音值相同。因此我們依現代方言，將韻圖第十八的韻值擬爲〔an〕，韻圖第十九的韻值擬作〔uan〕。

吳烺在韻圖第十九後附加說明：

> 干關之間，尚有撮口官音，江北人能分，而江南不能分，在韻書總
>
> 歸十四寒，故併入此圖亦不另列。

所謂「干關之間，尚有撮口官音」，此「撮口官音」指的應該是在韻圖第十八〔an〕和韻圖第十九〔uan〕之間的音值，但是吳烺認爲這個撮口官音「江北人能分，而江南不能分。」因此吳烺不另列出。對於吳烺這段論述，李新魁的解釋如下：

> 吳氏此書將官韻合入關韻，他說：「以上二圖寒刪覃韻，干關之間，
>
> 尚有撮口官音，江北人能分，而江南不能分，在韻書總歸十四寒，
>
> 故併入此圖亦不另列。」吳氏據金陵音列圖，所以將官、關字混列
>
> 了。〔註17〕

李新魁對「撮口官音」的解釋是「關韻」中的「官韻」。「官韻」在《中原音韻》中的十九韻母中，屬於「桓歡韻」。韻值爲〔ɔn〕〔註18〕，這一類音，與「干、

〔註16〕 同註 30，p.499。

〔註17〕 參見李新魁《漢語等韻學》，北京：中華書局，1983 年 11 月，p.348。

〔註18〕 此處擬音依據陳新雄在《中原音韻概要》一書中的音值。陳新雄：《中原音韻概要》，

「關」韻所屬的「寒山」韻是分開的兩類音。〔ɔn〕的發音部位，和吳烺所言「撮口」十分吻合，這兩類音在《佩文韻府》中都屬於十四寒韻，但是這一類音「江北人能分，而江南不能分」，可見在江南，這兩類音已經合併成一類，所以不用另外列出。

八、元先鹽咸韻

（一）韻圖二十

以下先將韻圖第二十中，所有例字的《廣韻》反切及其聲類韻目，與《切韻指南》中所屬的韻攝開合情形整理列表於下：

韻圖例字	《五聲》聲調	《廣韻》反切	《廣韻》聲類韻目	《切韻指南》韻攝開合
堅	陰	古賢切	見母先韻	山攝四等開口
謙	陰	苦兼切	溪母添韻	山攝四等開口
煙	陰	烏前切	影母先韻	山攝四等開口
顛	陰	都年切	端母先韻	山攝四等開口
天	陰	他前切	透母先韻	山攝四等開口
拈	陰	奴兼切	泥母添韻	山攝四等開口
邊	陰	布玄切	幫母仙韻	山攝三等開口
偏	陰	芳連切	滂母仙韻	山攝三等開口
煎	陰	子仙切	精母仙韻	山攝三等開口
千	陰	蒼先切	清母先韻	山攝四等開口
仙	陰	相然切	心母仙韻	山攝三等開口
占	陰	職廉切	章母鹽韻	咸攝三等開口
軒	陰	虛言切	曉母元韻	山攝三等開口
乾	陽	渠焉切	群母仙韻	山攝三等開口
鹽	陽	余廉切	以母鹽韻	咸攝三等開口
田	陽	徒年切	定母先韻	山攝四等開口
年	陽	奴顛切	泥母先韻	山攝四等開口
便	陽	房連切	並母仙韻	山攝三等開口
眠	陽	莫賢切	明母先韻	山攝四等開口

台北：學海出版社，1990年，3月，p.41。

前	陽	昨先切	從母先韻	山攝四等開口
纏	陽	直連切	澄母仙韻	山攝三等開口
賢	陽	胡田切	匣母先韻	山攝四等開口
連	陽	力延切	來母仙韻	山攝三等開口
然	陽	如延切	日母仙韻	山攝三等開口
減	上	古斬切	見母豏韻	咸攝二等開口
蹇	上	居偃切	見母阮韻	山攝三等開口
眼	上	五限切	疑母產韻	山攝二等開口
典	上	多殄切	端母銑韻	山攝四等開口
觍	上	他典切	透母銑韻	山攝四等開口
輦	上	力展切	來母獮韻	山攝三等開口
扁	上	方典切	幫母銑韻	山攝四等開口
免	上	亡辨切	微母獮韻	山攝三等開口
剪	上	即淺切	精母獮韻	山攝三等開口
淺	上	七演切	清母獮韻	山攝三等開口
鮮	上	息淺切	心母獮韻	山攝三等開口
展	上	知演切	知母獮韻	山攝三等開口
闡	上	昌善切	昌母獮韻	山攝三等開口
閃	上	失冉切	書母琰韻	咸攝三等開口
顯	上	呼典切	曉母銑韻	山攝四等開口
臉	上	力減切	來母豏韻	咸攝二等開口
染	上	而琰切	日母琰韻	咸攝三等開口
見	去	古電切	見母霰韻	山攝四等開口
欠	去	去劍切	溪母梵韻	咸攝三等開口
燕	去	於甸切	影母霰韻	山攝四等開口
殿	去	都甸切	端母霰韻	山攝四等開口
念	去	奴店切	泥母㮇韻	咸攝四等開口
遍	去	方見切	幫母線韻	山攝二等開口
騙	去	匹羨切	滂母線韻	山攝三等開口
面	去	彌箭切	明母線韻	山攝三等開口
賤	去	才線切	從母線韻	山攝三等開口
茜	去	倉甸切	清母霰韻	山攝四等開口
線	去	私箭切	心母線韻	山攝三等開口
顫	去	之膳切	章母線韻	山攝三等開口

纏	去	持碾切	澄母線韻	山攝三等開口
扇	去	式戰切	書母線韻	山攝三等開口
縣	去	黃練切	匣母霰韻	山攝四等開口
斂	去	力驗切	來母豔韻	咸攝三等開口

韻圖第二十的例字，分佈在陰、陽、上、去四聲中，沒有入聲字。

從韻圖第二十的例字看來，在《廣韻》中，分屬「先、添、仙、鹽、元、鹽、阮、產、銑、獮、琰、霰、梵、掭、線、豔」等韻。

從《切韻指南》的十六攝來看，則屬於山攝三、四等開口，咸攝二、三等開口，咸攝三等合口。

從現代方言來看，韻圖第二十的例字，以「堅」爲例，在北京、武漢、成都、南昌等地讀〔iɛn〕，在濟南、西安讀〔iæ〕，在太原讀〔ie〕，在合肥讀〔ĩ〕，在揚州讀〔iẽ〕。

（二）韻圖二十一

以下先將韻圖第二十一中，所有例字的《廣韻》反切及其聲類韻目，與《切韻指南》中所屬的韻攝開合情形整理列表於下：

韻圖例字	《五聲》聲調	《廣韻》反切	《廣韻》聲類韻目	《切韻指南》韻攝開合
捐	陰	與專切	以母仙韻	山攝三等合口
圈	陰	丘圓切	溪母仙韻	山攝三等合口
淵	陰	烏玄切	影母先韻	山攝四等合口
詮	陰	此緣切	清母仙韻	山攝三等合口
川	陰	昌緣切	昌母仙韻	山攝三等合口
諠	陰	況袁切	曉母元韻	山攝三等合口
拳	陽	巨員切	群母仙韻	山攝三等合口
元	陽	愚袁切	疑母元韻	山攝三等合口
全	陽	疾緣切	從母仙韻	山攝三等合口
旋	陽	似宣切	邪母仙韻	山攝三等合口
舩	陽	食川切	船母仙韻	山攝三等合口
懸	陽	胡涓切	匣母先韻	山攝四等合口
卷	上	求晚切	群母阮韻	山攝三等合口
犬	上	苦泫切	溪母銑韻	山攝四等合口

遠	上	雲阮切	云母阮韻	山攝四等合口
眷	去	居倦切	見母線韻	山攝三等合口
勸	去	去願切	溪母願韻	山攝三等合口
怨	去	於願切	影母願韻	山攝三等合口
旋	去	辝戀切	邪母線韻	山攝三等合口
眩	去	黃練切	匣母霰韻	山攝四等合口

韻圖第二十一的例字，分佈在陰、陽、上、去四聲中，沒有入聲字。

從韻圖第二十一的例字看來，在《廣韻》中，分屬「仙、先、元、阮、銑、線、願、霰」等韻。

從《切韻指南》的十六攝來看，則屬於山攝三、四等合口字。

從現代方言來看，韻圖第二十一的例字，以「全」字為例，其韻母在北京讀〔yan〕，濟南讀〔yæ〕，西安讀〔uæ〕，太原讀〔ye〕，武漢讀〔iɛn〕，成都讀〔yɛn〕，合肥讀〔yĩ〕，揚州讀〔yẽ〕〔註19〕……等。

（三）韻圖第二十、第二十一的韻值

吳烺在韻圖第二十一後說明：「以上二圖元先鹽咸韻。」因此韻圖二十和韻圖二十一在《佩文韻府》中都屬元先鹽咸韻。從韻攝開合看，韻圖第二十屬於山攝三、四等開口，咸攝二、三等開口，咸攝三等合口，山攝三等合口字，韻圖第二十一屬山攝三、四等合口字。從現代方言來看，韻圖第二十有〔i〕介音，韻圖第二十二有〔y〕介音。

韻圖二十和韻圖二十一的例字在《佩文韻府》中都屬元先鹽咸韻，吳烺將其分為兩個韻圖，由上可知是由介音的不同來區分。依據以上資料，將韻圖二十的韻值擬作〔iɛn〕，韻圖第二十二的韻值擬作〔yɛn〕。

九、蕭肴豪韻

（一）韻圖二十二

以下先將韻圖第二十二中，所有例字的《廣韻》反切及其聲類韻目，與《切韻指南》中所屬的韻攝開合情形整理列表於下：

〔註19〕同註2，p.270。

韻圖例字	《五聲》聲調	《廣韻》反切	《廣韻》聲類韻目	《切韻指南》韻攝開合
交	陰	古肴切	見母肴韻	效攝二等開口
献（敲）	陰	口交切	溪母肴韻	效攝二等開口
腰	陰	於霄切	影母宵韻	效攝三等開口
刁	陰	都聊切	端母蕭韻	效攝四等開口
挑	陰	吐彫切	透母蕭韻	效攝四等開口
標	陰	甫遙切	幫母宵韻	效攝三等開口
飄	陰	符霄切	並母宵韻	效攝三等開口
焦	陰	即消切	精母宵韻	效攝三等開口
鍬	陰	千遙切	清母宵韻	效攝三等開口
蕭	陰	蘇彫切	心母蕭韻	效攝四等開口
嚻	陰	許嬌切	曉母宵韻	效攝三等開口
喬	陽	巨嬌切	群母宵韻	效攝三等開口
姚	陽	餘昭切	以母宵韻	效攝三等開口
條	陽	徒聊切	定母蕭韻	效攝四等開口
瓢	陽	符霄切	並母宵韻	效攝三等開口
苗	陽	武瀌切	微母宵韻	效攝三等開口
憔	陽	昨焦切	從母宵韻	效攝三等開口
爻	陽	胡茅切	匣母肴韻	效攝二等開口
僚	陽	落蕭切	來母蕭韻	效攝四等開口
皎	上	古了切	見母篠韻	效攝四等開口
巧	上	苦教切	溪母巧韻	效攝二等開口
杳	上	烏皎切	影母篠韻	效攝四等開口
窱	上	徒了切	定母篠韻	效攝四等開口
鳥	上	都了切	端母篠韻	效攝四等開口
表	上	陂嬌切	幫母小韻	效攝三等開口
摽	上	苻少切	並母小韻	效攝三等開口
眇	上	亡沼切	微母小韻	效攝三等開口
勦	上	子小切	精母小韻	效攝三等開口
悄	上	親小切	清母小韻	效攝三等開口
小	上	私兆切	心母小韻	效攝三等開口
曉	上	馨皛切	曉母篠韻	效攝四等開口
了	上	盧鳥切	來母篠韻	效攝四等開口

教	去	古孝切	見母效韻	效攝二等開口
竅	去	苦弔切	溪母嘯韻	效攝四等開口
要	去	於笑切	影母笑韻	效攝三等開口
弔	去	多嘯切	端母嘯韻	效攝四等開口
眺	去	他弔切	透母嘯韻	效攝四等開口
票	去	撫招切	滂母宵韻	效攝三等開口
妙	去	彌笑切	明母笑韻	效攝三等開口
醮	去	子肖切	精母笑韻	效攝三等開口
俏	去	七肖切	清母笑韻	效攝三等開口
笑	去	私妙切	心母笑韻	效攝三等開口
孝	去	呼教切	曉母效韻	效攝二等開口
料	去	力弔切	來母嘯韻	效攝四等開口

韻圖第二十二的例字，分佈在陰、陽、上、去四聲中，沒有入聲字。

從韻圖第二十二的例字看來，在《廣韻》中，分屬「肴、蕭、宵、篠、巧、小、效、嘯、笑」等韻。

從《切韻指南》的十六攝來看，則屬於效攝二、三、四等開口字。

從現代方言來看，韻圖第二十二的例字，在北京、西安、太原、武漢、長沙等地讀〔iau〕。

（二）韻圖二十三

以下先將韻圖第二十三中，所有例字的《廣韻》反切及其聲類韻目，與《切韻指南》中所屬的韻攝開合情形整理列表於下：

韻圖例字	《五聲》聲調	《廣韻》反切	《廣韻》聲類韻目	《切韻指南》韻攝開合
高	陰	古勞切	見母豪韻	效攝一等開口
火鹿	陰	於刀切	影母豪韻	效攝一等開口
刀	陰	都牢切	端母豪韻	效攝一等開口
韜	陰	土刀切	透母豪韻	效攝一等開口
包	陰	布交切	幫母肴韻	效攝二等開口
抛	陰	匹交切	滂母肴韻	效攝二等開口
糟	陰	作曹切	精母豪韻	效攝一等開口
操	陰	七刀切	清母豪韻	效攝一等開口
騷	陰	蘇遭切	心母豪韻	效攝一等開口

招	陰	止遙切	章母豪韻	效攝一等開口
超	陰	敕宵切	徹母宵韻	效攝三等開口
燒	陰	式招切	書母宵韻	效攝三等開口
蒿	陰	呼毛切	曉母豪韻	效攝一等開口
撈	陰	魯刀切	來母豪韻	效攝一等開口
敖	陽	五勞切	疑母豪韻	效攝一等開口
桃	陽	徒刀切	定母豪韻	效攝一等開口
鐃	陽	女交切	娘母肴韻	效攝二等開口
袍	陽	薄褒切	並母豪韻	效攝一等開口
茅	陽	莫交切	明母肴韻	效攝二等開口
曹	陽	昨勞切	從母豪韻	效攝一等開口
朝	陽	直遙切	澄母宵韻	效攝三等開口
韶	陽	市昭切	禪母豪韻	效攝一等開口
毫	陽	胡刀切	匣母豪韻	效攝一等開口
勞	陽	魯刀切	來母豪韻	效攝一等開口
饒	陽	如招切	日母宵韻	效攝三等開口
稿	上	古老切	見母皓韻	效攝一等開口
考	上	苦浩切	溪母皓韻	效攝一等開口
襖	上	烏皓切	影母皓韻	效攝一等開口
倒	上	都皓切	端母皓韻	效攝一等開口
討	上	他浩切	透母皓韻	效攝一等開口
惱	上	奴皓切	泥母皓韻	效攝一等開口
保	上	博抱切	幫母皓韻	效攝一等開口
跑	上	蒲角切	並母覺韻	效攝二等開口
卯	上	莫飽切	明母巧韻	效攝二等開口
早	上	子皓切	精母皓韻	效攝一等開口
草	上	采老切	清母皓韻	效攝一等開口
嫂	上	蘇老切	心母皓韻	效攝一等開口
爪	上	側絞切	莊母巧韻	效攝三等開口
炒	上	初爪切	初母巧韻	效攝三等開口
少	上	失照切	書母笑韻	效攝三等開口
好	上	呼皓切	曉母皓韻	效攝一等開口
老	上	盧皓切	來母皓韻	效攝一等開口
繞	上	人要切	日母笑韻	效攝三等開口

告	去	古到切	見母號韻	效攝一等開口
靠	去	苦到切	溪母號韻	效攝一等開口
奧	去	烏到切	影母號韻	效攝一等開口
到	去	都導切	端母號韻	效攝一等開口
套	去	他浩切	透母皓韻	效攝一等開口
鬧	去	奴教切	泥母效韻	效攝二等開口
抱	去	薄浩切	幫母皓韻	效攝一等開口
泡	去	匹交切	滂母皓韻	效攝一等開口
冒	去	莫報切	明母肴韻	效攝二等開口
皂	去	昨早切	從母皓韻	效攝一等開口
糙	去	七到切	清母號韻	效攝一等開口
掃	去	蘇到切	心母號韻	效攝一等開口
趙	去	治小切	澄母小韻	效攝三等開口
鈔	去	初教切	初母效韻	效攝二等開口
劭	去	寔照切	禪母笑韻	效攝三等開口
耗	去	呼到切	曉母號韻	效攝一等開口
勞	去	郎到切	來母號韻	效攝一等開口

韻圖第二十三的例字，分佈在陰、陽、上、去四聲中，沒有入聲字。

從韻圖第二十三的例字看來，在《廣韻》中，分屬「豪、肴、宵、皓、覺、巧、笑、號、效、小」等韻。

從《切韻指南》的十六攝來看，則屬於效攝一、二、三等開口。

從現代方言來看，韻圖第二十三的例字，在北京、西安、太原、武漢、成都等地讀〔au〕。

（三）韻圖二十二、二十三的韻值

吳烺在韻圖第二十三後說明：「以上二圖蕭肴豪韻。」韻圖二十二、二十三在《佩文韻府》中都屬蕭肴豪韻。從《廣韻》來看，韻圖二十二屬肴、蕭、宵韻，韻圖二十三屬豪、肴、宵韻。從韻攝開合來看，韻圖二十二屬於效攝二、三、四等開口字，韻圖二十三屬效攝一、二、三等開口字。從現代方言來看，韻圖二十二有〔i〕介音，韻圖二十三為開口字。

韻圖二十二和韻圖二十三的例字在《佩文韻府》中都屬蕭肴豪韻，吳烺將其分為兩個韻圖，由上可知是由介音的不同來區分。應裕康將韻圖二十二的韻

值擬作〔iau〕，韻圖第二十三的韻值擬作〔au〕，他認爲：

> 吳氏注云：「以上二圖蕭肴豪韻。」此二圖與中原音韻蕭豪韻之界限
> 相當，唯蕭豪韻有褒〔ɑu〕、包〔au〕之別，本書則無此分別，因擬
> 其音值如此。〔註20〕

耿振生因爲依據的是現代全椒方言，因此將韻圖二十二的韻值擬作〔iɔ〕，韻圖第二十三的韻值擬作〔ɔ〕。〔註21〕而李新魁的擬音則同於應裕康，將韻圖二十二的韻值擬作〔iau〕，韻圖第二十三的韻值擬作〔au〕。

觀察現代方言，「高」、「交」在北京、西安、太原、武漢、南京的讀音爲〔ɑu〕、〔iɑu〕；合肥、揚州爲〔ɔ〕、〔iɔ〕。因吳烺所要表現的是「正韻」，因此依多數方言點讀音，將韻圖二十二的韻值擬作〔iau〕，韻圖第二十三的韻值擬作〔au〕。

十、歌　韻

（一）韻圖二十四

以下先將韻圖第二十四中，所有例字的《廣韻》反切及其聲類韻目，與《切韻指南》中所屬的韻攝開合情形整理列表於下：

韻圖例字	《五聲》聲調	《廣韻》反切	《廣韻》聲類韻目	《切韻指南》韻攝開合
歌	陰	古俄切	見母歌韻	果攝一等開口
苛	陰	胡歌切	匣母歌韻	果攝一等開口
呵	陰	虎何切	曉母歌韻	果攝一等開口
訛	陽	五禾切	疑母戈韻	果攝一等合口
和	陽	戶戈切	匣母戈韻	果攝一等合口
可	上	枯我切	溪母哿韻	果攝一等開口
个	去	古賀切	見母箇韻	果攝一等開口
和	去	胡臥切	匣母過韻	果攝一等合口
格	入	古落切	見母鐸韻	宕攝一等開口
殼	入	無	無	
惡	入	烏各切	影母鐸韻	宕攝一等開口

〔註20〕同註29，p.499～500。

〔註21〕參見耿振生：《明清等韻學通論》，北京：語文出版社，1992年，p.192。

奪	入	徒活切	定母末韻	山攝一等合口
托	入	闥各切	透母鐸韻	宕攝一等開口
諾	入	奴各切	泥母鐸韻	宕攝一等開口
薄	入	傍各切	並母鐸韻	宕攝一等開口
潑	入	普活切	滂母末韻	山攝一等合口
莫	入	慕各切	明母鐸韻	宕攝一等開口
作	入	則落切	精母鐸韻	宕攝一等開口
撮	入	倉括切	清母末韻	山攝一等合口
索	入	蘇各切	心母鐸韻	宕攝一等開口
捉	入	側角切	莊母鐸韻	江攝二等開口
綽	入	昌約切	昌母沃韻	宕攝三等開口
勺	入	市若切	禪母藥韻	宕攝三等開口
活	入	戶括切	匣母末韻	山攝一等合口
樂	入	盧各切	來母鐸韻	宕攝一等開口
若	入	而灼切	日母藥韻	宕攝三等開口

韻圖第二十四的例字，分佈在陰、陽、上、去、入五聲中。

從韻圖第二十四的例字看來，在《廣韻》中，分屬「歌、戈、哿、箇、過、鐸、末、沃、藥」等韻。

從《切韻指南》的十六攝來看，則屬於果攝一等開口、合口字，入聲字則分屬山攝一等合口、宕攝一、三等開口、江攝二等開口字。

從現代方言來看，韻圖第二十三的例字，在北京、西安、太原等地讀〔ɣ〕，但武漢、成都仍讀〔o〕。

（二）韻圖二十五

以下先將韻圖第二十五中，所有例字的《廣韻》反切及其聲類韻目，與《切韻指南》中所屬的韻攝開合情形整理列表於下：

韻圖例字	《五聲》聲調	《廣韻》反切	《廣韻》聲類韻目	《切韻指南》韻攝開合
鍋	陰	古禾切	見母戈韻	果攝一等合口
科	陰	苦禾切	溪母戈韻	果攝一等合口
阿	陰	烏何切	影母戈韻	果攝一等合口
多	陰	得何切	端母戈韻	果攝一等合口
拖	陰	吐邏切	透母箇韻	果攝一等開口

波	陰	博禾切	幫母戈韻	果攝一等合口
坡	陰	滂禾切	滂母戈韻	果攝一等合口
磨	陽	莫婆切	明母戈韻	果攝一等合口
磋	陰	七何切	清母戈韻	果攝一等合口
莎	陰	蘇禾切	心母戈韻	果攝一等合口
鵞	陽	五何切	疑母歌韻	果攝一等開口
馱	陽	徒何切	定母歌韻	果攝一等開口
那	上	奴可切	泥母哿韻	果攝一等開口
婆	陽	薄波切	並母戈韻	果攝一等合口
磨	陽	莫婆切	明母戈韻	果攝一等合口
河	陽	胡歌切	匣母歌韻	果攝一等開口
羅	陽	魯何切	來母歌韻	果攝一等開口
果	上	古火切	見母果韻	果攝一等合口
顆	上	苦果切	溪母果韻	果攝一等合口
我	上	五可切	疑母哿韻	果攝一等開口
朵	上	丁果切	端母果韻	果攝一等合口
妥	上	他果切	透母果韻	果攝一等合口
那	陽	諾何切	泥母歌韻	果攝一等開口
簸	上	布火切	幫母果韻	果攝一等合口
頗	上	普火切	滂母果韻	果攝一等合口
麼	上	眉波切	明母戈韻	果攝一等合口
左	上	臧可切	精母哿韻	果攝一等開口
鎖	上	蘇果切	心母果韻	果攝一等合口
火	上	呼果切	曉母果韻	果攝一等合口
過	去	古臥切	見母過韻	果攝一等合口
課	去	苦臥切	溪母過韻	果攝一等合口
餓	去	五个切	疑母箇韻	果攝一等開口
□（垜）	去	都唾切	端母遇韻	果攝一等合口
那	去	奴箇切	泥母箇韻	果攝一等開口
播	去	補過切	幫母過韻	果攝一等合口
破	去	普過切	滂母過韻	果攝一等合口
磨	去	摸臥切	明母過韻	果攝一等合口
佐	去	則箇切	精母箇韻	果攝一等開口
剉	去	麤臥切	清母過韻	果攝一等合口
些	去	蘇个切	心母箇韻	果攝一等開口

禍	去	胡果切	匣母果韻	果攝一等合口
邏	去	郎佐切	來母箇韻	果攝一等開口
郭	入	古博切	見母鐸韻	宕攝一等合口
括	入	古活切	見母末韻	山攝一等合口
齷	入	於角切	影母覺韻	江攝二等開口

韻圖第二十五的例字，分佈在陰、陽、上、去、入五聲中。

從韻圖第二十五的例字看來，在《廣韻》中，分屬「歌、戈、箇、果、智、過、鐸、末、覺」等韻。

從《切韻指南》的十六攝來看，則屬於果攝一等開口、合口字，入聲字則分屬宕攝一等合口、山攝一等合口、江攝二等開口字。

從現代方言來看，韻圖第二十五的例字，在北京、西安等地讀〔uo〕，武漢、成都、揚州讀〔o〕，合肥讀〔ʋ〕。

（三）韻圖第二十四、二十五的韻值

在韻圖第二十五之後吳烺說明：「以上二圖歌韻。」從《廣韻》來看，韻圖第二十四和二十五都屬歌、戈韻。從韻攝開合來看，韻圖第二十四和二十五都屬果攝一等開口、合口字。從現代方言來看，很多地方這兩個韻圖的字是讀成同音的。但韻圖第二十五在北京、濟南、西安、太原等地有〔u〕介音。

韻圖二十四和韻圖二十五的例字在《佩文韻府》中都屬歌韻，吳烺將其分為兩個韻圖，由上可知是由介音的不同來區分。應裕康將韻圖第二十四韻值擬為〔ɤ〕，韻圖第二十五韻值擬作〔uo〕，說明如下：

> 吳氏注云：「以上二圖歌韻。」因擬其音值如此。又歌韻不擬作〔o〕者，以歌韻舒聲八字：歌、苛、呵、訛、和（陽平）、可、□、和，今國語全作〔ɤ〕，且歌鍋二韻，既不同圖，故不必力求整齊而作〔o〕也。〔註22〕

因為應裕康將《五聲反切正韻》視為北方官話，因此將此兩圖的音值擬作如此。雖然韻圖第二十四的舒聲八字在今北方話中都讀成〔ɤ〕，但此韻圖因配有入聲，入聲字「閣、殼、惡、奪、托、諾、薄、潑、莫、作、撮、索、捉、斜、勺、活、樂、若」等字在今北方官話中並非全讀作〔ɤ〕，據此不將韻圖第二十

〔註22〕 同註29，p.500。

四音值擬作〔ɤ〕。現代方言中南京話「歌」、「鍋」都讀成〔o〕；合肥話都讀〔ʋ〕；揚州話「歌」、「鍋」讀成〔ɤɯ〕、〔o〕。此二韻圖的例字在《佩文韻府》中都屬歌韻，吳烺將其分為兩個韻圖，應是由介音的不同來區分。今依介音的不同，將韻圖第二十四韻值擬為〔o〕，韻圖第二十五韻值擬作〔uo〕。

現代國語中讀為〔ɤ〕韻母的字，在《五聲反切正韻》中，則散入韻圖第六、十二、二十四、二十五、二十九中〔註23〕，尚未凝聚成為一個獨立的韻。

十一、麻　韻

（一）韻圖二十六

以下先將韻圖第二十六中，所有例字的《廣韻》反切及其聲類韻目，與《切韻指南》中所屬的韻攝開合情形整理列表於下：

韻圖例字	《五聲》聲調	《廣韻》反切	《廣韻》聲類韻目	《切韻指南》韻攝開合
瓜	陰	古華切	見母麻韻	假攝二等合口
誇	陰	苦瓜切	溪母麻韻	假攝二等合口
窪	陰	烏瓜切	影母麻韻	假攝二等合口
花	陰	呼瓜切	曉母麻韻	假攝二等合口
華	陽	呼瓜切	曉母麻韻	假攝二等合口
寡	上	古瓦切	見母馬韻	假攝二等合口
瓦	上	五寡切	疑母馬韻	假攝二等合口
卦	去	古賣切	見母卦韻	蟹攝二等合口
跨	去	苦化切	溪母禡韻	假攝二等合口
刮	入	古□切	見母鎋韻	山攝二等合口
襪	入	望發切	微母月韻	山攝三等合口
刷	入	數刮切	生母鎋韻	山攝二等合口
滑	入	戶八切	匣母黠韻	山攝二等合口
髮	入	方伐切	非母月韻	山攝三等合口

〔註23〕如韻圖第六的「則、測、色」，韻圖十二的「格、客、厄、德、特、徹、色、設、勒、熱」，韻圖二十五的「科、阿、課、餓、河」，韻圖第二十九的「遮、車、奢、蛇、者、扯、捨、柘、舍」等，在現代國語都讀〔ɤ〕韻母。

韻圖第二十六的例字，分佈在陰、陽、上、去、入五聲中。

從韻圖第二十六的例字看來，在《廣韻》中，分屬「麻、馬、卦、禡」等韻。

從《切韻指南》的十六攝來看，則屬於假攝二等合口、蟹攝二等合口，入聲字則屬於山攝二、三等合口。

從現代方言來看，韻圖第二十六的例字，在北京、濟南、西安、太原、武漢、成都、合肥、揚州、長沙、南昌、梅縣、廣州、廈門等地讀〔ua〕。

（二）韻圖二十七

以下先將韻圖第二十七中，所有例字的《廣韻》反切及其聲類韻目，與《切韻指南》中所屬的韻攝開合情形整理列表於下：

韻圖例字	《五聲》聲調	《廣韻》反切	《廣韻》聲類韻目	《切韻指南》韻攝開合
家	陰	古牙切	見母麻韻	假攝二等開口
丫	陰	於加切	影母麻韻	假攝二等開口
蝦	陰	胡加切	匣母麻韻	假攝二等開口
迦	陽	居迦切	見母戈韻	果攝三等開口
牙	陽	五加切	疑母麻韻	假攝二等開口
霞	陽	胡加切	匣母麻韻	假攝二等開口
假	上	古雅切	見母馬韻	假攝二等開口
啞	上	衣嫁切	影母禡韻	假攝二等開口
下	上	胡駕切	匣母禡韻	假攝二等開口
駕	去	古訝切	見母禡韻	假攝二等開口
亞	去	衣嫁切	影母禡韻	假攝二等開口
夏	去	胡夏切	匣母禡韻	假攝二等開口
甲	入	古狎切	見母狎韻	咸攝二等開口
恰	入	苦洽切	溪母洽韻	咸攝二等開口
鴨	入	烏甲切	影母狎韻	咸攝二等開口
狎	入	胡甲切	匣母狎韻	咸攝二等開口

韻圖第二十七的例字，分佈在陰、陽、上、去、入五聲中。

從韻圖第二十七的例字看來，在《廣韻》中，分屬「麻、歌、馬、禡、狎、洽」等韻。

從《切韻指南》的十六攝來看，則屬於假攝二等開口、果攝三等開口（僅一字），入聲字則屬於咸攝二等開口字。

從現代方言來看，韻圖第二十七的例字，在北京、濟南、西安、太原、武漢、成都、合肥、長沙等地讀〔ia〕。

（三）韻圖二十八

以下先將韻圖第二十八中，所有例字的《廣韻》反切及其聲類韻目，與《切韻指南》中所屬的韻攝開合情形整理列表於下：

韻圖例字	《五聲》聲調	《廣韻》反切	《廣韻》聲類韻目	《切韻指南》韻攝開合
他	陰	託何切	透母歌韻	果攝一等開口
巴	陰	伯加切	幫母麻韻	假攝二等開口
嬤	陰	忙果切	明母果韻	果攝一等合口
查	陰	側加切	莊母麻韻	假攝三等開口
差	陰	初牙切	初母麻韻	假攝三等開口
沙	陰	所加切	生母麻韻	假攝三等開口
拿	陽	女加切	泥母麻韻	假攝二等開口
打	上	德冷切	端母梗韻	梗攝二等開口
那	上	奴可切	泥母哿韻	果攝一等開口
把	上	博下切	幫母馬韻	假攝二等開口
馬	上	莫下切	明母馬韻	假攝二等開口
大	去	徒蓋切	定母泰韻	蟹攝一等開口
那	去	奴可切	泥母哿韻	果攝一等開口
罷	去	薄蟹切	並母蟹韻	蟹攝二等開口
怕	去	普駕切	滂母禡韻	假攝二等開口
罵	去	莫霸切	明母馬韻	假攝二等開口
乍	去	鋤駕切	崇母禡韻	假攝三等開口
岔 [註24]	去	丑亞切	初母禡韻	假攝二等開口
廈	去	所嫁切	生母麻韻	假攝二等開口
葛	入	古達切	見母曷韻	山攝一等開口
渴	入	苦曷切	溪母曷韻	山攝一等開口

[註24] 《廣韻》中無「岔」字，今依《字彙補》「岔」字切語「丑亞切」定之。

遏	入	烏葛切	影母曷韻	山攝一等開口
達	入	唐割切	定母曷韻	山攝一等開口
塔	入	吐盍切	透母盍韻	咸攝一等開口
捺	入	奴曷切	泥母曷韻	山攝一等開口
八	入	博拔切	幫母黠韻	山攝二等開口
抹	入	莫撥切	明母末韻	山攝一等開口
雜	入	徂合切	從母合韻	咸攝一等開口
擦	入	七曷切	清母曷韻	山攝一等開口
撒	入	桑葛切	心母曷韻	山攝一等開口
閘	入	士恰切	崇母洽韻	咸攝二等開口
插	入	楚洽切	初母洽韻	咸攝二等開口
殺	入	所八切	生母黠韻	山攝二等開口
榼	入	苦盍切	溪母盍韻	咸攝一等開口
髮	入	方伐切	非母月韻	咸攝一等開口
臘	入	盧盍切	來母盍韻	咸攝一等開口

韻圖第二十八的例字，分佈在陰、陽、上、去、入五聲中。

從韻圖第二十八的例字看來，在《廣韻》中，分屬「歌、麻、果、梗、哿、蟹、禡、曷、盍、黠、末、合、洽、月」等韻。

從《切韻指南》的十六攝來看，則屬於果攝一等開口、合口，假攝二、三等開口，蟹攝一、二等開口（僅二字），梗攝二等開口（僅一字）。

入聲字則屬於山攝一、二等開口、山攝一等合口、咸攝一、二等開口字。

從現代方言來看，韻圖第二十八的例字，在北京、濟南、西安、太原、武漢、成都、合肥、揚州等地讀〔a〕。

（四）韻圖二十九

以下先將韻圖第二十九中，所有例字的《廣韻》反切及其聲類韻目，與《切韻指南》中所屬的韻攝開合情形整理列表於下：

韻圖例字	《五聲》聲調	《廣韻》反切	《廣韻》聲類韻目	《切韻指南》韻攝開合
耶	陰	以遮切	以母麻韻	假攝三等開口
爹	陰	陟邪切	端母麻韻	假攝三等開口
些	陰	寫邪切	心母麻韻	假攝三等開口

遮	陰	正奢切	章母麻韻	假攝三等開口
車	陰	尺遮切	昌母麻韻	假攝三等開口
奢	陰	式車切	書母麻韻	假攝三等開口
爺	陽	以遮切	以母麻韻	假攝三等開口
邪	陽	似嗟切	邪母麻韻	假攝三等開口
蛇	陽	市遮切	禪母歌韻	假攝三等開口
也	上	羊者切	以母馬韻	假攝三等開口
姐	上	茲野切	精母馬韻	假攝三等開口
且	上	七也切	清母馬韻	假攝三等開口
寫	上	悉姐切	心母馬韻	假攝三等開口
者	上	章也切	章母馬韻	假攝三等開口
扯	上	昌者切	昌母馬韻	假攝三等開口
捨	上	書冶切	書母馬韻	假攝三等開口
惹	上	人者切	日母馬韻	假攝三等開口
夜	去	羊謝切	以母禡韻	假攝三等開口
柘	去	之夜切	章母禡韻	假攝三等開口
舍	去	始夜切	書母禡韻	假攝三等開口
結	入	古屑切	見母屑韻	山攝四等開口
挈	入	苦結切	溪母屑韻	山攝四等開口
葉	入	與涉切	以母葉韻	咸攝三等開口
蝶	入	徒協切	定母怗韻	咸攝四等開口
鐵	入	他結切	透母屑韻	山攝四等開口
聶	入	尼輒切	娘母葉韻	咸攝三等開口
別	入	皮列切	並母薛韻	山攝三等開口
撇	入	普蔑切	滂母屑韻	山攝四等開口
滅	入	亡列切	微母薛韻	山攝三等開口
接	入	即葉切	精母葉韻	咸攝三等開口
妾	入	七接切	清母葉韻	咸攝三等開口
洩	入	餘制切	以母祭韻	蟹攝三等開口
歇	入	許竭切	曉母月韻	山攝三等開口
列	入	良辥切	來母薛韻	山攝三等開口

韻圖第二十九的例字，分佈在陰、陽、上、去、入五聲中。

從韻圖第二十九的例字看來，在《廣韻》中，分屬「麻、歌、馬、禡、屑、

葉、怗、薛、祭、月」等韻。

從《切韻指南》的十六攝來看，則屬於假攝一、三等開口字，入聲字則屬於山攝三、四等開口，咸攝四等開口，蟹攝四等開口字。

從現代方言來看，韻圖第二十九的例字，在北京、濟南、西安、武漢、成都等地讀〔ie〕。

值得注意的是，現代方言中韻圖第二十九的齒音字，也就是「遮、車、奢、蛇、者、扯、捨、柘、舍」等字，在北京、濟南、西安、太原、武漢都讀〔ɤ〕韻母，惟在《五聲反切正韻》中被收到〔ie〕韻母，可見當時〔ɤ〕韻母尚未產生。

（五）韻圖三十

以下先將韻圖第三十中，所有例字的《廣韻》反切及其聲類韻目，與《切韻指南》中所屬的韻攝開合情形整理列表於下：

韻圖例字	《五聲》聲調	《廣韻》反切	《廣韻》聲類韻目	《切韻指南》韻攝開合
嗟	陰	子邪切	精母麻韻	假攝三等開口
靴	陰	許胜切	曉母麻韻	果攝三等開口
厥	入	居月切	見母月韻	山攝三等合口
缺	入	傾雪切	溪母薛韻	山攝三等合口
月	入	魚厥切	疑母月韻	山攝三等合口
絕	入	情雪切	從母薛韻	山攝三等合口
雪	入	相絕切	心母薛韻	山攝三等合口
拙	入	職悅切	章母薛韻	山攝三等合口
輟	入	陟劣切	知母薛韻	山攝三等合口
說	入	失熱切	書母薛韻	山攝三等合口
血	入	呼決切	曉母屑韻	山攝四等合口

韻圖第三十的例字，分佈在陰、陽、上、去、入五聲中。

從韻圖第三十的例字看來，在《廣韻》中，分屬「麻、月、薛、屑」等韻。

從《切韻指南》的十六攝來看，則屬於假攝三等開口、果攝三等開口字，入聲字則屬於山攝三、四等合口。

從現代方言來看，韻圖第三十的例字，在北京、濟南、西安、太原、武漢、

成都等地讀〔ye〕。

（六）韻圖第二十六、二十七、二十八、二十九、三十的韻值

吳烺在韻圖第三十之後說明：「以上五圖麻韻。」從韻攝開合看，韻圖第二十六屬假攝二等合口、蟹攝二等合口，韻圖第二十七屬假攝二等開口、果攝三等開口（僅一字），韻圖第二十八屬果攝一等開口、合廿，假攝二、三等開口，蟹攝一、二等開口（僅二字），梗攝二等開口（僅一字），韻圖第二十九屬假攝一、三等開口字，韻圖第三十屬假攝三等開口、果攝三等開口字。從現代方言來看，韻圖第二十六有〔u〕介音，韻圖第二十七有〔i〕介音，韻圖第二十八為開口呼，韻圖第二十九有〔i〕介音，韻圖第三十有〔y〕介音。

吳烺在韻圖第三十之後說：

> 以上五圖麻韻，後二圖分出，以與入聲相麗，取法於《洪武正韻》也，即周德清《中原音韻》之意。

李新魁在《漢語音韻學》中對吳烺這段話有以下意見：

> 《洪武正韻》是明初樂韶鳳等人奉明太祖命令所撰集的一部官韻書。書成於洪武八年。《洪武正韻》依據的是中原的雅音，與《中原音韻》所表現的音系基本一致，但是，《洪武正韻》中設有十個獨立的入聲韻部，而《中原音韻》卻是「入派三聲」，人們對《中原音韻》產生誤解，以為《中原音韻》時入聲已經消失，而《洪武正韻》比《中原音韻》晚出，反而有入聲，因此人們認為《洪武正韻》是復古守舊，或說它根據的是南方音，事實上《洪武正韻》分立入聲韻，是當時實際讀書音的表現。〔註25〕

因此吳烺所說「取法於《洪武正韻》也，即周德清《中原音韻》之意。」意思就是取法《洪武正韻》將入聲獨立分出的精神，但這精神並不違背《中原音韻》的意思。

韻圖二十六、二十七、二十八、二十九、三十的例字在《佩文韻府》中都屬麻韻，吳烺將其分為五個韻圖，由上可知是由介音的不同來區分。吳烺云：「後二圖分出，以與入聲相麗。」因此將前三圖視為一組，後二圖視為一組。從現

〔註25〕 參見李新魁：《漢語音韻學》，北京：北京出版社。1986 年 7 月，p.69～70。

代方言來看，韻圖第二十六、二十七、二十八，在南京話讀〔uɑ〕、〔iɑ〕、〔ɑ〕；合肥、揚州讀〔ua〕、〔ia〕、〔a〕。依此將韻圖第二十六韻值擬作〔ua〕，韻圖第二十七韻值擬作〔ia〕，韻圖第二十八音值擬作〔a〕。

韻圖第二十八、二十九，南京話讀〔ie〕、〔ye〕，合肥、揚州這二圖字韻母不相同。因此將韻圖第二十九擬作〔ie〕，韻圖第三十擬為〔ye〕。

十二、尤　韻

（一）韻圖三十一

以下先將韻圖第三十一中，所有例字的《廣韻》反切及其聲類韻目，與《切韻指南》中所屬的韻攝開合情形整理列表於下：

韻圖例字	《五聲》聲調	《廣韻》反切	《廣韻》聲類韻目	《切韻指南》韻攝開合
鳩	陰	居求切	見母尤韻	流攝三等開口
邱	陰	去鳩切	溪母尤韻	流攝三等開口
幽	陰	於虯切	影母幽韻	流攝三等開口
丟	陰	丁羞切	端母尤韻	流攝三等開口
彪	陰	甫烋切	非母幽韻	流攝三等開口
啾	陰	即由切	精母尤韻	流攝三等開口
秋	陰	七由切	清母尤韻	流攝三等開口
修	陰	息流切	心母尤韻	流攝三等開口
休	陰	許尤切	曉母尤韻	流攝三等開口
求	陽	巨鳩切	群母尤韻	流攝三等開口
游	陽	以周切	以母尤韻	流攝三等開口
牛	陽	語求切	疑母尤韻	流攝三等開口
矛	陽	莫貢切	明母尤韻	流攝三等開口
囚	陽	似由切	邪母尤韻	流攝二等開口
留	陽	力求切	來母尤韻	流攝三等開口
九	上	舉有切	見母有韻	流攝三等開口
有	上	云久切	云母有韻	流攝三等開口
鈕	上	女久切	娘母有韻	流攝三等開口
酒	上	子酉切	精母有韻	流攝三等開口
朽	上	許久切	曉母有韻	流攝三等開口

柳	上	力久切	來母有韻	流攝三等開口
救	去	居祐切	見母宥韻	流攝三等開口
又	去	于救切	云母宥韻	流攝三等開口
繆	去	靡幼切	明母幼韻	流攝三等開口
就	去	疾僦切	從母宥韻	流攝三等開口
臭	入	尺救切	昌母宥韻	流攝三等開口
溜	去	力救切	來母宥韻	流攝三等開口
覺	入	古岳切	見母覺韻	江攝二等開口
卻	入	去約切	溪母藥韻	宕攝三等開口
樂	入	五角切	疑母覺韻	江攝二等開口
虐	入	魚約切	疑母藥韻	宕攝三等開口
爵	入	即略切	精母藥韻	宕攝三等開口
雀	入	即略切	精母藥韻	宕攝三等開口
絮	去	息據切	心母遇韻	宕攝三等開口
許	上	虛呂切	曉母語韻	江攝二等開口
略	入	離灼切	來母藥韻	宕攝三等開口

韻圖第三十一的例字，分佈在陰、陽、上、去、入五聲中。

從韻圖第三十一的例字看來，在《廣韻》中，分屬「尤、幽、有、幼、宥、覺、藥」等韻。

從《切韻指南》的十六攝來看，則屬於流攝三等開口字，入聲字則屬於江攝二等開口、宕攝三等開口字。

從現代方言來看，韻圖第三十一的例字，在北京、西安、太原、武漢、成都等地讀〔iou〕。

（二）韻圖三十二

以下先將韻圖第三十二中，所有例字的《廣韻》反切及其聲類韻目，與《切韻指南》中所屬的韻攝開合情形整理列表於下：

韻圖例字	《五聲》聲調	《廣韻》反切	《廣韻》聲類韻目	《切韻指南》韻攝開合
鉤	陰	古侯切	見母侯韻	流攝一等開口
彄	陰	恪侯切	溪母侯韻	流攝一等開口
鷗	陰	烏侯切	影母侯韻	流攝一等開口

兜	陰	當侯切	端母侯韻	流攝一等開口
偷	陰	託侯切	透母侯韻	流攝一等開口
抔	陰	薄侯切	並母侯韻	流攝一等開口
鄒	陰	側鳩切	莊母尤韻	流攝三等開口
搊	陰	楚鳩切	初母尤韻	流攝三等開口
搜	陰	所鳩切	心母尤韻	流攝一等開口
周	陰	職流切	章母尤韻	流攝三等開口
抽	陰	丑鳩切	徹母尤韻	流攝三等開口
收	陰	式州切	書母尤韻	流攝三等開口
頭	陽	度侯切	定母侯韻	流攝一等開口
裒	陽	薄侯切	並母侯韻	流攝一等開口
謀	陽	莫浮切	明母尤韻	流攝三等開口
愁	陽	士尤切	崇母尤韻	流攝三等開口
紬	陽	直由切	澄母尤韻	流攝三等開口
侯	陽	戶鈎切	匣母侯韻	流攝一等開口
樓	陽	落侯切	來母侯韻	流攝一等開口
柔	陽	耳由切	日母尤韻	流攝三等開口
苟	上	古厚切	見母厚韻	流攝一等開口
口	上	苦后切	溪母厚韻	流攝一等開口
偶	上	五口切	疑母厚韻	流攝一等開口
斗	上	當口切	端母厚韻	流攝一等開口
剖	上	普后切	滂母厚韻	流攝一等開口
某	上	莫厚切	明母厚韻	流攝一等開口
走	上	子苟切	精母厚韻	流攝一等開口
叟	上	蘇后切	心母厚韻	流攝一等開口
肘	上	陟柳切	知母有韻	流攝三等開口
醜	上	昌九切	昌母有韻	流攝三等開口
手	上	書九切	書母有韻	流攝三等開口
吼	上	呼后切	曉母厚韻	流攝一等開口
否	上	方久切	非母有韻	流攝三等開口
摟	上	落侯切	來母侯韻	流攝一等開口
彀	入	古候切	見母候韻	流攝一等開口
扣	入	苦候切	溪母候韻	流攝一等開口
漚	入	烏候切	影母候韻	流攝一等開口

豆	入	田候切	定母候韻	流攝一等開口
透	入	他候切	透母候韻	流攝一等開口
耨	入	奴豆切	泥母候韻	流攝一等開口
茂	入	莫候切	明母候韻	流攝一等開口
縐	入	側救切	莊母宥韻	流攝三等開口
奏	入	則候切	精母候韻	流攝一等開口
瘦	入	所祐切	心母宥韻	流攝三等開口
咒	入	職救切	章母宥韻	流攝三等開口
臭	去	尺救切	昌母宥韻	流攝三等開口
受	入	殖酉切	禪母有韻	流攝三等開口
后	入	胡遘切	匣母有韻	流攝三等開口
漏	入	盧候切	來母候韻	流攝一等開口
揉	入	耳由切	日母尤韻	流攝三等開口

　　韻圖第三十二的例字，分佈在陰、陽、上、去、入五聲中。

　　從韻圖第三十二的例字看來，在《廣韻》中，分屬「侯、尤、厚、有、候、宥」等韻。

　　從《切韻指南》的十六攝來看，則屬於流攝一、三等開口字，入聲字則屬於流攝一、三等開口字。

　　從現代方言來看，韻圖第三十二六的例字，在北京、濟南、西安、武漢等地讀〔ou〕。

（三）韻圖三十一、三十二的韻值

　　吳烺在韻圖第三十二後說明：「以上二圖尤韻。」韻圖三十一和三十二的例字在《佩文韻府》中都屬尤韻，從韻攝開合來看，韻圖第三十一屬於流攝三等開口字，韻圖第三十二屬於流攝一、三等開口字。從現代方言來看，韻圖第三十一有介音〔i〕，韻圖三十二為開口呼。應裕康因為依據北方話讀音，因此將韻圖第三十一擬作〔iou〕，韻圖第三十二擬作〔ou〕〔註26〕；而耿振生依據的是現代全椒方言，因此將韻圖第三十一擬作〔iɯ〕，韻圖第三十二擬作〔ɯ〕〔註27〕；李新魁的擬音和應裕康相同。

〔註26〕　同註 29，p.500。

〔註27〕　同註 51，p.192。

　　從現代方言看，南京話「酒」讀〔iəu〕，「斗」讀「ɯe」；合肥話「幽」讀〔iɯ〕，「鉤」讀〔ɯ〕；揚州話「幽」讀〔iɤɯ〕，「鉤」讀〔ɤɯ〕。韻圖三十一和三十二的例字在《佩文韻府》中都屬尤韻，今依介音不同，將韻圖第三十一韻值擬作〔iou〕，韻圖第三十二韻值擬作〔ou〕。

參、小　結

　　綜合以上對《五聲反切正韻》中三十二張韻圖的例字所做的觀察，擬測三十二韻圖的韻母音值整理如下表：

	代表字	韻母擬音
韻圖第一	公	〔oŋ〕
韻圖第二	穹	〔ioŋ〕
韻圖第三	岡	〔aŋ〕
韻圖第四	姜	〔iaŋ〕
韻圖第五	光	〔uaŋ〕
韻圖第六	茲	〔ɿ〕
韻圖第七	基	〔i〕
韻圖第八	歸	〔uei〕
韻圖第九	居	〔y〕
韻圖第十	孤	〔u〕
韻圖第十一	皆	〔iɛ〕
韻圖第十二	該	〔ɛ〕
韻圖第十三	乖	〔uɛ〕
韻圖第十四	根	〔ən〕
韻圖第十五	斤	〔in〕
韻圖第十六	昆	〔uən〕
韻圖第十七	君	〔yn〕
韻圖第十八	干	〔an〕
韻圖第十九	關	〔uan〕
韻圖第二十	堅	〔iɛn〕
韻圖第二十一	捐	〔yɛn〕
韻圖第二十二	交	〔iau〕
韻圖第二十三	高	〔au〕

韻圖第二十四	歌	〔o〕
韻圖第二十五	鍋	〔uo〕
韻圖第二十六	瓜	〔ua〕
韻圖第二十七	家	〔ia〕
韻圖第二十八	他	〔a〕
韻圖第二十九	耶	〔ie〕
韻圖第三十	嗟	〔ye〕
韻圖第三十一	鳩	〔iou〕
韻圖第三十二	鉤	〔ou〕

以下將《五聲反切正韻》所反映的音系結構列表分析，表格中以每一個韻圖的第一個例字代表整個韻圖：

1. 陽聲韻的〔ŋ〕韻母

	a	o
i	姜〔iaŋ〕	穹〔ioŋ〕
u	光〔uaŋ〕	
ø	岡〔aŋ〕	公〔oŋ〕

陽聲韻〔ŋ〕韻母有以下特點：

（1）「姜」、「光」、「岡」等三個韻圖的主要元音爲〔a〕，介音上可分開口洪音、開口細音、合口洪音，而沒有合口細音。

（2）「公」、「穹」等兩個韻圖的主要元音爲〔o〕，介音上可分開口洪音、開口細音，沒有合口洪音及合口細音。

2. 陽聲韻的〔n〕韻母

	ə	a	ɛ
i	斤〔in〕		堅〔iɛn〕
u	昆〔uən〕	關〔uan〕	
y	君〔yn〕		捐〔yɛn〕
ø	根〔ən〕	干〔an〕	

陽聲韻的〔n〕韻母以下特點：

（1）「根」、「斤」、「昆」、「君」等四個韻圖的主要元音爲〔ə〕，其介音的分配十分整齊，開口洪音、開口細音、合口洪音、合口細音皆全。

「斤」的讀音因同化作用由〔iən〕變成〔in〕；「君」的讀音由〔yən〕變成〔yn〕。

（2）「干」、「關」等兩個韻圖的主要元音為〔a〕，其介音可分開口洪音與合口洪音。

（3）「堅」、「捐」等兩個韻圖的主要元音為〔ɛ〕，其介音可分開口細音與合口細音。「堅」的讀音由本來的〔ian〕變成〔iɛn〕，是因為 a 受到介音 i 的影響，所以發音部位被同化成為與 i 接近的 ɛ；而「捐」也從〔yan〕同化成〔yɛn〕。

3. 陰聲韻尾收〔i〕、〔ï〕韻尾的韻母

	i	ï
i		
u	歸〔uei〕	
y		
ø	基〔i〕	茲〔ï〕

這一類韻母有以下特點：

（1）「茲」韻的主要元音〔ï〕不配任何介音。

（2）「歸」、「基」等兩個韻圖的主要元音為〔i〕，「歸」的讀音因受到舌位的影響，因此從〔ui〕變成〔uei〕。

4. 陰聲韻尾收〔u〕、〔y〕韻尾的韻母

	o	a	u
i	鳩〔iou〕	交〔iau〕	居〔y〕
u			
ø	鉤〔ou〕	高〔au〕	孤〔u〕

〔u〕韻母的特點是因主要元音為合口的〔u〕，因此與合口介音〔u〕產生異化作用，因此這一類韻母的介音僅有洪、細兩種，沒有合口介音。

5. 陰聲韻尾收〔ø〕韻尾的韻母

	a	e	ɛ	o
i	家〔ia〕	耶〔ie〕	皆〔iɛ〕	
u	瓜〔ua〕		乖〔uɛ〕	鍋〔uo〕

y		嗟〔ye〕		
ø	他〔a〕		該〔ɛ〕	歌〔o〕

這一類韻母有以下特點：

（1）「家」、「瓜」、「他」三個韻圖的主要元音為〔a〕，其介音有開口洪音、開口細音、合口洪音，而合口細音不與〔a〕相配。

（2）「耶」、「嗟」三個韻圖的主要元音為〔e〕，其介音有開口細音、合口細音，不與合口洪音相配。

（3）「皆」、「乖」、「該」三個韻圖的主要元音為〔ɛ〕，其介音有開口洪音、開口細音、合口洪音，不與合口細音相配。

（4）「歌」、「鍋」兩個韻圖的主要元音為〔o〕，其介音有開口洪音、合口洪音，不與開口細音、合口細音相配。

第六章 《五聲反切正韻》的聲調

第一節 《五聲反切正韻》的五聲意涵

《五聲反切正韻》將三十二韻圖分成五聲，分別爲陰、陽、上、去、入。對於「五聲」的意義，吳烺在《五聲反切正韻・辨五聲第一》中有以下論述：

> 反切之學，出於五聲，五聲者，由人心生也。平聲有二，陰陽是也。
>
> 仄聲有三，上去入是也。

由以上吳烺的論述可之，當時的聲調已有平分陰陽的情形。中古的平聲分成陰平聲和陽平聲兩類，是元代以後才開始的。中古只有平聲一類，元代之後依平聲字依聲母的清濁，聲母是清音的字，演變成陰平聲；聲母是濁聲母，演變成陽平聲。《五聲反切正韻》中已經呈現這種現象，觀察《五聲反切正韻》的韻圖例字，陰平聲中的例字聲母爲清音；陽平聲送氣音的例字聲母爲濁音。

至於五聲實際的「調值」，吳烺則論述如下：

> 其法凡有一字，先審其開承轉縱合，即陰陽上去入也，開口爲陰，
>
> 承而揚起者爲陽，轉者爲上，縱者爲去，收而合者爲入。分而言之，
>
> 陰陽平各用上去入，合而言之，陰陽平共用上去入也。

吳烺對五聲的「調值」描述是「開口爲陰，承而揚起者爲陽，轉者爲上，縱者爲去，收而合者爲入。」這樣的描述是一個很抽象的概念，也是受限於時代記

錄工具的限制而不得不採取的描述方式。

在《五聲反切正韻》中，五聲仍有入聲一類，而入聲中也有例字，可見吳烺所謂的「正韻」是一個仍有入聲的語音系統。

一般傳統的韻書，如《廣韻》，都是入聲配陽聲。但在《五聲反切正韻》中，則是入聲與陰聲韻相配。配入聲的韻圖共有十四個，以下將三十二韻圖配入聲的情形整理如下：

1. 公同拱貢□（同孤）〔註1〕

2. 穹窮勇用□（同居）

3. 岡昂慷攩□（同他）

4. 姜強講絳□（同家）

5. 光狂廣誑□（同瓜）

6. 茲慈子字則

7. 基其幾記極

8. 歸葵鬼貴國

9. 居渠舉句橘

10. 孤吾古固穀

11. 皆埃解戒□（同耶）

12. 該臺改蓋格

13. 乖排掛怪□（同歸）

14. 根滕梗艮□（同該）

15. 斤擎謹近□（同基）

16. 昆文裒棍□（同孤）

17. 君群迥郡□（同居）

18. 干俺敢幹□（同該）

19. 關頑管慣□（同歸）

20. 堅乾減見□（同耶）

21. 捐拳卷眷□（同嗟）

〔註1〕此處本無例字，吳烺註明「同孤」，意思是若依傳統韻圖以陽聲配入聲，則此處應放「孤韻」的入聲字，也就是「穀」。以下同。

22.交喬皎教□（同家）

23.高敖槁告□（同他）

24.歌訛可箇閣

25.鍋鵝果過郭

26.瓜華寡卦刮

27.家牙假駕甲

28.他拿打罷葛

29.耶爺也夜結

30.嗟□□□〔註2〕厥

31.鳩求九救覺

32.鉤頭苟觳□（同歌）

第二節 《五聲反切正韻》中的入聲

壹、《五聲反切正韻》的陰聲配入聲現象

吳烺將《五聲反切正韻》分為陰、陽、上、去、入五聲，而入聲字和陰聲字相配。吳烺在《五聲反切正韻》中，說明以入聲配陰聲的原因：

> 邵長蘅撰《古今韻略》，采明章黼所著《韻學集成》內四聲韻圖分為二十一部，有入聲者十部，餘皆無入聲。如以屋韻繫東，以質韻繫眞，此皆拘守成見，而不明于切響自然之理。北人讀字多平聲，今使北方讀屋必讀為烏，而不讀為翁。讀質必讀為支，而不讀為眞。即使幼學童子調平乀亦必爾。故烺所列之五聲目次，皆一本天籟也。

這段話說明了當時北方入聲消失的現象，吳烺云：「北人讀字多平聲，今使北方讀屋必讀為烏，而不讀為翁。讀質必讀為支，而不讀為眞。」可見當時北方入聲字的讀法，和陰聲字是相同的。因此當時入聲已經消失，若在韻圖中以入聲和陽聲相配便是拘泥古法。但是吳烺在《五聲反切正韻》中仍然列了陰、陽、上、去、入五聲，入聲仍然存在，而入聲和陰聲相配。吳烺表現了當時他聽所聞的語音，仍然是處於有入聲的狀態，因為吳烺說自己列的五聲是「一本天籟」，

〔註2〕此韻之陽上去無例字，故以「□」填之。

因此他記錄的是實際當時的語音。由此可知當時南方和北方在入聲方面的演變已有歧異，南方仍存有入聲，而北方入聲已經消失。

《五聲反切正韻》中入聲韻共有十四個，但是陰聲韻有十九個。因此並不是每一個陰聲韻都配入聲，這五個沒有相配入聲的陰聲韻如下：

韻圖第十一：皆埃解戒□

韻圖第十三：乖排掛怪□

韻圖第二十二：交喬皎教□

韻圖第二十三：高敖槁告□

韻圖第三十二：鉤頭苟彀□

吳烺以陰聲配入聲，這五個陰聲韻，照理說應該也要有相配的入聲字，但是實際上並沒有。因為在實際語音中，沒有〔εʔ〕、〔uεʔ〕、〔iauʔ〕、〔auʔ〕、〔ouʔ〕的讀音例字，因此這五個陰聲韻，因為本身韻母的特殊，所以沒有入聲字相配。

在《五聲反切正韻》的五聲目次中，每一個陽聲韻的入聲都沒有例字，但吳烺將入聲字中填入「同……」。如「公同拱貢（同孤）」，「同孤」的意思是在這一個陽聲韻中，雖然沒有相配的入聲字，但是若依據傳統的韻圖歸字法，此一陽聲韻應該和「孤」配同一個入聲。

貳、《五聲反切正韻》的入聲韻尾音值

傳統的韻書，都以陽聲韻配入聲，陽聲韻〔-m〕〔-n〕〔-ŋ〕配入聲〔-p〕〔-t〕〔-k〕。但在《五聲反切正韻》中以陰聲韻配入聲，以下將《五聲反切正韻》中所有配入聲的韻圖中的例字，其在《廣韻》時代的入聲韻尾整理如下：

韻圖第六			
入聲例字	廣韻反切	廣韻韻類	入聲韻尾
則	子德切	德	-k
測	初力切	職	-k
色	所力切	職	-k
直	除力切	職	-k
尺	昌石切	昔	-k
十	是執切	緝	-p

韻圖第七			
入聲例字	廣韻反切	廣韻韻類	入聲韻尾
極	渠力切	職	-k
乞	去訖切	櫛	-t
一	於悉切	質	-t
笛	徒歷切	錫	-k
剔	他歷切	錫	-k
逆	宜□切	陌	-k
必	卑吉切	質	-t
辟	必益切	昔	-k
密	美畢切	質	-t
集	秦入切	緝	-p
七	親吉切	質	-t
錫	先擊切	錫	-k
吸	許及切	緝	-p
力	林直切	職	-k
日	人質切	質	-t

韻圖第八			
入聲例字	廣韻反切	廣韻韻類	入聲韻尾
國	古或切	德	-k
闊	苦栝切	末	-t
拙	職悅切	薛	-t
輟	陟劣切	薛	-t
說	失爇切	薛	-t
或	胡國切	德	-k
弗	分勿切	物	-t

韻圖第九			
入聲例字	廣韻反切	廣韻韻類	入聲韻尾
橘	居聿切	術	-t
曲	丘玉切	燭	-k
玉	魚欲切	燭	-k
忸	女六切	屋	-k

戌	辛聿切	術	-t
蓄	許竹切	屋	-k
律	呂卹切	術	-t

韻圖第十			
入聲例字	廣韻反切	廣韻韻類	入聲韻尾
穀	古祿切	屋	-k
酷	苦沃切	沃	-k
屋	屋谷切	屋	-k
篤	多毒切	沃	-k
禿	他谷切	屋	-k
卜	博木切	屋	-k
樸	匹角切	覺	-k
木	莫卜切	屋	-k
足	即玉切	燭	-k
促	七玉切	燭	-k
速	桑谷切	屋	-k
竹	張六切	屋	-k
畜	許竹切	屋	-k
叔	式竹切	屋	-k
忽	呼骨切	沒	-t
福	方六切	屋	-k
祿	盧谷切	屋	-k
辱	而蜀切	燭	-k

韻圖 12			
入聲例字	廣韻反切	廣韻韻類	入聲韻尾
格	古落切	鐸	-k
客	苦格切	陌	-k
厄	於革切	麥	-t
德	多則切	德	-t
特	徒得切	德	-t
白	傍陌切	陌	-k

迫	博陌切	陌	-k
麥	莫獲切	麥	-t
賊	昨則切	德	-k
坼	丑格切	陌	-k
色	所力切	職	-k
折	常列切	薛	-t
撤	直列切	薛	-t
設	識列切	薛	-t
黑	呼北切	德	-k
弗	分勿切	物	-t
勒	盧則切	德	-k
熱	如列切	薛	-t

韻圖 24			
入聲例字	廣韻反切	廣韻韻類	入聲韻尾
閣	古落切	鐸	-k
殼	？		-k
惡	烏各切	鐸	-k
奪	徒活切	末	-t
托	闥各切	鐸	-k
諾	奴各切	鐸	-k
薄	傍各切	鐸	-k
潑	普活切	末	-t
莫	慕各切	鐸	-k
作	則落切	鐸	-k
撮	倉括切	末	-t
索	蘇各切	鐸	-k
捉	側角切	沃	-k
綽	昌約切	藥	-k
勺	市若切	藥	-k
活	戶括切	末	-t
樂	盧各切	鐸	-k
若	而灼切	藥	-k

韻圖 25			
入聲例字	廣韻反切	廣韻韻類	入聲韻尾
郭	古博切	鐸	-k
括	古活切	末	-t
齷	於角切	覺	-k

韻圖 26			
入聲例字	廣韻反切	廣韻韻類	入聲韻尾
刮	古□切	鎋	-t
襪	望發切	月	-t
刷	數刮切	鎋	-t
滑	古忽切	沒	-t
髮	方伐切	月	-t

韻圖 27			
入聲例字	廣韻反切	廣韻韻類	入聲韻尾
甲	古狎切	狎	-p
恰	苦洽切	洽	-p
鴨	烏甲切	狎	-p
狎	胡甲切	狎	-p

韻圖 28			
入聲例字	廣韻反切	廣韻韻類	入聲韻尾
葛	古達切	曷	-p
渴	苦曷切	曷	-p
遏	烏葛切	曷	-p
達	唐割切	曷	-p
塔	吐盍切	盍	-p
捺	奴曷切	曷	-p
八	博拔切	黠	-t
抹	莫撥切	末	-t

清代吳烺《五聲反切正均》音系研究

雜	徂合切	合	-p
擦	初戛切	黠	-t
撒	桑葛切	曷	-p
閘	古盍切	盍	-p
插	楚洽切	洽	-p
殺	所八切	黠	-p
榼	苦盍切	盍	-p
髮	方伐切	月	-t
臘	盧盍切	盍	-p

韻圖 29			
入聲例字	廣韻反切	廣韻韻類	入聲韻尾
結	古屑切	屑	-t
挈	苦結切	屑	-t
葉	與涉切	葉	-p
蝶	徒協切	怗	-p
鐵	他結切	屑	-t
聶	尼輒切	葉	-p
別	皮列切	薛	-t
撇	普蔑切	屑	-t
滅	亡列切	薛	-t
接	即葉切	葉	-p
妾	七接切	葉	-p
洩	餘制切	祭	非入聲
歇	許竭切	月	-t
列	良辥切	薛	-t

韻圖 30			
入聲例字	廣韻反切	廣韻韻類	入聲韻尾
厥	居月切	月	-t
缺	傾雪切	薛	-t
月	魚厥切	月	-t
絕	情雪切	薛	-t

雪	相絕切	薛	-t
拙	職悅切	薛	-t
輟	陟劣切	薛	-t
說	失爇切	薛	-t
血	呼決切	屑	-t

韻圖 31			
入聲例字	廣韻反切	廣韻韻類	入聲韻尾
覺	古岳切	覺	-k
卻	去約切	藥	-k
樂	五角切	覺	-k
虐	魚約切	藥	-k
爵	即略切	藥	-k
雀	即略切	藥	-k
削	息約切	藥	-k
學	胡覺切	覺	-k
略	離灼切	藥	-k

　　從以上對配有入聲的十四個韻圖的觀察來看，這些韻圖的入聲韻尾〔-p〕、〔-t〕、〔-k〕之間的界隔已經沒有中古時期如此鮮明，而呈現混同的情形。這十四個韻圖中入聲韻尾的混同現象分成七種類型：

類型一	只收-p	韻圖 27
類型二	只收-t	韻圖 26、30
類型三	只收-k	韻圖 31
類型四	-p、-t 相混	韻圖 28、29
類型五	-t、-k 相混	韻圖 8、9、10、12、24、25
類型六	-p、-k 相混	韻圖 6
類型七	-p、-t、-k 相混	韻圖 7

　　由上圖表來看，三種入聲韻尾已經產生各種混同情形。入聲韻尾的分界已經消失，但入聲韻仍存在，則此入聲韻尾的實際音值為何？今參考《漢語方音字彙》，將接近吳烺籍貫——安徽全椒之方言點合肥、揚州的入聲字讀音 〔註3〕

〔註3〕因入聲例字眾多，今以配入聲之 14 個韻圖之第一個入聲字為例。

列出：

	《五聲》韻圖入聲例字	合肥	揚州
韻圖第 6	則	〔tsɐʔ〕	〔tsəʔ〕
韻圖第 7	極	〔tɕiəʔ〕	〔tɕieʔ〕
韻圖第 8	國	〔kuɐʔ〕	〔kɔʔ〕
韻圖第 9	橘	〔tɕyəʔ〕	〔tɕiɔʔ〕 〔tɕyeʔ〕（新）
韻圖第 10	屋	〔uəʔ〕	〔ɔʔ〕
韻圖第 12	格	〔kɐʔ〕	〔kaʔ〕
韻圖第 24	閣	〔kɐʔ〕	〔kaʔ〕
韻圖第 25	郭	〔kuɐʔ〕	〔kuaʔ〕
韻圖第 26	髮	〔fɐʔ〕	〔fæʔ〕
韻圖第 27	甲	〔tɕiɐʔ〕	〔tɕiaʔ〕
韻圖第 28	葛	〔kɐʔ〕	〔kaʔ〕
韻圖第 29	結	〔tɕiɐʔ〕	〔tɕieʔ〕
韻圖第 30	月	〔yɐʔ〕	〔yeʔ〕
韻圖第 31	覺	〔tɕyɐʔ〕	〔tɕiaʔ〕

　　從以上合肥、揚州這一群入聲字的現代讀音來看，這一群字仍有入聲，而入聲都讀喉塞音 ɐ〔-ʔ〕。由於在《五聲反切正韻》中，〔-p〕、〔-t〕、〔-k〕三種入聲韻尾已經有混同不分的現象，而入聲調仍存在，從現代方言來看，和安徽全椒同屬江淮官話洪巢片的合肥、揚州兩個方言點，入聲韻尾都讀喉塞音〔-ʔ〕，因此將《五聲反切正韻》的入聲韻尾音值擬爲喉塞音〔-ʔ〕。

參、《五聲反切正韻》中被寄放它韻的入聲

　　在《五聲反切正韻》中，吳烺以陰聲和入聲相配，配入聲的韻圖共有十四個，這些入聲韻中，有些並不完全和該韻的陰陽上去聲相配，有這種情形的韻圖有韻圖第十二與韻圖第三十一，吳烺對這些寄放其他韻圖的入聲作了一些說明，討論如下：

一、韻圖第十二的入聲韻值

吳烺在韻圖第十二之後說明如下：

格韻諧聲，應在耶嗟之間，因本韻陰陽上去皆無字，故繫於此。

放在韻圖第十二中入聲例字，就吳烺的說法：「格韻諧聲，應在耶嗟之間」，因此「格」韻的陰、陽、上、去聲在音值上應該近似於「耶」和「嗟」，也就是〔ie〕和〔ye〕之間，但因韻圖第二十九和韻圖第三十都有入聲例字，而「格」韻本身的陰、陽、上、去聲都無字，所以放在韻圖第十二中。至於「格」韻的實際入聲韻值為何？「格」被寄放在韻圖第十二的入聲中，因此它的音值相近於〔iɛʔ〕，但又近似於〔ieʔ〕和〔yeʔ〕之間，現代漢語方言中，格韻字的讀音在合肥多讀〔-ɐʔ〕，揚州多讀〔-əʔ〕，因此筆者推論韻圖十二的入聲韻值為〔əʔ〕，但因「格」韻的陰、陽、上、去聲無字，因此寄放於韻圖第十二中。以下附上「格」韻字在現代方言中和安徽全椒同屬江淮官話洪巢片的合肥、揚州的讀音 [註4]：

例　字	合　肥	揚　州
格	〔kɐʔ〕	〔kəʔ〕
客	〔k'ɐʔ〕	〔əʔ〕
厄	無	無
德	〔tɐʔ〕	〔təʔ〕
特	〔t'ɐʔ〕	〔t'əʔ〕
白	〔pɐʔ〕	〔pɔʔ〕
迫	〔p'ɐʔ〕	〔p'ɔʔ〕
麥	〔m'ɐʔ〕	〔mɔʔ〕
賊	〔tse〕	〔tsəʔ〕
圻	無	無
色	〔sɐʔ〕	〔səʔ〕
折	〔tʂɐʔ〕	〔tɕieʔ〕
撤	〔tʂ'ɐʔ〕	〔tɕ'ieʔ〕
設	〔ʂɐʔ〕	〔ɕieʔ〕
黑	〔xɐʔ〕	〔əʔ〕
弗	無	無
勒	〔lɐʔ〕	〔ləʔ〕
熱	〔zɐʔ〕	〔ieʔ〕

[註4] 參考北京大學中國語言文學系語言學教言室編：《漢語方音字彙》，北京：文字改革出版社，1989年。

二、韻圖第三十一的入聲韻值

吳烺在韻圖第三十一後說明：

　　覺韻諧聲，應在歌鍋之間，因本韻陰陽上去皆無字，故繫於此。

韻圖三十一中的入聲字韻值，根據吳烺的說法是因爲覺韻的陰陽上去無字，所以才寄放在第三十一韻圖中，則覺韻的實際音值，約有以下數個線索：

1.「覺韻諧聲，應在歌鍋之間」，因此覺韻的陰、陽、上、去聲應該近似〔o〕和〔uo〕。

2. 韻圖第三十一的韻值是〔iou〕，若覺韻本應和其相配，覺韻應讀成〔ioʔ〕，因此覺韻的韻值是近似於〔ioʔ〕的。

3. 觀察現代漢語方言中韻圖三十一的入聲例字「覺、卻、薛……」等字，在北京、濟南、西安、太原、成都、合肥等地，都有介音〔y〕。

根據以上三個線索，筆者將覺韻的實際音值擬作〔yoʔ〕。以下將覺韻字在現代方言中和安徽全椒同屬江淮官話洪巢片的合肥、揚州的讀音列於下表〔註5〕。

例　字	合　肥	揚　州
覺	〔tɕyɐʔ〕	〔tɕiaʔ〕
卻	〔tɕ’yɐʔ〕	〔tɕ’iaʔ〕
樂	〔yɐʔ〕	〔iaʔ〕
虐	〔lyɐʔ〕	〔liaʔ〕
爵	無	無
雀	〔tɕ’yɐʔ〕	〔tɕ’iaʔ〕
削	〔ɕyɐʔ〕	〔ɕiaʔ〕
學	〔ɕyɐʔ〕	〔ɕiaʔ〕
略	〔lyɐʔ〕	〔liaʔ〕

肆、小　結

根據以上的討論，我們可以確認《五聲反切正韻》在聲調系統上分成陰、陽、上、去、入五個聲調，入聲字配陰聲，一共有十四個韻圖有入聲字。在入聲韻尾上，中古時期的〔-p〕、〔-t〕、〔-k〕已經相混，入聲韻尾爲喉塞音〔-ʔ〕，而韻圖第十二和韻圖第三十一的入聲字，乃是因此入聲的陰、陽、上、去無字，

〔註5〕同前註。

因此被寄放在此兩個韻圖中。韻圖第十二的入聲韻值為〔əʔ〕；韻圖第三十一的入聲韻值為〔yoʔ〕。以下將這些配入聲的十四個韻圖其入聲韻值列表整理如下：

	《五聲》 陰平聲例字	韻值	《五聲》 入聲例字	入聲韻值
韻圖第六	茲	〔ï〕	則	〔ïʔ〕
韻圖第七	基	〔i〕	極	〔iʔ〕
韻圖第八	歸	〔uei〕	國	〔ueʔ〕
韻圖第九	居	〔y〕	橘	〔yʔ〕
韻圖第十	孤	〔u〕	穀	〔uʔ〕
韻圖第十二	該	〔ɛ〕	格	〔əʔ〕
韻圖第二十四	歌	〔o〕	閣	〔oʔ〕
韻圖第二十五	鍋	〔uo〕	郭	〔uoʔ〕
韻圖第二十六	瓜	〔ua〕	刮	〔uaʔ〕
韻圖第二十七	家	〔ia〕	甲	〔iaʔ〕
韻圖第二十八	他	〔a〕	葛	〔aʔ〕
韻圖第二十九	耶	〔ie〕	結	〔ieʔ〕
韻圖第三十	嗟	〔ye〕	厥	〔yeʔ〕
韻圖第三十一	鳩	〔iou〕	覺	〔yoʔ〕

第七章 《五聲反切正韻》所反映的歷時音變

第一節 《五聲反切正韻》所反映的聲母變化

壹、《五聲反切正韻》與中古音之比較

  吳烺所作之《五聲反切正韻》，在時代上已經到了清朝乾隆年間（西元 1763 年），大抵而言，從中古到近代的語音演變規律在這本韻圖中已經大致完成了。從《五聲反切正韻》中的三十二韻圖所列的二十縱音與韻圖歸字，我們便可清楚看到從中古音到近代音之間的語音變遷現象。《五聲反切正韻》的聲母和中古聲母之間的差異，有以下幾項：

一、濁音清化

  在《五聲反切正韻·論字母第二》中，吳烺提出以下看法：

> 三十六字母，相傳為僧神珙所作……今考字母，不必用三十六，其
>
> 中有重複處也……按上三十六字母細分之，只用十九母足矣。

由上可知，吳烺所處的時代，若使用三十六字母來處理當時聲母的問題，則會有「重複」的問題，可見當時的聲母已經有歸併的現象。因此吳烺將三十六字

母歸併成以下十九類 (註1)：

1	2	3	4	5	6	7	8	9	10	11	12	13	14	15	16	17	18	19
見	溪	疑	端	透	泥	幫	滂	明	精	清	心	知	徹	審	曉	非	來	日
	群	影	定		孃	並				從	邪	照	澄		匣	敷		
		喻											穿			奉		
		微											床					
													禪					

　　從以上對中古三十六字母的歸併情形來看，吳烺的《五聲反切正韻》所反映的「正韻」，在語音上，溪群、端定、幫並、清從、心邪、徹澄穿床禪、曉匣、非敷奉等母，都各自歸併成一類，在中古音中屬於全濁音或次濁音的聲母，全都和清音歸併成同一類。

　　從韻圖歸字來看，縱音第二「窮、葵、匱、渠、喬」等字，其中古聲母都是群母（全濁音），和「欺、去、輕」等中古聲母屬溪母（次清音）的字同放在縱音第二中；縱音第十二「隨、旋、邪」等字，其中古聲母是邪母（次濁音），和「心、三、仙」等中古聲母屬心母（次清音）的字同放在縱音第十二中。因此可知，在《五聲反切正韻》中，已經濁音清化了。

二、中古疑、影、以、微、云的零聲母化

　　吳烺在三十六字母的歸併中，將疑、影、喻、微四個中古聲母歸成一類，我們觀察三十二韻圖的縱音第三位，發現縱音第三位中的例字包含了中古疑、影、以、微、云等五個中古聲母。這五個聲母都是現代國語中零聲母的來源。

　　從韻圖歸字來看，中古聲母為影母的「翁、雍、盎」、中古聲母為云母的「王、羽、旺」、中古聲母為以母的「用、容、勇」、中古聲母為微母的「萬、未、務」、中古聲母為疑母的「宜、昂、魚」，都放在縱音第三中，在現代方言中，影、以、疑、云、微母這五個中古聲母的字在北方以及吳烺籍貫地合肥都讀成了零聲母，由此可知，在《五聲反切正韻》中，影、以、疑、云、微母已經零聲母化了。

三、知系和照系合流

　　知系和照系（章系）是現代捲舌聲母的來源。在中古屬於澄母、穿母（昌

[註1] 見吳烺：《杉亭集・五聲反切正韻》，收錄於《續修四庫全書・經部・小學類・第258 冊》，上海：古籍出版社，1995 年。P.528。

母）、床母（船母）、禪母的字，經過濁音清化的過程，所以都讀成了清音。

中古知系、照系（章系）這兩系字，演變過程如下：

知母 t > ȶ >（tɕ）> tʃ > tʂ

章母 tɕ > tʃ > tʂ

若知系、章系這兩系字都一致演變成為捲舌音，則在細音各圖中，都不能有知系、章系字，因為捲舌音不配細音。

從韻圖歸字來看，在縱音第十三中，中古屬知母的「中、張、知」等字，與中古屬章母（照母）的「周、掌、紙」等字，同樣歸在縱音第十三中，由此可知，在《五聲反切正韻》中，知系和照系已經合併了。

四、輕唇音已產生

在中古早期，還沒有輕唇音，一直到宋朝時，輕唇音才產生。當時的輕唇音有「非、敷、奉、微」四個聲母，到了近代，「非、敷、奉」三母又從塞擦音變成了擦音，讀成〔f〕。

在以上吳烺將三十六字母所歸併的十九聲中，吳烺將「非、敷、奉」三母，歸併成「非」母之下，表示「非、敷、奉」三母在當時已經沒有分別。

從韻圖歸字來看，中古聲母屬非母的「風、放、弗」、中古聲母屬敷母的「費」，與中古聲母屬奉母的「馮、夫、墳」，都放在縱音第十七中，北方方言與江淮方言讀成輕唇音〔f〕。

《五聲反切正韻》一書，在時代上已經是清乾隆年間，時代上已經相當晚近，在韻圖中，中古的「非、敷、奉」三母全部列在縱音第十七位中，因此，《五聲反切正韻》一書中輕唇音已經產生。

貳、從韻圖歸字看《五聲反切正韻》聲母變化

從三十二韻圖中的例字在《廣韻》中的反切，到這些例字在《五聲反切正韻》中的縱音排列位置對應，我們可以看到《五聲反切正韻》反映了以下幾點聲母的變遷現象：

一、見系字產生顎化現象

「顎化」指的是中古時期的精系字和見、溪、群、曉、匣諸母字，受到「i」和「y」介音的影響，變成舌面音「tɕ」「tɕ'」「ɕ」的情形。

吳烺在《五聲反切正韻》中自云：

> ……見母於東韻不能切宮，欲切宮字，於三十六母中，竟無母可用。
> 又如溪、群二母，於東韻只切得穹、窮二字，欲切空字，即無母可
> 用。可見其挂漏處正多也。

應裕康在《清代韻圖研究》中指出：

> 吳氏論字母第二云：「見母於東韻不能切宮，欲切宮字，於三十六母
> 中，竟無母可用。又如溪、群二母，於東韻只切得穹、窮二字，欲
> 切空字，即無母可用。可見其挂漏處正多也。」此條所述，可見當
> 時聲母已有 k-、k'-、x-與 tɕ-、tɕ'-、ɕ-之分。若以三十六字母之見
> 系字爲 k-、k'-、x-，則不能切 tɕ-、tɕ'-、ɕ-之字，若以之爲 tɕ-、tɕ'-、
> ɕ-，則不能切 k-、k'-、x-之字。正如吳氏所云：「必欲開口、撮口聲
> 俱全，則又有遺漏，尚非三十六字母所能該括。」（論字母第二）而
> 吳氏之作，又不欲增母以亂字母之法，爲人所非議，不如舉而去之，
> 僅立虛位，洪音讀 k-、k'-、x-，細音時則自然讀成 tɕ-、tɕ'-、ɕ-，
> 可見吳氏廢字母，立虛位，其意正在此，而用心可謂良苦矣。〔註2〕

應裕康認爲見系字已經發生顎化的理由，在於吳烺所說的「見母於東韻不能切
宮，欲切宮字，於三十六母中，竟無母可用。又如溪、群二母，於東韻只切得
穹、窮二字，欲切空字，即無母可用。可見其挂漏處正多也。」這一段話。吳
烺認爲「見母於東韻不能切宮」，代表「見」和「宮」的聲母是不相同的，所以
「見」母不能當「宮」的反切上字。《廣韻》中「見」的切語是「古電切」，「宮」
的切語是「居戎切」，「見」和「宮」在中古都是見母字，可以互作反切上字。
但在吳烺的時代卻發生了「見母於東韻不能切宮」的情形，這表示「見」和「宮」
的聲母已經不同類了，所以不能互作反切上字。「見」在國語中因爲是細音字，
因此顎化讀成〔tɕ-〕，因此不能用來切洪音字「宮」。若要爲「宮」字立切語，
則因爲傳統的三十六字母「見、溪、群」都已經顎化讀成〔tɕ-〕、〔tɕ'-〕的音了，
所以三十六字龥中沒有讀〔k-〕、〔k'-〕的字可作「宮」的反切上字。同樣的情
形發生在「溪」、「群」二母上，吳烺說：「溪、群二母，於東韻只切得穹、窮二

〔註2〕參見應裕康：《清代韻圖之研究》，國立政治大學中國文學研究所博士論文，1972
年6月，p.492。

字，欲切空字，即無母可用。」代表「溪」、「群」二母和「空」字的聲母已經不同了，所以不能作彼此的反切上字。「溪」、「群」因為細音發生顎化，讀成〔tɕ'-〕，和讀成〔k'-〕的「空」聲母已經不同了。

在《五聲反切正韻》中，吳烺將韻圖分成三十二張的分類標準乃是介音與韻的區別，因此不同介音的字，在三十二韻圖中自然被區分開來。可見「見母於東韻不能切宮」、「溪、群二母，於東韻只切得穹、窮二字」的原因是聲母的不同，而非介音。

然而喉音的位置若已經產生顎化，同一縱音位置上是否表示要同時容納〔k-〕、〔k'-〕、〔x-〕和〔tɕ-〕、〔tɕ'-〕、〔ɕ-〕兩組聲母呢？理論上，同一縱音只能放同一類聲母，但是吳烺的三十二韻圖除了依據韻母的不同來分圖之外，還考慮了介音的不同，因此洪音字和細音字不會出現在同一張韻圖上，吳烺揚棄字母的觀念，二十縱音不立字母，因此放洪音字的韻圖喉音字讀〔k-〕、〔l'-〕、〔x-〕，放細音字的韻圖喉音字讀〔tɕ-〕、〔tɕ'-〕、〔ɕ-〕，兩類字並不相混又可相容，這也是吳烺使用「縱音」不使用「字母」的一大功效。因此推定吳烺三十二韻圖的見系字已經產生顎化現象。

二、精系字尚未顎化

由縱音第十、十一、十二的中古聲母及現代漢語方言來看，中古聲母屬於精系字，但也混同了一部份莊系字。在方言方面，北方方言的精系字細音已經顎化為舌面音，但江淮官話區中，合肥的「酒」、「想」已經顎化，「妻」尚未顎化；而揚州的「酒」、「妻」、「想」都已經顎化。吳烺在《五聲反切正韻・論字母第二》中，指出當時的見系字已經有顎化現象。但是精系字是否已經從舌尖音顎化成舌面前音，吳烺在文中並未述及。

由三十二韻圖看來，吳烺既將細音韻圖的喉音字讀為舌面音，則齒音字不能同樣是舌面音，若齒音字也顎化讀為舌面音，則和喉音字就成為同音字了。況且由韻圖歸字來看，中古見系字和精系字是毫不相混的，見系字安排在縱音第一、第二、和第十六位，精系字安排在第十、十一、十二位，若精系字已經顎化讀成舌面音，必會和見系字相混，因此可知，精系字的細音尚未顎化。

三、部分莊系字與知系字混入精系字中

《五聲反切正韻》中縱音第十、十一、十二中的韻圖例字幾乎都是中古的

精系字，但也有少數莊系字與知系字混入其中。列表如下：

《五聲》縱音次序	《五聲》例字	《五聲》聲調	《廣韻》切語	《廣韻》聲類韻目
縱音第十	鄒	陰	側鳩切	莊母尤韻
	縐	入	側救切	莊母宥韻
縱音第十一	愴	上	初兩切	初母養韻
	測	入	初力切	初母職韻
	楚	上	創舉切	初母語韻
	坼	入	丑格切	徹母陌韻
	撐	陰	丑庚切	徹母庚韻
	讒	陽	士咸切	崇母咸韻
	篡	去	初患切	初母諫韻
	擦	入	初戛切	初母黠韻
	搊	陰	楚鳩切	初母尤韻
	愁	陽	士尤切	崇母尤韻
縱音第十二	色	入	所力切	生母職韻
	疎	陰	所葅切	生母魚韻
	數	上	所矩切	生母麌韻
	洒	上	所賣切	生母蟹韻
	森	陰	所今切	生母侵韻
	滲	去	所禁切	生母沁韻

　　從以上圖表可知，中古聲母的莊系字「鄒、縐、愴、測、楚、讒、篡、擦、搊、愁、色、疎、色、數、洒、森、滲」等字，混入了放精系字的縱音第十、十一、十二中，而「坼、撐」二字，中古是知系字，也混入了其中。

四、泥母和來母對立不混

　　吳烺的籍貫是安徽省全椒縣，在方言區的分屬上屬於江淮官話區。江淮官話一個重要的聲母特徵就是〔n〕、〔l〕不分。在合肥、揚州、南京方言中，「年」、「連」的聲母都讀成〔l〕。但是在吳烺所歸併的十九聲母中，很明顯的將〔n〕、〔l〕分立。放置聲母〔n〕的是縱音第六位，放置聲母〔l〕的是縱音第十九位。觀察這些縱音的韻圖例字，則沒有將〔n〕、〔l〕相混的情形。縱音第六位的例

字，如「農、囊、泥、女、乃」等字，在中古聲母中屬於泥母和娘母〔註3〕，而縱音第十九位的例字，如「龍、雷、呂、力、路」等字，中古聲母全來自來母。由此可知，泥母和來母是兩個對立的音位，沒有相混。

五、捲舌音尚未產生

縱音第十三、十四、十五的例字在中古聲母中分屬知系、章系、莊系字，這三系字是現代捲舌聲母的來源。中古知系、章系、莊系這三系字，演變過程如下：

知母 t > ʈ >（tɕ）> tʃ > tʂ

章母 tɕ > tʃ > tʂ

莊母 tʃ > tʂ

就音理而言，因為捲舌音不能配細音，若知系、章系、莊系三系字都一致演變成為捲舌音，則在細音各圖中，都不能有知系、章系、莊系三系字。

觀察《五聲反切正韻》的三十二韻圖，在配細音的各韻圖中，韻圖第十一、二十、二十九中，安排知系、章系、莊系的縱音第十三、十四、十五位中仍有例字，所以縱音第十三、十四、十五位可以配細音。若中古知系、章系、莊系三系字若已演變成為〔tʂ〕、〔tʂʼ〕、〔ʂ〕，則以上這些配細音的韻圖，在縱音第十三、十四、十五位不應有例字。因為卷舌音不配細音。因此推論縱音第十三、十四、十五位應該是舌尖面音〔tʃ〕、〔tʃʼ〕、〔ʃ〕。在《五聲反切正韻》中，捲舌音尚未產生。以下列出配細音的韻圖中縱音第十三、十四、十五位有字的情形：

《五聲》韻圖順序	配細音例字	《五聲》聲調	《廣韻》切語	《廣韻》聲母韻類
韻圖第四	不配細音			
韻圖第七	不配細音			
韻圖十一	齋	陰	側皆切	莊母皆韻
	債	去	側賣切	莊母卦韻
	釵	陰	楚佳切	初母佳韻
	柴	陽	士佳切	崇母佳韻

〔註3〕仰、逆、輦、鳥、牛、繆、虐等字除外，屬於例外音變。這些字的中古聲母也沒有屬於來母字。

蠆	去	丑犗切	徹母夬韻
晒	去	所賣切	生母卦韻
韻圖十五	不配細音		
占	陰	職廉切	章母鹽韻
展	上	知演切	知母獮韻
顫	去	之膳切	章母線韻
纏	陽	直連切	澄母仙韻
闡	上	昌善切	昌母獮韻
纏	去	持碾切	澄母線韻
閃	上	失冉切	書母琰韻
扇	去	式戰切	書母線韻
韻圖 22	不配細音		
韻圖 27	不配細音		
遮	陰	正奢切	章母麻韻
者	上	章也切	章母馬韻
柘	去	之夜切	章母禡韻
車	陰	尺遮切	昌母麻韻
扯	上	昌者切	昌母馬韻
奢	陰	式車切	書母麻韻
蛇	陽	市遮切	禪母歌韻
捨	上	書冶切	書母馬韻
舍	去	始夜切	書母禡韻
韻圖 31	不配細音		

六、捲舌濁擦音〔ʐ〕尚未產生

《五聲反切正韻》中的縱音第二十安排的是中古的日母字，日母字的演化過程如下〔註4〕：

$$n > n_{\mathfrak{z}} > n\mathfrak{z} > \mathfrak{z} > ʒ \begin{cases} > ʐ \\ > ø \text{（止開三的字）} \end{cases}$$

從縱音第二十的韻圖歸字來看，「而」、「耳」、「二」和其他日母字如「瑞、如、仁、讓」都放在縱音第二十中，代表當時「而」、「耳」、「二」尚未失落成零聲母，而是和「瑞、如、仁、讓」等字的聲母相同，而「而」、「耳」、「二」

〔註4〕參見竺家寧：《聲韻學》，台北：五南出版社，1999年11月，p.448。

三字所歸放的韻圖第七，韻母是〔i〕，若將聲母擬作捲舌濁擦音〔ʐ〕，則「而」、「耳」、「二」三字就讀成〔ʐi〕，是不符合音理及發展規律的，因此縱音第二十的聲母應該是舌尖面濁擦音〔ʒ〕。捲舌濁擦音〔ʐ〕當時尚未產生。

第二節　《五聲反切正韻》所反映的韻母變化

壹、韻尾〔-n〕〔-ŋ〕不分

　　吳烺在韻圖第十七之後，對他將眞、文、元、庚、青、蒸、侵韻放在一起的情形說明如下：

> 在昔庚、青、眞、文之韻，辯者如聚訟。以其有輕重清濁之分也。
> 如北人以「程」、「陳」讀爲二，南人以爲一。江以南之「生」、「孫」
> 異，淮南則同。〔註5〕

吳烺指出，北人讀「程」、「陳」是兩個不同的音，但南人卻是同音字。以下參照《漢語方音字彙》，將「程」、「陳」二字在北京、合肥、揚州的讀音列表於下：

	北　京	合　肥	揚　州
陳	〔tʂ’ən〕	〔tʂ’ən〕	〔ts’ən〕
程	〔tʂ’əŋ〕	〔tʂ’ən〕	〔ts’ən〕

　　由上可知在吳烺的時代，在南方已經有〔ən〕和〔əŋ〕不分的情形，現代漢語方言中，屬於江淮官話的合肥、揚州，「程」、「陳」二字，都讀成〔ts’ən〕。

　　吳烺又指出，江以南之「生」、「孫」讀音不同，淮南則同。以下依《漢語方音字彙》將「生」、「孫」在北京、合肥、揚州的讀音列表於下：

	北　京	合　肥	揚　州
生	〔ʂəŋ〕	〔sən〕	〔sən〕
孫	〔suən〕	〔sən〕	〔suən〕

　　從現代漢語方言來看，「生」在北京音讀〔ʂəŋ〕；「孫」在北京音讀〔suən〕。在合肥則「生」、「孫」是同音字，在揚州「生」、「孫」韻尾相同，開合口不同。

　　吳烺對於北人和南人有這樣的語音差異，解釋如下：

〔註 5〕同註 1，p.537。

> 相去未百里，而讀字則迥別者，何也？一則父師授受，童而習之，
> 以爲故常。一則爲方言所囿，雖學者亦習而不察也。然烺以爲不必
> 問其讀何如聲，但一啓口，即莫能逃乎喉顎舌齒脣之外，亦即在三
> 十二圖中，雖其聲不同，而其位則不易，是以奇耳。〔註6〕

　　吳烺認爲語音有差異，其中一個原因是父母師長的教導，使得兒童習語跟
從了長輩的語音，另一個則是方言的影響。吳烺認爲三十二韻圖可以總括這些
因地方而異的語音差異，就算各地方音不同，語音在三十二韻圖中的位置不變。

　　關於中古閉口韻〔m〕的問題，吳烺表示：

> 至於侵韻別爲一部，不與眞庚等韻通，究竟心之與新，衾之與勤，
> 其聲無大異，必欲強之爲說，以侵韻爲閉口字，斤斤然分其畛域，
> 則何以處夫燕人之讀程、陳乎，其亦可以不必矣。〔註7〕

　　以下依《漢語方音字彙》將「心」、「新」、「衾」、「勤」在北京、合肥、揚
州、廈門的讀音列表於下：

例字	《廣韻》之聲類韻類	北京	合肥	揚州	廈門
心	心母侵韻	〔ɕin〕	〔ɕin〕	〔ɕiŋ〕	〔sim〕
新	心母眞韻	〔ɕin〕	〔ɕin〕	〔ɕiŋ〕	〔sin〕

例字	《廣韻》之聲類韻類	北京	合肥	揚州	廈門
衾〔註8〕（侵）	溪母侵韻	〔tɕin〕	〔tɕin〕	〔tɕiŋ〕	〔ts'im〕
勤	群母欣韻	〔tɕin〕	〔tɕ'in〕	〔tɕ'iŋ〕	〔k'un〕

　　由上表可知，在廈門方言中，「心」、「侵」都還保持中古的閉口韻〔m〕的
讀音，而北京、合肥、揚州已經將「心」、「新」讀成同音；「衾」、「勤」也讀成
同音。吳烺將侵韻和眞、文、元、青、蒸等韻放在一起，表示中古的閉口韻〔m〕
已經消失了。「心」、「衾」等字，在中古都是侵韻字，但現在在北京、合肥都讀

〔註6〕同前註。

〔註7〕同註7。

〔註8〕因《漢語方音字彙》無「衾」，此處以「侵」取代。

成舌尖鼻音韻尾〔-n〕，和「新」、「勤」是同音字。

貳、〔ɣ〕韻母尚未產生

　　應裕康在《清代韻圖之研究》中，將《五聲反切正韻》中的韻圖第二十四音值擬爲舌面後展唇韻母〔ɣ〕，他認爲：

> 吳氏注云：「以上二圖歌韻。」因擬其音值如此。又歌韻不擬作〔o〕
> 者，以歌韻舒聲八字：歌、苛、呵、訛、和（陽平）、可、□、和，
> 今國語全作〔ɣ〕，且歌鍋二韻，既不同圖，故不必力求整齊而作〔o〕
> 也。〔註9〕

觀察韻圖第二十四之韻圖歸字，除舒聲八字之外，尚配有入聲字「閣、殼、惡、奪、托、諾、薄、潑、莫、作、撮、索、捉、綽、勺、活、樂、若」，但這群入聲字在現代方言中並沒有完全讀作〔ɣ〕。以下根據《漢語方音字彙》，將韻圖第二十四的入聲字在北京、合肥、揚州三地的韻母讀音列於下表：

《五聲》韻圖例字	北 京	合 肥	揚 州
閣	ɣ	ɐʔ	aʔ
殼	ɣ	ɐʔ	əʔ
惡	ɣ	ɐʔ	aʔ
奪	uo	uɐʔ	uoʔ
托	uo	uɐʔ	aʔ
諾	uo	uɐʔ	aʔ
薄	o	ɐʔ	aʔ
潑	無		
莫	o	ɐʔ	aʔ
作	uo	uɐʔ	aʔ
撮	uo	uɐʔ	uoʔ
索	uo	uɐʔ	aʔ
捉	uo	uɐʔ	uaʔ
綽	uo	uɐʔ	aʔ
勺	au	uɐʔ	aʔ
活	uo	uɐʔ	uaʔ

〔註9〕同註6，p.500。

樂	ɤ	ɤʔ	aʔ
若	uo	uɤʔ	aʔ

由以上韻圖第二十四的入聲字在今方言中讀音來看，在屬於北方方言的北京尚未全讀作爲舌面後展唇韻母〔ɤ〕，而屬於江淮官話洪巢片的合肥、揚州，也沒有讀作〔ɤ〕的跡象，可見韻圖第二十四的入聲字，尚未發展到與非入聲字一般的〔ɤ〕讀音。因此判斷此時〔ɤ〕韻母尚未產生。

第三節　《五聲反切正韻》所反映的聲調變化

壹、平聲分陰陽

吳烺在《五聲反切正韻·辨五聲第一》中有以下論述：

> 反切之學，出於五聲，五聲者，由人心生也。平聲有二，陰陽是也。
>
> 仄聲有三，上去入是也。

由以上吳烺的論述可之，當時的平聲已有分化成陰聲和陽聲。中古的平聲分成陰平聲和陽平聲兩類，是元代以後才開始的。中古只有平聲一類，元代之後依平聲字依聲母的清濁，聲母是清音的字，演變成陰平聲；聲母是濁聲母，演變成陽平聲。《五聲反切正韻》中已經呈現這種現象，觀察《五聲反切正韻》的韻圖例字，陰平聲中的例字聲母爲清音；陽平聲送氣音的例字聲母爲濁音。如縱音第二中，「空、康、欺……」等字是中古的溪母字，溪母是清音，因此讀成陰平聲；「窮、葵、匱、渠、喬」等字是中古的群母字，濁音清化後讀成送氣陽平聲。

貳、入聲韻尾爲喉塞音

《五聲反切正韻》中配有入聲的韻圖共有十四個，這十四個韻圖的入聲韻尾〔-p〕、〔-t〕、〔-k〕之間的界隔已經沒有中古時期如此鮮明，而呈現混同的情形。由於入聲韻尾的分界已經消失，而入聲調仍存在，從現代方言來看，江淮官話洪巢片中合肥、揚州兩個方言點，入聲韻尾都讀喉塞音〔-ʔ〕，因此《五聲反切正韻》的入聲韻尾爲喉塞音〔-ʔ〕。

第八章　結　論

第一節　三十二韻圖的體例對前人的繼承

　　從以上各章對《五聲反切正韻》的音學理論、聲母、韻母、聲調、音變現象的通盤考察來看，《五聲反切正韻》以二十縱音、陰陽上去入五聲系統配合三十二韻圖，企圖說明吳烺所謂的「正韻」。吳烺揚棄傳統的字母標音，他不立字母的精神，乃承襲自《韻法直圖》。吳烺吳烺在《五聲反切正韻・審縱音第三》中有以下評述：

> 舊傳韻法直圖，頗便誦習，埽除字母，大有廓清之功，特其中陰陽平相混，且多脫音，而上去入不免重複，其切腳二字，往往不準，烺今別立新法，使其陰聲歸陰，陽聲歸陽，上去入各以類從，爲位則有二十，爲三字句者五，爲五字句者一，縱橫條理，歸於一貫，學者誦之不崇，朝而其功已竟，小如五聲之發乎天籟，而非人力所能爲也。

> 或曰：切韻始於西域字母，今子毅然去之可乎？曰：法求無弊而已，且如茹毛飲血之變爲粒食，蕢桴土皷之變爲笙簧，不可謂前人是而後人非也，而況韻法直圖，相傳已久，烺則斟酌損益於其間，初未嘗創作也。

吳烺肯定《韻法直圖》揚棄傳統三十六字母之先進觀念。《韻法直圖》中不立字母的精神，也被吳烺吸收，因此《五聲反切正韻》中也不立字母。

《五聲反切正韻》的二十縱音，乃效法方以智《切韻聲原》歸併的結果。方以智在《切韻聲原》中，將聲母歸併出「簡法二十字」，以下將方以智歸併的結果列表於下 [註1] 下：

見	溪	疑	端	透	泥	幫	滂	明	精	從	心	知	穿	審	曉	夫	微	來	日
	群	影		定	孃		並			清	邪	照	徹	禪	匣	非			
	並	喻											澄			奉			
													床						

由上圖方以智所歸併的二十聲母看來，方以智將聲母歸併成二十類，歸併的結果與排列順序和吳烺的二十縱音近乎相同，僅比吳烺多出「微」母（〔v-〕）一類，微母的位置恰好在第十八位上。但吳烺所歸併的十九聲母，已將微母歸併到「疑、影、喻」同一類，也就是零聲母；微母歸併消失之後，即留下第十八位的空位。吳烺的音學論述受到方以智相當大的影響，在《五聲反切正韻》中，他多次提到方以智在《切韻聲原》中的論述。

在韻的分類上，吳烺將《五聲反切正韻》中的韻母分成三十二韻圖討論。其分韻的方法，乃是採用《佩文韻府》的分韻，在韻圖之後，吳烺適時說明以上數個韻圖在《佩文韻府》中的韻部。如在韻圖第一和第二之後，吳烺註明「以上二圖東多韻」。由三十二韻圖的排列來看，吳烺將在《佩文韻府》中屬同一類韻的字分成數個韻圖，其分類的標準是介音的不同。

第二節　吳烺心目中的「正韻」之詮釋

《五聲反切正韻》以記實為訴求，表現的是一種「正韻」，也就是如實的描寫當時的語音現象，做到他所說的「一本天籟」。

吳烺在〈定正韻第四〉中云：

> 然聲音不齊者也，今必欲齊之，非天子之法制不可，故唐用詩賦取士，以試韻為程，終唐之詩人，莫敢出其範圍，假令起李杜諸公而問之，安知其必讀佳為皆，元為云乎？明洪武初，宋濂、王僎、趙

[註1] 參見〔明〕方以智：《通雅・切韻聲原》，北京：中國書店，1990年2月，p.602。

> 壎、樂韶鳳、孫蕢等奉召撰洪武正韻，頒之學官，顧終明之代，科
>
> 場士子，雖點畫不敢或違，子思子以考文，列於三重，良有以也。

吳烺對於南腔北音，各地方音皆有不同，提出了自己的看法。他認為想要統一全國的語音，必需靠政治的力量，也就是「天子之法制」。由天子明令頒佈通行全國的標準語音，那麼士子們為了科舉，必定得遵守這套標準音規範，如此便可統一全國的語音。

　　吳烺將自己這一套語音系統，稱為「正韻」，因此在他心中有一個「正韻」的觀念，這個「正韻」的觀念可說是吳烺創作此書的動機所在。「正韻」指的就是標準音，韻書作者往往就是為了這個「正韻」的動機而創作韻書，來闡述心中的標準音。

　　耿振生在《明清等韻學通論》中，認為韻書作者因為不同的目的著書，而產生不同性質的作品，他認為：

> ……明清等韻作者的態度主要有以下幾種：
>
> 第一種，以「正音」為目的編制圖書。這樣的作者數量相當可觀。
> 正音是理論上的標準音，沒有全社會承認的統一規範，因而是一個
> 模糊概念。各家自訂畛域，相互之間出入很大。……
>
> 第二種，以表現人類共有的語音為目的，或者以概括全部漢語方言
> 為目的。……
>
> 第三種，從現實的活語言出發，為表現一種方言音系而作。……
>
> 第四種，為了表現上古音系統或為分析中古音韻著作、表現它們的
> 語音系統而編制韻圖。……
>
> 第五種，為了以語音系統證明某種數理觀念而編制韻圖。……〔註2〕

從吳烺創作《五聲反切正韻》的內容來看，吳烺應該是屬於第一種類型的作者，也就是抱持描繪「正音」的態度來創作此書，但事實上，所謂「正音」其實是一個抽象的概念，每個人心中對「正」的詮釋隨著自己出生的地域和方言而不同，正如耿振生所言：

> 「正音」是文人學士心目中的標準音，它純粹是一種抽象的觀念，

〔註 2〕參見耿振生：《明清等韻學通論》，北京：語文出版社，1998 年 7 月，p.110～112。

沒有一定的語音實體與它相對應，因此，它只存在於理論上，而不存在於實際生活中。「正音」觀念讀書人中普遍存在，很多等韻作者專把正音作為著書的出發點，然而這個觀念卻如此混亂，每個人都可以自立門戶，獨樹一幟，走不到同一條道路上，不同作者為這個抽象物尋找客觀依據時，就把它和不同的語言實體聯繫起來，設計出不同的體系。……〔註3〕

因此吳烺所謂的「正韻」，我們應該視為吳烺依據自己的語感所認定的「標準語」，而這套標準語跟吳烺的籍貫、方言、活動地區有很大的關連性，從三十二韻圖的表現來看，《五聲反切正韻》並不是純然表現某一地方音的韻書，至少在吳烺的概念中，《五聲反切正韻》代表的是一種「正韻」，正者，雅也。吳烺試著描繪他心目中的「雅言」，也就是「共同語」。

第三節　《五聲反切正韻》音系的性質

壹、安徽方言的語音面貌

《五聲反切正韻》的作者吳烺，是安徽全椒人。

安徽地處中國的東南部，全椒縣約在安徽省的東半部靠近江蘇省，《五聲反切正韻》的基礎方言應該是安徽全椒的方言，而全椒縣的位置約在合肥與南京之間，目前方言調查資料並沒有安徽全椒方言的調查紀錄。

要確定《五聲反切正韻》的方言基礎，最可信的應該是作者的籍貫與方言，以及作者生平旅居的地點。安徽省的方言十分複雜，尤其是長江以南地區，即皖南方言。有吳語、徽語、贛語、江淮官話與移民官話，還有湘語、閩語、客家話、畲話等。

安徽省的方言中，吳語、徽語、贛語是自古就有的土著方言，而其他的方言種類則是移民帶進來的。

之所以會有移民帶來的方言，是因為十九世紀時，太平天國農民起義，長達十幾年的戰爭和流行的瘟疫，使皖南地區人口銳減，在同治五年之後，外省及江北移民湧入皖南，移民的方言佔據大片原屬吳語的地盤，使得這一地區的

〔註 3〕同前註，p.126。

各種方言相互交錯滲透。其中最大的兩股移民，仍然保持原有的官話特點，小股移民則在滲透中，既和土著方言融合，又保持其原有方言的特徵。

因此，安徽省的方言可以分成五大部分：即一個大方言區和四個方言片。其中，一個大方言區指的就是徽語區，四個方言片，指的是吳語宣州片和贛語懷岳片。另兩個，一個分佈面積較廣，內部特點比較一致的江淮官話洪巢片及移民官話，另一個是中原官話。〔註4〕

吳烺的籍貫是安徽省全椒縣。安徽省全椒縣在方言的分區上是屬於江淮官話洪巢片〔註5〕。江淮官話洪巢片分佈在安徽省中部大部分地區，與江南一部份地區。如果要依照作者的籍貫來觀察《五聲反切正韻》的音系基礎，則江淮官話洪巢片是最有可能的選擇。

貳、從吳烺的生平看吳烺的方言基礎

一個人的籍貫代表的是一個人的母語基礎，但是長大成人後，人會隨著出外經商讀書或當官，而遠赴他鄉。吳烺的籍貫是安徽省全椒縣，從《全椒縣志》對吳烺的記載來看，吳烺曾在乾隆辛未年間（西元 1751 年）南巡時，迎鑾召試，仲紙疾書，之後賜舉人，授內閣中書。他當過甯武府同知，之後因疾病而辭職歸鄉。可見吳烺曾任官職，從他「官甯武府同知」的記載看來，他曾到山西〔註6〕去任官。因此吳烺並非久居故鄉不曾旅居。《五聲反切正韻》既然以表現「正韻」為目標，本著「一本天籟」的精神，則吳烺可能也受到他旅居他地的影響，呈現出他所見所聞的共同語。

吳烺是《儒林外史》作者吳敬梓的長子。地方志對吳敬梓的記述，我們可以知道吳敬梓曾經從安徽全椒移居到南京，也曾在揚州生活過，後來死在揚州。吳烺和吳敬梓是親生父子，吳烺的旅居經驗應該和吳敬梓有相似之處。吳敬梓在雍正十一年（西元 1733 年）二月，移家至南京，寄居秦淮水亭，當時吳敬梓三十三歲，吳烺當時應只是青少年甚至是兒童，也會跟著父親從安徽全椒移居

〔註4〕參見《合肥話音檔》，主編：侯精一，李金陵編寫。上海教育出版社，1997 年 12 月。P.38～40。

〔註5〕參見《中國語言地圖集》中對江淮官話的介紹。中國社會科學院、澳大利亞人文科學院編：《中國語言地圖集》，香港：朗文有限公司，1987 年。

〔註6〕甯武在今山西省，由此推斷。

至南京。之後乾隆皇帝南巡，吳烺迎蠻，招試奏賦，賜舉人，受內閣中書，之後吳烺曾到山西去當官，而吳烺之父吳敬梓於乾隆十九年（西元 1754 年）卒於揚州，吳烺可能當時也隨父親往在揚州，也可能在外任官，只是去揚州奔喪。

在《五聲反切正韻》中，吳烺在韻圖第十之後，補述說明了一段文字：

> 以上二圖魚虞韻，後圖第五句與前圖異，前圖蘇常人聲也，後圖盧
> 鳳人聲也。

韻圖第九的不同於韻圖第十，因為韻圖第九的齒音字是蘇常人的讀音，而韻圖第十的齒音字是盧鳳人的讀音。「蘇常人聲」指的是江蘇省蘇州、常州一帶的讀音，而「盧鳳人聲」指的是安徽省盧州（合肥古名）、鳳陽一帶的讀音。吳烺可以清楚分辨蘇常人和盧鳳人語音的差異，可見他應該到過這些地方，所以知道這些地方的方言音與「正韻」間的差異。

由以上的資料來看，吳烺生平的旅居地至少有安徽全椒、江蘇南京、江蘇揚州、山西等地。安徽全椒、江蘇南京、江蘇揚州三地在方言上都隸屬江淮官話洪巢片，而吳烺到山西任官，已是青壯年之事，應是使用通語。

參、從三十二韻圖看《五聲反切正韻》的音系性質

吳烺在《五聲反切正韻》中所排列的三十二張韻圖，是我們觀察其音系基礎最重要的線索，從以上分析吳烺的三十二韻圖，我們可以得到一個清楚的語音輪廓：

1. [n]、[l] 分立

吳烺所歸併的十九聲母中，將 [n]、[l] 分立。放置聲母 [n] 的是縱音第六位，放置聲母 [l] 的是縱音第十九位。縱音第六位中的例字如「農、囊、娘、釀、泥、你、膩、逆……」在中古聲母都屬於泥母與娘母。而縱音第十九位的例字如「龍、郎、朗、浪、良、兩、離、里……」在中古聲母都屬於來母。因此 [n]、[l] 二母並沒有相混成同一個音位。

2. 韻尾 [-n]、[-ŋ] 不分

韻圖第十四、十五、十六、十七四圖中放置的是平水韻的真、文、元、庚、青、蒸、侵韻。中古時期 [ŋ] 和 [n] 分立的情形，在《五聲反切正韻》中不分，事實上，[ŋ] 和 [n] 不分是江淮官話的重要特徵，而《五聲反切正韻》正

記錄保存了這一特色。吳烺在韻圖第十七後說：「以上四圖眞文元庚清蒸侵韻。」
如韻圖第十四中「根（-n）、登（-ŋ）、肯（-n）、成（-ŋ）」置於同一韻圖中；韻
圖第十五中「斤（-n）、輕（-ŋ）、陰（-n）、丁（-ŋ）」置於同一韻圖中；韻圖第
十七中「君（-n）、群（-n）、永（-ŋ）、迴（-ŋ）」置於同一韻圖中，從對韻圖第
十四、十五、十六、十七四圖中的觀察，可以看到中古臻攝、深攝、梗攝、曾
攝的字在《五聲反切正韻》中已經相混不分。

3. 聲調有陰陽上去入五聲

《五聲反切正韻》在聲調系統上分成陰、陽、上、去、入五個聲調，入聲
字配陰聲，一共有十四個韻圖有入聲字。在入聲韻尾上，中古時期的〔-p〕、〔-t〕、
〔-k〕已經相混，入聲韻尾爲喉塞音〔-ʔ〕。

由以上三條線索來看，韻尾〔n〕和〔ŋ〕不分是江淮官話的重要特徵，而
江淮官話洪巢片中，聲調分成陰、陽、上、去、入五個聲調，入聲韻尾上，中
古時期的〔-p〕、〔-t〕、〔-k〕已經相混，入聲韻尾爲喉塞音〔-ʔ〕，這兩條線索
都十分符合江淮官話的特色。而韻圖作者吳烺的籍貫與生平，也都是在屬於江
淮官話洪巢片的安徽合肥、江蘇南京、揚州等地居住。

但是就第一條線索而言，吳烺所歸併的十九聲母中，很明顯的將〔n〕、〔l〕
分立，〔n〕、〔l〕是兩個對立的音位，絲毫不相混，這一點便和江淮官話的特點
有了矛盾，因爲江淮官話的另一項特徵，便是〔n〕、〔l〕不分，《五聲反切正韻》
中並沒有反映江淮官話這一項特色。因此我們不能斷定《五聲反切正韻》是一
本純然反映江淮官話的韻書。

在江淮官話中相混的〔n〕、〔l〕兩個音位，爲何吳烺在《五聲反切正韻》
中將之對立呢？吳烺作《五聲反切正韻》，是爲了要反映一種「正韻」，也就是
如實的描寫當時的語音現象，做到他所說的「一本天籟」。吳烺生在江淮官話區，
但從地方志對他的記載，我們可以得知他曾經到外地去做官〔註7〕，他也能分辨
「北人」與「南人」語音上的差異〔註8〕，因此吳烺也能通曉江淮官話以外的地

〔註7〕根據《全椒縣志》記載，吳烺曾任山西甯武府同知。

〔註8〕吳烺在〈定正韻〉一節中云：「在昔庚、青、眞、文之韻，辯者如聚訟。以其有輕
　　　重清濁之分也。如北人以程、陳讀爲二，南人以爲一。江以南之生、孫異，淮南則
　　　同。」

方的語音，吳烺作《五聲反切正韻》，既是爲了反映「正韻」，則依照當時「正韻」的讀音，〔n〕、〔l〕分立也是當然的。再從《五聲反切正韻》的聲母排列順序與源流來看，《五聲反切正韻》的二十縱音，乃仿效方以智《切韻聲原》中「簡法二十字」歸併的結果。因爲「簡法二十字」中，「泥」、「來」二母是分立的，吳烺繼承了「簡法二十字」中聲母排列的方式，所以也將〔n〕、〔l〕二母分立。

肆、吳烺所反映的「南方官話」系統

從吳烺的生平遊歷來看，吳烺居住過安徽全椒、江蘇南京、揚州，也去過山西擔任官職，安徽全椒、江蘇南京、揚州都是江淮官話洪巢片的屬地，山西則是北方官話的屬地。從吳烺在《五聲反切正韻》中的敘述，我們可以發現北方方言和南方方言共存對立的情形，如吳烺在〈審縱音第三〉中對「五聲」現象強調記實的精神：

> 舊傳韻法直圖，頗便誦習，埽除字母，大有廓清之功，特其中陰陽平相混，且多脫音，而上去入不免重複，其切腳二字，往往不準，烺今別立新法，使其陰聲歸陰，陽聲歸陽，上去入各以類從，爲位則有二十，爲三字句者五，爲五字句者一，縱橫條理，歸於一貫，學者誦之不崇，朝而其功已竟，亦如五聲之發乎天籟，而非人力所能爲也。

吳烺特別強調聲調分成陰、陽、上、去、入是「發乎天籟」的表現，而非人力所爲，意即並非存古襲古的作法。可見當時吳烺所言的「正韻」，入聲仍然存在，這和當時北方官話入聲已經消失的現象形成對比。而〈定正韻第四〉中吳烺提到：

> 在昔庚青眞文之韻，辯者如聚訟。以其有輕重清濁之分也。如北人以「程」、「陳」讀爲二，南人以爲一。江以南之「生」、「孫」異，淮南則同。相去未百里，而讀字則迴別者，何也？一則父師授受，童而習之，以爲故常。一則爲方言所囿，雖學者亦習而不察也。然烺以爲不必問其讀如聲，但一啓口，即莫能逃乎喉顎舌齒脣之外，亦即在三十二圖中，雖其聲不同，而其位則不易，是以奇耳。

吳烺可以辨別「北人」與「南人」語音的不同，若不是聽過北方人的讀音，

吳烺怎麼會知道北方人「程」、「陳」讀不同音，而南人兩字同音呢？吳烺並
沒有爲這兩種不同讀法評判是非，因爲這是客觀存在的現象，南方和北方讀
音不同，共存對立。吳烺將本韻學著作題名爲《五聲反切正韻》，特地冠上「正
韻」二字，強調「一本天籟」的精神，代表吳烺抱持的是記實的態度在創作
此書。吳烺遇到方言音時，也詳加說明，如〈定正韻第四〉中，吳烺對韻圖
第九和第十便註解說明：

> 後圖第五句與前圖異，前圖蘇常人聲也，後圖廬鳳人聲也。

韻圖第九中齶音所記錄的「朱、樞、書」十字，根據吳烺的說法是江蘇省蘇州、
常州一帶的讀音，吳烺特別說明韻圖第九中齶音的語音來源，代表這些齶音字
是一地之方音，因此必須從他「正韻」的系統中區分出來，吳烺對「正韻」和
「方音」是分得很清楚的。

　　由上可知，吳烺心中有「北人」、「南人」的區分，他可以明確分別北方音
和南方音的不同，因此吳烺記錄的是屬於南方的「正韻」，這套南方的正韻和北
方人的語音是共存而不同的。

　　關於清朝所使用的官話究竟以何地方言爲基礎方言的問題，前人多所探
討。魯國堯在〈明代官話及其基礎方言問題——讀《利瑪竇中國札記》〉中，
認爲明代官話的基礎方言是南京話。他說：

> 《利瑪竇中國札記》沒有直接提到明代官話以什麼地方的音爲標準
> 音的回答，但它所記的另一件事發人深省。1600 年利瑪竇再次由南
> 京去北京，新來的龐迪我神父是他的助手，他們乘坐一個姓劉的太
> 監率領的馬船船隊沿運河北上，到了山東省西北的臨清，太監因故
> 先行，「把他在南京買的一個男孩做爲禮物留給了神父們，他說他這
> 樣送禮是因爲這個男孩口齒清楚，可以教龐迪我純粹的南京話。」
> 如果在明朝，南京話是有別於官話的一種方言，那龐迪我就沒有必
> 要，至少不值得花力氣在一開始學中國話的時候就去學純粹的南京
> 話，因爲《札記》講過，懂得通用的語言即官話。〔註9〕

因此在魯國堯的考證中，明代官話不僅存在，而且是以南京話作爲標準的。

〔註 9〕參見魯國堯：〈明代官話及其基礎方言問題——讀《利瑪竇中國札記》〉，收錄於《魯
　　　國堯自選集》，鄭州：大象出版社，1999 年，p.292～304。

　　黎新第在〈明清時期的南方官話方言及其語音特點〉一文中，也肯定了江淮官話做爲南方官話方言的代表。而清代的南方官話方音在明代的基礎上又有所發展，特點和現代江淮官話相近。〔註10〕

　　從以上的資料推論，吳烺所作之《五聲反切正韻》，以「正韻」爲書名，是爲了要反映一個通語性質的語音系統。在著作《五聲反切正韻》中，處處強調「一本天籟」的精神，代表他記實的精神。而他自己他畢生遊走於全椒、揚州、南京、山西等地，能清楚區分「北人」、「南人」語音的差異，而方音與「正韻」的差別，吳烺也能詳細辨別。吳烺所反映的，是清代乾隆時代，位處南方的官話系統，這套語音系統中韻尾〔n〕、〔ŋ〕不分，入聲有喉塞音韻尾，〔n〕、〔l〕是兩個對立的音位，因此這套語音不純然等同於江淮官話洪巢片，而是吳烺當時所用的南方官話系統。

〔註10〕參見黎新第：〈明清時期的南方官話方言及其語音特點〉，《重慶師院學報》，第 4
　　　　期 1995 年，p.81～88。

參考書目

古籍類：（依時代排列）

1. 〔宋〕陳彭年等修：《宋本廣韻》，台北：黎明文化事業，1995 年。

2. 〔宋〕陳振孫：《直齋書錄解題》，上海：古籍出版社，1987 年。

3. 〔宋〕邵雍：《皇極經世書》，台北：廣文書局，1988 年 7 月。

4. 〔宋〕晁公武：《郡齋讀書志》，台北：商務印書館，1978 年。

5. 〔元〕劉鑑，《經史正音切韻指南》，收錄於《等韻五種》，台北：藝文印書館，1996 影印。

6. 〔明〕方以智：《通雅・切韻聲原》，北京：中國書店，1990 年。

7. 〔明〕佚名：《韻法直圖》，收錄於〔明〕梅膺祚：《字彙》北京：國際文化出版公司，1993 年。

8. 〔明〕李嘉紹：《韻法橫圖》，收錄於〔明〕梅膺祚：《字彙》，北京：國際文化出版公司，1993 年。

9. 〔清〕吳烺：《杉亭集・五聲反切正韻》，收錄於《續修四庫全書・經部・小學類・第 258 冊》，上海：古籍出版社，1995 年，p.523～543。

10. 〔清〕何治基等撰：《安徽通志》，台北：京華書局，1967 年。

11. 〔清〕張其濬修，江克讓纂：《全椒縣志》，台北：成文書局，1975 年。

12. 〔清〕周駿富撰：《清代疇人傳》，台北：明文書局，1985 年。

13. 〔清〕林重：《佩文詩韻釋要》，台北：新文豐出版公司，1981 年。

今人專著：（依作者姓名筆畫順序排列）

1. 中國社會科學院、澳大利亞人文科學院編：《中國語言地圖集》，香港：朗文有限公司，

1987 年。

2. 中國科學院圖書館：《續修四庫全書總目提要》，江蘇：齊魯書社，1996 年。

3. 王力：《中國語言學史》，台北：五南圖書出版公司，1996 年。

4. 王力：《漢語史稿》，台北：泰順書局，1970 年。

5. 王力：《漢語音韻》，北京：中華書局，1991 年。

6. 王力：《漢語音韻學》，台北：藍燈文化事業，1991 年。

7. 王力：《漢語語音史》，北京：中國社會科學出版社，1998 年。

8. 王松木：《明代等韻之類型及其開展》，國立中正大學中國文學研究所博士論文，2000 年 6 月。

9. 王曉萍：《《四聲領率譜》音系研究》，國立中正大學中國文學研究所碩士論文，1999 年 6 月。

10. 北京大學中國語言文學系語言學教言室編：《漢語方音字彙》，北京：文字改革出版社，1989 年。

11. 安徽省紀念吳敬梓誕生二百八十週年委員會編：《儒林外史研究論文集》，安徽：人民出版社，1987 年。

12. 何九盈：《中國古代語言學史》，廣州：廣東教育出版社，1995 年。

13. 何九盈：《中國現代語言學史》，廣州：廣東教育出版社，1995 年。

14. 何大安：《規律與方向：變遷中的音韻結構》，台北：中央研究院歷史語言研究所，1988 年。

15. 何大安：《聲韻學中的觀念和方法》，台北：大安出版社，1996 年。

16. 宋韻珊：《韻法直圖與韻法橫圖音系研究》，國立高雄師範大學碩士論文，1993 年。

17. 李新魁：《李新魁自選集》，鄭州：大象出版社，1993 年。

18. 李新魁：《李新魁語言學論集》，北京：中華書局，1994 年。

19. 李新魁：《漢語音韻學》，北京：北京出版社，1986 年。

20. 李新魁：《漢語等韻學》，北京：中華書局，1983 年。

21. 李榮主編，劉丹青編纂：《南京方言詞典》，南京市：江蘇教育出版社，1994 年。

22. 李漢秋編：《儒林外史研究資料》，上海：古籍出版社，1984 年。

23. 李漢秋編：《儒林外史研究論文集》，北京：中華書局，1987 年。

24. 周法高：《中國音韻學論文集》，香港：中文大學出版社，1984 年。

25. 林尹：《中國聲韻學通論》，林炯陽註釋，台北：黎明文化事業有限公司，1997 年。

26. 竺家寧：《九經直音韻母研究》，台北：文史哲出版社，1980 年。

27. 竺家寧：《古今韻會舉要的語音系統》，台北：學生書局，1986 年。

28. 竺家寧：《近代音論集》，台北：學生書局，1994 年。

29. 竺家寧：《音韻探索》，台北：學生書局，1995 年。

30. 竺家寧：《古音之旅》，台北：萬卷樓出版社，1998 年。

31. 竺家寧：《聲韻學》，台北：五南圖書出版公司，1998 年。

32. 竺家寧：《中國的語言和文字》，台北：台灣書店，1998 年。

33. 竺家寧、林慶勳：《古音學入門》，台北：學生書局，1999 年。

34. 侯精一主編，李金陵編寫：《合肥話音檔》：上海教育出版社，1997 年。

35. 南京市地方志編纂委員會：《南京方言志》，南京：南京出版社，1993 年。

36. 胡適：《胡適文存》，台北：遠東出版社，1990 年。

37. 徐通鏘：《歷史語言學》，北京：商務印書館，1991 年。

38. 耿振生：《明清等韻學通論》，北京：語文出版社，1992 年。

39. 袁家驊：《漢語方言概要（第二版）》，北京：語文出版社，2001 年。

40. 陳新雄：《中原音韻概要》，台北：學海出版社，1976 年。

41. 陳新雄：《六十年來之聲韻學》，台北：文史哲出版社，1973 年。

42. 陳新雄：《文字聲韻論叢》，台北：東大圖書公司，1994 年。

43. 陳新雄：《古音研究》，台北：五南圖書出版公司，1999 年。

44. 陳新雄：《音略證補》，台北：文史哲出版社，1993 年。

45. 陳新雄：《鍥不舍齋論文集》，台北：學生書局，1990 年。

46. 張光宇：《切韻與方言》，台北：商務印書館，1990 年。

47. 馮蒸：《漢語音韻學論文集》，北京：首都師範大學，1997 年。

48. 董同龢：《漢語音韻學》，台北：文史哲出版社，1998 年。

49. 趙元任：《語言問題》，台北：商務印書館，1992 年。

50. 趙元任：《趙元任語言學論文集》，北京：商務出版社，2002 年。

51. 趙蔭堂：《等韻源流》，台北：文史哲出版社，1985 年。

52. 魯國堯：《魯國堯自選集》，鄭州：大象出版社，1999 年。

53. 應裕康：《清代韻圖之研究》，國立政治大學中國文學研究所博士論文，1972 年 6 月。

54. 謝雲飛：《中國聲韻學大綱》，台北：學生書局，1987 年。

55. 羅常培：《漢語音韻學導論》，台北：里仁書局，1982 年。

56. 羅常培：《羅常培語言學論文選集》，台北：九思出版社，1978 年。

期刊論文（依作者姓名筆畫順序排列）

1. 丁邦新：〈十七世紀以來北方官話之演變〉，《近代中國區域史研討會論文集》，台北中央研究院近代史研究所，1986 年。

2. 丁邦新：〈論近代音研究的現況與展望〉，第十四屆聲韻學學術研討會論文，1996 年。

3. 王松木：〈韻圖的理解與詮釋——吳烺《五聲反切正韻》新詮〉，第二十二屆全國聲韻學學術研討會論文，2004 年 5 月。

4. 竺家寧：〈宋代入聲的喉塞音韻尾〉，《淡江學報》，1991 年 1 月，p.35～50。

5. 竺家寧：〈近代音史上的舌尖韻母〉，《聲韻論叢》，1991 年 5 月，p.205～223。

6. 竺家寧：〈清代語料中的兀韻母〉，《國立中正大學學報》，1992 年 10 月，p.97～119。

7. 竺家寧：〈宋元韻圖入聲分配及其音系研究〉，《國立中正大學學報》，1993 年 10 月，p.1～36。

8. 竺家寧：〈宋代入聲的喉塞音韻尾〉，《聲韻論叢》，1994 年 5 月，p.1～24。

9. 竺家寧：〈論近代音研究的方法、現況與展望〉，《漢學研究》，2000 年 12 月，p.175～198。

10. 宋韻珊：〈日母字在冀、魯、豫的類型初探〉，第二十二屆全國聲韻學學術研討會論文，2004 年。

11. 孫華先：〈吳烺五聲反切正韻的二十縱音〉，《揚州教育學院學報》，2000 年。

12. 孫華先：〈吳烺五聲反切正韻的韻母系統〉，《淮陰師範學院學報》，2000 年。

13. 耿振生：〈明代學術思想變遷與明代音韻學的發展〉，《聲韻論叢》，2000 年 11 月，p.85～98。

14. 張光宇：〈送氣與調類分化〉，《中國書目季刊》，1989 年 6 月，p.33～36。

15. 張光宇：〈漢語方言見系二等文白讀的幾種類型〉，《清華學報》，1992 年 12 月，p.351～366。

16. 張光宇：〈論條件音變〉，《清華學報》，2000 年 12 月，p.427～475。

17. 張琨：〈漢語方言中聲母韻母之間的關係〉，《中央研究院歷史語言所集刊》，1982 年 3 月，p.57～77。

18. 張琨：〈漢語方言中鼻音韻尾的消失〉，《中央研究院歷史語言所集刊》，1983 年 3 月，p.3～74。

19. 許寶華、潘悟雲：〈不規則音變的潛語音條件 —— 兼論見系和精系聲母從非顎音到顎音的演變〉，《語言研究》，第 1 期，1985 年。

20. 陳貴麟：〈「杉亭集‧五聲反切正均」音系與江淮官話洪巢片之關聯〉，《中國文學研究》，1995 年 6 月。

21. 楊秀芳：〈論《交泰韻》所反映的一種明代方音〉，《漢學研究》，5 卷 2 期，1987 年。

22. 鄭再發：〈漢語音韻史的分期問題〉，《紀念董作賓董同龢兩先生論文集》下冊，《中央研究院歷史語言研究所集刊》，第三十六本，1966 年 6 月。

23. 鄭再發：〈漢語聲母的顎化與濁擦音的衍生〉，《台大文史哲學報》，2001 年 5 月，p.135～p.164。

24. 鄭錦全：〈明清韻書字母的介音與北音顎化源流的探討〉，《書目季刊》，14 卷 2 期，1980 年 9 月。

25. 魯國堯：〈明代官話及其基礎方言問題 —— 讀《利瑪竇中國札記》〉，《南京大學學報》（哲社版），第 4 期，1985 年。

26. 黎新第：〈明清時期的南方官話方言及其語音特點〉，《重慶師院學報》，第 4 期，1995 年。

附　錄

五聲反切正均

齊梁以來學者始言聲韻隋陸法言為切韻五卷

後郭知元輩從而增加之唐韻撰自孫愐宋陳彭

年等重脩廣韻益郎孫愐之書而刊益者也昔開

皇初有儀同劉臻外史顏之推著作郎魏淵武陽

太守盧思道散騎常侍李若國子博士蕭該蜀王

諮議泰軍辛德源吏部侍郎薛道衡同詣法言門

宿夜永酒闌論及音韻以今聲調既自有別諸家

取舍亦復不同吳楚則時傷輕淺燕趙則多傷重

濁秦隴則去聲為入梁益則平聲似去呂靜韻集

夏侯該韻畧陽休之韻畧周思言音韻李季節音

韻杜臺卿韻畧各有乖舛欲更撝選精切除削疎
綴而成一編然其書不傳今所傳之書莫善於至
元庚寅重刊攺併五音集韻顧其中仍用神珙三
十六母排定先後而不分陰陽平且猶不知東有
公穹陽有岡姜光也杉亭舍人淵雅績學撰著甚
富所輯五聲反切正均六篇言簡而義精證博而
旨遠實能發前人未發之秘余急捐囊金鐫之以
公同好斯世不乏賞音應無待於桓譚之屢歎矣

乾隆昭陽協洽且月江都程名世筠樹撰

杉亭集

五聲反切正均目

辨五聲第一

論字母第二

審縱音第三

定正韻第四

詳反切第五

立切腳第六

他拿打罷葛　耶爺也夜結　嗟口口口厭

鳩求九救覺　鉤頭苟穀歌同

邵長蘅撰古今韻略采明章黼所著韻學集成

內四聲韻圖分爲二十一部有入聲者十部餘

皆無入聲如以屋韻繫東以質韻係眞此皆拘

守成見而不明于切響自然之理北人讀字多

平聲今使北方讀屋必讀爲烏而不讀爲翁讀

質必讀爲支而不讀爲眞即使幼學童子調平

瓜亦必爾故煱所列之五聲目次皆一本天籟

也

《杉亭集　五聲反切正均》　　三十

第一

陰：公 空 翁 東 通　宗 聰 松 中 充　烘 風

陽：同 農　蒙 從　蟲　紅 馮　龍 戎

上：拱 孔　董 綳　琫 捧 蠓 揔　登 膧 寵　哄 諷 壅 冗

去：貢 控 竅 動 痛　蚌 夢 縱　送 眾 銳　鬨 奉 弄

入：

有音無字以存之熟習之久其真音自出此二十字增一不能脫一不可倒置之不得天籟也

第二

陰：穹 雍　　　凶

陽	上	去	入
窮容	勇	用	

己上二圖東冬韻

第三

陰　岡康　當湯　邦　臧倉喪張昌商　方

陽　昂　唐襄　旁汒　藏　長　杭房　郎瓤

上　懷　黨攩攮榜　莽　愴穎掌敞賞　倣　朗壤　嚷

去　損亢盎蕩盪　謗　葬　喪帳悵上行放　溟釀

雄　洶

	第四				第五	
入	陰	姜腔秋		將槍箱	鄉	
	陽	強羊	娘	墻	降頁	陰 光匡汪
	上	講強養	仰	蔣槍想	嚮兩	陽 狂王
	去	絳強樣	釀	醬相	向	莊揔霜荒
	入				輻	牀黃